好運綿綿

2

采采 著

目錄

第二十六章 005
第二十七章 019
第二十八章 031
第二十九章 043
第三十章 055
第三十一章 067
第三十二章 081
第三十三章 093
第三十四章 105
第三十五章 117
第三十六章 131
第三十七章 145
第三十八章 157
第三十九章 169
第四十章 181
第四十一章 193
第四十二章 205
第四十三章 217
第四十四章 229
第四十五章 241
第四十六章 255
第四十七章 267
第四十八章 279
第四十九章 293
第五十章 305

第二十六章

院試當日，盛京比以往又要更熱鬧些，考院門口擠得滿滿當當的。

姜家眾人早起，親自乘馬車來給姜宣送考。

臨下車時，姜宣回頭見母親和妹妹在馬車裡，用鼓勵的目光看著他，不由得心頭微微湧出一股暖意，含笑道：「這裡亂，娘和妹妹別久留，我這就進考院了。」

姜錦魚對阿兄一笑，目送他走遠。

姜宣經過幾輪檢查，順著人群進考院，一路上看來是沒受什麼刁難，母女倆都安了心。

何氏收回視線，察覺到已經有打量的視線，朝自家馬車掃過來了，微微皺眉，把掀著的簾子放下來，吩咐錢嬤嬤道：「錢嬤嬤，我們回去吧。」

姜錦魚倒是沒二話，便特意往裡坐了坐。

大周民風其實相對開放，沿襲了前朝，對女子的約束少了許多。就像盛京，也有不少女子名氣不小，在外有才女的名聲。

但以才揚名，是一樁美事，可若是靠著美色聞名，那便不是什麼值得高興的事情了。雖然她不認為自己的容貌有多出挑，但自家娘親的苦心，姜錦魚很是理解，不該出風頭的時候，她從來都是躲著的。

馬車才行了幾步路，就忽然停了，彷彿是聽到外頭有人攔車。

錢嬤嬤掀開簾子，道：「外頭是顧公子的書僮，說是替他家公子捎東西來的。」

姜家在盛京扎根後，與顧衍的關係又親近了起來，以往在夏縣的時候，兩家便是鄰居，那些年下來，何氏已經把顧衍當作子姪了。

聽了錢嬤嬤的話，納悶道：「衍哥兒怎麼又送東西來了？上回綿綿的及笄禮，他不是早就送來了嗎？」

錢嬤嬤回話道：「書僮說這回不是什麼貴重的玩意兒，只是他家公子自己畫的畫，本是要同及笄禮一起送來的，只因著畫這畫得費些功夫，便耽擱了。」

聽說只是畫，何氏也就沒繼續問了，直接收了畫卷。

回到家裡，那畫便到了姜錦魚手裡，鋪開一看，裡頭是春雨時候的夏縣姜宅後院。

柚子樹從圍牆那邊斜鑽過來，肥綠的柚子葉，濕答答的，彷彿沾了雨水，綠得有些發亮。角落裡斜長了一叢迎春、剛冒出星點的花，綠中帶紅，長勢喜人，彷彿要穿過籬笆，蔓延到一邊的藥圃裡。

藥圃旁，蹲著個身著藍裙的小姑娘，只看得到個背影，手下正戳弄著剛冒頭的連翹苗。姜家宅子在她身後只露出一半，屋簷下臥著一隻呼呼睡的狸花貓，兩隻爪子正揣著。

整幅畫有意境，又透著些趣意，姜錦魚一下子就愛不釋手，在夏縣那幾年的回憶，頃刻間，就被勾了起來。

春闈只考三日。第三日，待考院鼓聲一響，春闈便到了尾聲。

考子們從考院內出來，比起進場時的意氣風發，此時的秀才們，都顯得筋疲力盡，面黃肌瘦、雙目發直，更有甚者，一出來就癱軟在地，嚎啕大哭。

姜錦魚還是第一次看到這樣的場面，以往自家阿爹考試的時候，她與娘並沒有機會送考、接人。故而也是第一次見識到，科舉真的是一條登天梯，成功者便改換門庭，可更多的是失敗者。

千軍萬馬過獨木橋，能出頭者，不過寥寥可數。

而且，這裡並不像她那段經歷中，雖然也有類似科舉的高考，可考不上也能有諸多出路，人的選擇很多。可是在大周，要想出人頭地、要想改換門庭，那只有科舉一條路。

老遠瞧見自家阿兄，姜錦魚忙招手，急急忙忙吩咐小桃把熬好的蔘湯拿出來。「阿兄，快喝了，身子可還撐得住？」

姜宣一口飲盡蔘湯，眉眼間有一絲絲的疲態，卻搖搖頭道：「我沒事，只是有些累，不礙事。」

姜宣是二房的長子，曾經歷過姜家那些苦日子，所以他一直對自己要求很嚴格，在讀書入仕一事上，他完全沒有過一絲的懈怠，這麼些年讀下來，不說手不釋卷，但也是沒有哪一日，一刻都不捧書翻閱的。

在他看來，科舉並不是他一個人的前途，更關係著整個姜家。爹總有致仕的時候，等到那時，他必須能夠撐得起姜家，護得住親人，成為弟妹的依靠。

這是他作為長子的責任，作為兄長的義務。

「石叔，我們回去吧！馬車趕穩當些，讓阿兄稍微歇一會兒。」

姜錦魚隔著簾子吩咐，石叔「欸」了一句，讓馬匹緩緩駛動。

姜宣這邊，被姜家眾人團團圍著，而在他後頭出考場的顧衍，卻是顯得有些冷清。

顧家自然有派了人來，可當家主母是胡氏，來的人也都是胡氏的心腹，當然不會對他上心，都圍著一上馬車就躺了下來的顧軒。

見他過來，顧府管事望了望馬車裡，面露難色道：「大少爺，要不您略等一會兒，奴等會兒再派馬車過來接您？二少爺怕是累著了，一上車便睡了。」

顧衍無動於衷，冷淡的眼神掃過管事，不經意似的撣了撣袖子，道：「既然二弟占了，那便占了。我這個做兄長的，讓著弟弟也是應該的。」他停了一瞬，漫不經心道：「不過，馬車不用了，我自己回去就行了。」

管事本以為大少爺要動怒，沒想到顧衍這麼輕輕抬手，就把他放過了，頓時一喜，心道：看來大少爺也是有自知之明的，知道自己不受寵，便不折騰了。

這麼想著，管事十分乾脆地吩咐車夫啟程。

顧衍站在原地，卻見一旁的同窗過來了，拍著他的肩膀道：「方才那是你家的馬車吧？

怎的顧兄你沒有跟著一起走？」

顧衍語氣十分尋常道：「坐不下了，我自己回去便是。」

「這樣啊……」顧衍的語氣越是平淡，這同窗越是腦補了不少東西，什麼後宅陰私、繼母苛刻繼子都冒出來了，頓時看著顧衍的眼神都不大對勁了，充滿了同情。

顧衍淡淡瞥了一眼滿臉同情的同窗，沒解釋，兩人簡單聊了幾句，便等來了顧衍的書僮。

書僮抱了個食盒，急匆匆跑過來，氣喘吁吁。「公子……奴才……」

同窗見有人來接顧衍，便也安心走了，只是臨走前的眼神，彷彿看著被後娘虐待的小可憐。

「公子，管事呢？他說在這裡等著咱們的啊！」書僮喘過氣來，四處找自家的馬車。

「走了。」顧衍隨口敷衍一句，眼神落在書僮懷裡抱著的食盒上，食盒所用的木材並不昂貴，但食盒上繪著淺色的蔬果，看著十分別緻。這樣的風格，他感到有些熟悉。

「什麼！走了？」書僮急得大喊，怒氣沖沖道：「管事怎麼不等公子？明明說好了，要接公子和二公子回府的！怎麼接了二公子，便走了？這也太欺負人了！」

自家書僮大聲嚷嚷，顧衍連眼皮都沒抬一下，只是伸出手。「食盒哪裡來的？」

書僮反應過來，忙把食盒送到自家少爺手裡，然後道：「方才姜家的下人送過來的，說是蔘湯。」

「嗯，找個地方，我們坐一坐。」顧衍隨口吩咐了一句，親自提著食盒往前走。

書僮追著他。「公子，我們不回府裡嗎？」

「急什麼？」顧衍注意力都在食盒上，漫不經心笑了一下。「自然有人急。」

他們這一坐，便坐到了夕陽西下。

書僮急得猶如熱鍋上的螞蟻，見自家少爺還慢條斯理喝著蔘湯，彷彿在吃什麼珍饈美食一般品嚐著，恨不得上去拉著人就走。

當然，他就是想想，多餘的根本不敢做，只敢在一旁踱步。

顧衍平日裡雖然寬容，但並不是軟弱可欺的主子，別看府裡由胡氏掌權，可顧衍院子裡的下人，個個都老實忠心。

慢吞吞將蔘湯用了，顧衍又吩咐書僮提著食盒，總算開了尊口。「回去吧。」

書僮一聽，便抱著食盒，奔了出去，急得不得了。

顧衍回到顧府的時候，顧府已經亂成了一團，胡氏正哭哭啼啼喊委屈，一旁的顧老太太卻是滿臉寒意，坐在中間的顧忠青，則是兩面為難。

一看到進來的顧衍，幾人都站了起來，顧忠青語氣中帶著指責，第一個質問道：「院試都結束了。你胡亂跑什麼？鬧得家裡不得安寧！」

被生父這樣指責，顧衍內心毫無波動，用毫無感情的視線，掠過面前的中年男人。

顧忠青一下子就噎住了，想罵的話一下子忘了個乾淨，而一旁的顧老太太這時反應過來了，衝過來維護孫子。「你還好意思罵衍哥兒？你怎麼不問問胡氏，說好的接人，就接了一個回來！你這個做爹的，還有沒有點愛子之心了？」

顧忠青被罵了個狗血淋頭，但指著自己鼻子罵的人是親娘，他連回嘴都不好回，只能耐著性子道：「娘，未必是胡氏故意的，人既然平安回來了，依我看，那就算了。」

他懶得計較那些小事，反正人沒丟，不就行了？

顧老太太一看兒子這個態度，心冷了一半，轉頭看顧衍，見他面上毫無異色，完全沒感受到生父的偏心一般平淡。

「罷了，你大了，翅膀硬了，我管不了你了。」顧老太太嘆氣道，語氣極為失望，聽得顧忠青心裡很不是滋味。

「娘，孩兒……」顧忠青張張嘴，不知道說什麼才好。

他就是懶得鬧騰，胡氏是有些私心，可長子這不是好好的嗎？家裡也沒出什麼事，那不就好了？幹麼非要爭個高低對錯的。

顧老太太擺擺手。「你的事我管不了，但衍哥兒的事情，我得管！胡氏對衍哥兒這樣不上心，衍哥兒的婚事，我親自來操持，用不著你們夫妻倆插手了。」

顧忠青聽得一怔，下意識道：「這怎麼好……」

「我管你好不好！」顧老太太頓時火冒三丈。「我就問你，你答應不答應？你不答應，那胡氏這個家也不用管了，明兒就給我跪祠堂去！」

顧忠青被逼得頭疼，忙不迭答應。「行，行，孩兒答應您。」

顧老太太聽了，這才滿意。

倒是一旁的胡氏，咬牙切齒，心裡恨極了。

本來繼子的親事拿捏在她手裡，挑什麼人、訂親辦喜事用多少銀子，都是她說了算。現在被老太太給搶過去了，那家裡得多出多少銀子？

這些東西，可都是留給她的軒哥兒的！

可任是胡氏怎麼氣，都動搖不了顧忠青的決定，這個家畢竟還是顧忠青作主，他發了話，胡氏也只能照做。

回到屋裡，胡氏氣急，又把去接人的管事喊過來，狠狠罵了一通，罰了半年的月俸，心裡才舒服了些。

發洩一番，胡氏恢復冷靜，起身去了兒子顧軒的院子，一進門，就聽到了女子嬌俏的笑聲，頓時皺眉。

「軒哥兒……」

胡氏一出聲，顧軒便訕笑了一下，隨手把幾個美婢趕出去。

「娘怎麼來了？」顧軒比顧衍小了四歲，可在男女之事上，卻要比兄長更熟練，家中美婢不少。因為院試，胡氏盯得緊，顧軒已經有些日子沒有放鬆了，所以院試才結束，便原形畢露了。

胡氏坐下，氣惱得忍不住又說了兒子幾句。「你爹還在家裡，讓他瞧見了，到時候又得罰你了！就是幾個婢子，我說要發賣，你還不准！你這個樣子，哪有正經人家願意把女兒嫁你？」

顧軒無奈應了幾句，習以為常的轉移話題。「娘，妳來找我什麼事？總不是專門跑一趟，來教訓我的吧？」

被他這麼一岔開話題，胡氏倒是想起了自己的來意，皺眉道：「這回院試，你心裡到底有沒有底？我就問你一句，能不能中舉人？」

顧軒心虛的移開視線，念書是要吃苦的，他又沒什麼天賦，也不是個能吃苦的。之前能考上秀才，還是被胡氏逼著念書，連著幾年，才撈到這麼個秀才。這次院試，他心裡還真沒多少信心。

但是怕胡氏繼續囉嗦，顧軒只能硬著頭皮道：「應當是可以的。」

「那就行！」胡氏聽了覺得心裡安穩下來，拉著兒子道：「你可一定得給娘爭氣！不就是因為我是繼室嗎？老太太如何也看我不順眼，手裡攢著的銀子，都給了顧衍。這會兒你若是中了舉，娘再給你說個家世好的姑娘，也讓老太太看看，到底誰才是家裡最有出息的！」

「嗯嗯，我知道了。」顧軒敷衍著混過去。

胡氏壓根兒沒注意兒子的語氣，一心想著：最好自家軒兒中了舉人，而顧衍名落孫山，到時候她倒要看看，顧老太太是不是還把顧衍當個寶！

院試的結果，約莫要等一個多月的時間才會公布。

而這段時間，盛京好些府裡，都開始相看人家了。

因為從宮裡傳出消息來，太皇太后的身子似乎不大好了。太皇太后病了好些年，但今年這麼傳，還是頭一回。若是她老人家去了，朝野內外都得跟著守孝。

雖說文武百官與太皇太后並無血緣關係，不必像陛下那樣守孝，可皇家有喪，做臣子的卻熱熱鬧鬧辦親事，這也不像話。

在各府的默許暗示之下，盛京各色賞花宴、品茶宴……如雨後春筍般一場接著一場。曾府剛擺了百花宴，那頭謝府就開始操持詩會了。

姜家剛來盛京，按理說不會有人來遞帖子，可姜家還有個年少有為的姜宣，因此何氏這裡也收了些帖子。

何氏想一想，把姜錦魚喊來了，將府裡這些日子收到的帖子給她看。

等姜錦魚都看過一遍，才給她佈置了個任務——回帖。

別以為收了人家府上的帖子，到了那日直接上門去就行了。盛京在這方面十分講究，非但要回帖，還要回得漂亮。

這一般是當家主母的活兒，有的還會藏私不肯教，可何氏就姜錦魚這麼一個女兒，自然樣樣都教她。連這些正經的帖子，也讓她拿回去練手。

好在姜錦魚跟著父兄念過書，幾年下來，一手字練得極漂亮，字體清秀婉約，用了半天的工夫，把回帖都擬好了，拿回去給何氏看。

說起來回帖這事情，遣詞造句不需多有文采，而是要把客氣話寫得真誠，面對邀請，要三言兩語讓主人家感覺到，你很樂意去。就是去不了，那也得表現得很惋惜，再扯一些拐來拐去的親戚關係話家常，實在很有些門道。

何氏當家多年，以往交往的也都是各府的官夫人，雖說一時不習慣盛京的規矩，可數月下來，也已經把盛京這些夫人間的學問給琢磨透了。

看完姜錦魚擬的回帖，何氏大致滿意，只是在一些地方提點了幾句。

即使是這麼幾句話，姜錦魚也覺得學到了許多，她按照何氏的提點，將回帖潤飾一番，便讓人送到遞帖子來的各府手裡去了。

「明日是方夫人府上的宴席，妳同我一起去。」何氏接著把方家的情況基本說了一番，重點便是記住方家的幾個姑娘和夫人們。

姜錦魚知道娘這是教她如何做客，聽得認真，一樣樣記在心裡。

第二日，姜家母女從府裡出發，到了方府，來迎她們的是方府的婆子，直接將兩人送到了後院。

到了後院，便見到了方夫人，方夫人生得有些圓潤，看上去一副慈眉善目的模樣，而她身旁靜靜立著的方小姐，身材高䠷，婀娜猶如湖中蓮花，說話也是端莊大氣。

見自家娘拉著姜夫人說話，方小姐便主動過來招待姜錦魚，引著她去了女兒堆裡。

坐著的都是各府的小姐，興許是覺得她眼生，又年紀不大，好些比她大了幾歲的姐姐們，都因好奇而主動過來與她說話。

姜錦魚也是個很大方的人，她這人有一個旁人沒有的優勢，生了一張看上去便覺得乖巧的臉蛋，彎著眼睛笑的時候，讓旁人都覺得心裡暖洋洋的。

她笑咪咪把自己準備的小禮物拿出來，她準備的不過是些精緻的藥囊，卻很實用。

女兒家每月總有那麼幾日，便是再注意，身上也有些許血腥氣，對這些官小姐而言，是件不大體面的事情。這藥囊看著像香囊，散發的也是花香，可裡頭又添了幾味對女子身子好的藥，曬乾了磨成粉，夾在乾花裡。

聽了姜錦魚的講解，在場的小姐們紛紛欣喜接過去，有的還道：「妹妹這主意真妙，只是不知道加的是哪幾味藥，等我回去了，也好叫嬤嬤做了來用。」

姜錦魚不藏私，把如何做這藥囊通通說了一遍，讓原本還有些擺架子，瞧不起姜錦魚小官之女身分的小姐們，也都圍了過來，只是面上仍帶著倨傲的神色。

對於這些小姐，姜錦魚的態度客氣又自然，既沒有因著她們的表情而唯唯諾諾，也沒有對之橫眉冷對。

這世間當然有不喜歡自己的人，這本就是很尋常的事情。但她若客客氣氣的，不來犯，也客氣相待即可，若是為著這些人壞了心情，豈不是為難自己？

在結交朋友這方面，姜錦魚素來很看得淡，合得來則談，合不來則笑笑，沒必要唯唯諾諾、小意逢迎，但也沒必要鬧得彼此撕破臉皮。世間哪有那般非黑即白的？大多數人都沒那般極端。

第二十七章

在方府待了半日，從方府出來的時候，姜錦魚已經與好幾家小姐互稱姐妹，甚至約好了下次聚一聚。當然，要說有多麼深厚的友誼，這短短的半日，也不可能。

可是人與人之間，關係便是這麼一步一步，從淺到深慢慢積累出來的。真的一見如故，恨不得結拜姐妹的，只怕一輩子也難得遇見一個。

接下來，她又跟著何氏出了幾趟門，也因此有了幾個小姐妹，其中與她相處最好的，便是方府的方小姐方秋沁了。

過了半月有餘，便是寒食節。

大周，上自君主，下至平民百姓，都有過寒食節的習慣。寒食節當日，要禁火、禁熱食。因此寒食節前，百姓家中都要準備好足量的冷食，以備當日食用。後來又延伸出踏青來，其中又在青年男女間最為風靡。

方府一早就遞了帖子來找姜錦魚踏青，方小姐大抵是怕她初來盛京，不識路，還說要順路來接她。

姜錦魚不好意思麻煩人家，委婉回絕了，只道自家阿兄會送她過去。

寒食節那一日，姜宣便送姜錦魚去踏青的山丘，到了那裡，便看到山丘下等著她的方秋沁。

兄妹兩人走近。姜家父輩都生得一副忠厚老實樣，可姜宣同姜錦魚卻不同，一個生得靈秀動人，另一個則溫文儒雅，翩翩如古時君子。

方秋沁一下子都看愣了，好在她多年的涵養，沒讓她傻愣愣盯著外男看，只是胸口猶如揣了隻亂竄的兔子，直跳得她心慌。

「方姐姐。」姜錦魚揮手招呼，近身後，替兩人介紹。「方姐姐，這是我阿兄。」

姜宣知禮的點頭示意，並不打算久留，回頭對妹妹道：「等會兒我來接妳，妳們若是散得早，妳先去茶樓坐一會兒，讓小桃來顧府喊我。」

他與顧衍約好了，今日要去拜訪恩師，只是要送妹妹，所以提前派人去顧府顧衍那裡傳話，這邊事完，他就要去顧府找人了。

「阿兄安心去吧。」姜錦魚揮揮手，送走阿兄，回頭卻見方秋沁有些走神。

自打在益縣遇見賴家那事之後，姜錦魚在這方面敏感了許多，見方秋沁這樣，隱約猜到了些。可她沒揭穿，甚至沒在方秋沁面前提自家阿兄。方大人是四品，方夫人身上也是有誥命的，且方家有個女兒在宮裡做妃子，這樣的門第，自然看不上他們姜家。

心裡這樣想著，姜錦魚臉上露出笑來，什麼也沒察覺一般，態度自然道：「方姐姐，那邊陸姐姐在喊我們，我們過去吧。」

方秋沁回神，心裡一慌，生怕自己剛才的失態被人發現，但看姜錦魚仍是笑咪咪的樣子，看著不像發現了什麼，心裡才安定下來，語氣夾著一絲悵然若失。「嗯，那我們過去吧，別讓陸小姐久等了。」

不得不說，方小姐真的是個性子不錯的人，待朋友也很真誠，在盛京官小姐的圈子裡，她的風評著實不錯。端看今日來的人裡，不少人同她關係不錯。

因此，被方秋沁領著的姜錦魚，也更容易融入眾人之中。

這時，便有人提起了即將公布結果的院試，家中有兄弟下場考試的不少，聊起來也更是熱烈。

有個人道：「聽我阿爹說，院試結果怕是沒多久便要公布了。也不知我阿兄這回能不能上，我嫂子這幾日在家裡一直吃齋念佛呢，就盼著我哥能中個舉人。」

另一個家中有爵位的倒是無所謂道：「這有什麼？便是中不了，大不了捐官就好了。」

方才說話的那個心裡不舒服了，有爵位的捐官，日後還可以襲爵，可似他們這等沒有爵位的人家，自然只有科舉入仕才是唯一的出路，便是靠著家中舉薦，如今也不得用了。

沒看當今聖上壓根兒不待見蔭官，只愛用靠著自己真才實學上來的人，一成了蔭官，身上便蓋了無用的戳子。不能受重用，當官也就只能領著俸祿，那有什麼用？

有人見兩人之間似乎不大高興，忙跳出來緩和氣氛道：「這春闈一出，這訂親酒都吃不過來了。」

眾人一聽，都哄笑起來，這話雖說得促狹，卻是有幾分道理。

等院試一出，中了舉人的人家，定是門檻都要被踩爛了。

當今聖上愛用舉子，也不是這一、兩年的事情，打從他親政以來，便是如此。舉人如今是越來越值錢了，當然，越年輕的越出色的，自然會越受追捧。

所以有姑娘的人家，這幾日都盯著呢。

姜錦魚也忍不住笑了起來，想到自家阿兄，若是阿兄中了舉，不知方家會不會考慮？不過她也就是一想，阿兄的婚事，實在輪不到她來操心。

顧府。

顧老太太正在小佛堂裡，陳嬤嬤推門進來。「老夫人，大小姐回來了。」

聽了這話，顧老太太連忙吩咐陳嬤嬤把人領進來。

進門的不是旁人，正是方秋沁的娘方顧氏。

方顧氏比顧忠青小些，可她跟阿兄不一樣，老太太極疼她，當初方顧氏出嫁的時候，老太太可是把自己私房銀子都掏了一半出來。

方顧氏也是個貼心人，進來就問陳嬤嬤，關心這段時日親娘用飯多不多，夜裡睡得安不安穩，使老太太心裡暖暖的。

「別問了，看妳每回來都問，問得我都頭疼。」老太太笑著搖頭道。

方顧氏卻是難得做了小女兒嬌態。「好嘛！我就知道娘不疼我了，如今我問一問，您都嫌我煩了。今兒若不是為了衍哥兒的婚事，您老人家哪裡會想起我來？」

方顧氏將老太太哄笑了，先讓陳嬤嬤出去，娘兒倆才開始說正事。

前些日子知道胡氏的心思之後，老太太便不敢把孫兒的婚事交到胡氏手裡。得了兒子的準話後，便一心想給她最看重的孫兒找個好的，可惜她年老體弱，不大出門交際，如今盛京有什麼好姑娘，她都不清楚，便把這事託付給了女兒方顧氏。

方顧氏這回過來，便是要說這件事。

「娘，您讓我打聽著，我倒是給您挑了幾家，陸家的四姑娘、江家的三姑娘……這幾個姑娘我都瞧了，陸家的那個性子活潑些，江家的容貌稍微平庸了些，可都是不錯的。」

顧老太太聽了，皺眉道：「這陸家的是庶出的吧？性子如何？」

倒不是她瞧不起庶出的姑娘，胡氏那頭算計著孫兒，日後孫媳婦進門了，難免要在胡氏手下過日子。庶出的姑娘性子一般都軟和，她就怕孫媳婦一進門，就被胡氏給拿捏住了。

方顧氏聞弦音而知雅意，當即明白顧老太太的擔憂。「您擔心得有道理，衍哥兒這情況，是得找個立得住的。最好是長女，底下有妹妹、弟弟的。」

可方顧氏這麼說，心裡也為難，一般家裡長女都受重視，婚事上也格外慎重。他們顧家的門第在外地是不錯，可在盛京也就那樣，還比不得方家體面，加上府裡胡氏又是繼母，一般人家都不愛找這樣的。

可要是挑個條件差點的，她哪裡有臉在娘面前提？這下弄得她是真的有點頭疼。

「娘，您沒問問衍哥兒，他自己喜歡什麼樣的？要我說，衍哥兒的性子也太清冷了些，我阿兄那個人又是那樣子，這府裡除了您，哪裡還有人對他上心？不如找個他自己喜歡的，日後夫妻倆好生過日子，恩恩愛愛才好。」

顧老太太一聽，猶豫著捏了下帕子。「妳說得有道理。我這兒倒是有個人，只是家世太差了，我總想著，衍哥兒沒有母族幫襯，家裡胡氏又算計他，得給衍哥兒找個強勢些的妻族，日後也不至於被胡氏欺負到頭上去。」

方顧氏聽得直搖頭。「娘，您也太小瞧衍哥兒了。您別聽胡氏平日瞎嚷嚷，真要比本事，不是我這個做姑姑的偏心，軒哥兒比衍哥兒差了可不只一星半點。」

方顧氏可比老太太看得清楚，顧軒被胡氏寵得厲害，一個紈袴子弟能有什麼出息？也就胡氏自己還當個寶。

倒是顧衍，打小被繼母算計，仍是這樣不聲不響考上了秀才，看著彷彿不起眼，實則比起顧軒那樣靠著胡氏逼出來功名，顧衍可是完全靠自己。

方顧氏見狀，也不吭聲了，等著顧老太太拿主意。

顧老太太猶豫不決。「那……妳容我想想。」

過了會兒，顧老太太鬆口了。「那妳替我打聽個姑娘，吏部姜家的。」

方顧氏聽得倒抽一口氣，覺得實在巧，道：「娘，這姑娘我見過。沁兒最近交了個小姐妹，便是姜姑娘，還請來家裡過。」

老太太一聽，頓時在意起來。「妳給我說說，那閨女如何？」

方顧氏回憶道：「樣子是真的好，難怪衍哥兒喜歡。這姑娘家世一般，但她爹、她阿兄都是出息的，且她自個兒條件是極好的，生得一副福氣相。前兒齊二夫人還跟我打聽過，怕是想說給她的小兒子。」

「那如何行?!」老太太急了，她老人家嘴上嫌棄姜家門第，可心裡還是偏著自家孫兒的，孫兒喜歡的人，哪能讓外人搶了去？

方顧氏看老太太坐不住了，連忙安撫道：「就是！齊二夫人那小兒子是個逗鳥、玩狗的紈袴子弟，哪裡比得上我們衍哥兒！」

顧老太太坐下來，心裡有點糾結。一下又覺得這姑娘家世一般，一下又覺得，自家孫兒難得瞧上了個姑娘，她若真的棒打鴛鴦，豈不是壞了她跟孫兒的感情？

轉念想到還有個齊二夫人家的小兒子想搶人，頓時又是著急心焦。

直到方顧氏走的時候，顧老太太都沒拿定主意，方顧氏只好先走，道：「娘不如問問衍哥兒，若是決定了，只管派人來和我說。我同姜夫人有些交情，也好開口些。」

姜家來客人了。是齊家的齊二夫人，還提前遞了帖子，十分正式的拜訪。

何氏接到帖子的時候，還摸不著頭腦。齊家在盛京算是不高不低的門第，祖上出過侯爵，一代代傳下來，早已成了普通的外姓宗室了，爵位也成了個虛銜。

不過即便如此，宗室還是有宗室的體面，突然給他們這種小官人家遞帖子，也是讓人摸不著頭緒。

她與齊二夫人沒見過面，也沒有交情，又問了問自家相公確認，他也同齊家沒交情，真不知道齊二夫人怎麼會來做客。

等迎了齊二夫人進來，兩人幾句話客套寒暄著。

齊二夫人突然道：「我上回聽方夫人說，您家還有個閨女，生得實在出色，讓我開開眼界如何？」

齊二夫人其實也為難，她是不想這樣沒皮沒臉的上門，還要主動看人家閨女，可誰讓自家小兒子沒出息，寒食節那回遠遠見了那麼一面，回來便嚷嚷著什麼「驚鴻一瞥」。

齊靳年紀也不大，可情竇初開，竟成了個急性子，日日催她來姜家，弄得她也沒法子，只能硬著頭皮來。

何氏聽得一怔，內心複雜，面上答應下來，吩咐錢嬤嬤去請姜錦魚過來。

被告知來見客，姜錦魚也是一臉糊塗，匆匆收拾整齊，來到前廳，見過齊二夫人。

「這便是您家姑娘吧，模樣真俊。」這話齊二夫人是說得真心實意的，一來是姜錦魚的確生得好，二來，自家兒子那樣沒出息，一眼就相中了，她也不能打自家兒子的臉。

說著，又要從手上褪下個碧綠的玉鐲來，非要塞過去。

姜錦魚一頭霧水，沒敢收，何氏也看出不對勁，在一邊幫著說話，總算讓齊二夫人把玉鐲給收回去了。

齊二夫人有些遺憾的收了玉鐲，想到家裡等著的小兒子，頭疼之餘，又想：要不就算了，遂了齊靳的願罷了！娶便娶了，這姑娘看著不錯，家世是差了些，但好歹身家清白，家裡人也不是糊塗的，臉上還過得去。

只是一想到大兒媳、二兒媳的家世都不錯，偏生她最疼的小兒子，卻嚷著要娶個小官之女，她心裡就覺得嘔氣。

姜錦魚出來露了個臉，就回屋去了，留下何氏繼續接待齊二夫人。

何氏就那麼看著齊二夫人面色糾結，糾結著、糾結著，然後突然抬頭。「姜夫人，您家姑娘可許了人家了？」

經過方才那麼一遭，何氏心裡多多少少有點猜到了，被問了也沒慌亂，搖頭道：「倒是未曾許人家，她年紀尚小，及笄沒多久，我同她爹都覺得不急。」

齊二夫人一咬牙，也不糾結了，直截了當道：「不瞞您說，我今日來得這樣唐突，實則是為了我的小兒子。他這個不爭氣的，偶然間見了貴府小姐一面，便記在心上了。」

這話說得何氏都愣了，好在她反應快，誠懇道：「您這樣坦白，我也不瞞您，她實在還小，我同她爹都想多留她幾年。只怕耽擱了貴府公子。」

齊二夫人沒想到，姜家非但沒有一副占了大便宜的樣子，反倒還委婉拒絕。這讓她心裡也有些不是滋味，可人家姜夫人也沒有拿些虛話來哄她，挑不出錯處來。

要怪只能怪自己兒子沒出息，眼巴巴就看上了人家閨女，害得她這個做娘的丟面子。齊二夫人最終還是走了，她來時便是不甘不願的，走的時候更不甘願了。來的時候，是想著這樣門第的閨女，如何配得上自家小兒子。離開時想著，沒把親事說成，回去該如何向小兒子交代？

齊二夫人回到家裡，齊斬便急匆匆來了，進門便道：「娘，孩兒的事成了嗎？」

齊二夫人沒好氣道：「你急什麼急，婚事是一、兩天能定下來的嗎？你看中的那姑娘我也見了，模樣是生得好，可你怎麼就一眼相中了？比她生得好的是少，可也不是沒有啊！你倒是給我說個理由！」

齊斬被問得臉一紅，想起寒食那日，春風拂過柳條，露出樹下巧笑倩兮的清麗佳人，以及看到有外男時，因為驚嚇微微睜大了的眼睛，亮亮的、潤潤的，看得他的心就莫名軟成一團了。

「娘，您問這個做什麼？」齊斬迴避道：「您說了，我的妻子，讓我自己挑的。如今我都挑中了，您還不答應，豈不是言而無信？這可有悖於您平日對我和阿兄的教誨。」

齊二夫人聽得直搖頭，這叫什麼？這就叫有了媳婦忘了娘，可這下子還沒有媳婦，他就先把娘給忘了。

「行了，你別說了。今兒姜家說了，不願意讓女兒那麼早嫁人。」

齊斬一聽，也著急了，不等他開口，齊二夫人搶先開口道：「你的事情，我這個做娘的，能不放在心上？早嫁、遲嫁的，那也是人家的一句話。我想著，讓你妹子遞個帖子，把人請進府裡來，到時你去和妳妹子說上一、兩句話，藉機在人家姑娘面前混個臉熟。」

其實說來說去，齊二夫人還是覺得面上過不去，畢竟姜家門第低，齊靳又是這樣剃頭擔子一頭熱，她真拉不下這個臉去說親事。

她想著，她不是不同意這門親事，只是不能自家上趕著，那樣多丟面子。

齊二夫人這邊一走，姜錦魚便被喊著去了何氏那裡。

她一進門，何氏便推心置腹，將方才齊二夫人的話給說了，末了道：「方才娘找個由頭先回了，最後還是要看妳自己樂意不樂意。妳先別覺得羞，妳是我嫡親的女兒，有些事情我才不瞞著妳。雖說外頭都說父母之命媒妁之言，可盲婚啞嫁的，要是嫁錯人怎麼辦？

「妳年紀也到了，我同妳爹就是再想留妳幾年，也只能留到十七、八。再留，反倒不是對妳好，是害了妳。如今早早相看起來，若是遇上性情相合、家世相當、人品厚重的，先訂親也是無妨的。」

畢竟是女兒家，聽到這樣的話，免不了有些羞澀。姜錦魚壓住面上泛起的紅暈，抿唇笑道：「娘，我知道。不過齊家，女兒覺得不大好。齊大非偶，女兒不想高攀。」

何氏自己也覺得高攀不好，若是旁人家得了這樣的親事，她自然發自內心覺得千般好，可落到自家身上，她就開始發愁了。

況且，今日齊二夫人的樣子，也不似一心來求娶的，怕也是認為齊公子一時對綿綿的容顏著迷，並沒多看重。

母女倆想法如出一轍，何氏最後拍板道：「那成，等妳爹回來了，我同他說說，省得他不知道。」

第二十八章

「嗯。」姜錦魚抿唇含笑答應下來，倚進何氏的懷裡，蹭亂了自己的頭髮，軟聲喊了一句：「娘。」

何氏頓時被喊得心軟了，當年還小團子似的嬌嬌女兒，一下子長成了外人上門求娶的大姑娘了，她又是欣慰又是不捨，同時又明白，女兒遲早是要出嫁的。

「娘跟妳說，這些話，以前妳還小，娘不捨得同妳說，如今不一樣了，再不說，娘怕妳日後吃虧。」何氏揉揉自家閨女的髮，道：「女子嫁人，等同於第二次投胎。妳可要擦亮眼睛挑，雖然娘也會幫妳，但總歸要靠妳自己。妳心裡得有個底，若是迷迷糊糊把自己嫁了，這樣可不成。」

姜錦魚聽了，心裡有點慌，又不想面對，上輩子自己選錯人，這輩子叫她選，她只怕又選錯了，那可怎麼辦？

而姜仲行回來後，得知了齊家的事情，二話不說便道：「我不同意。莫說綿綿同他齊家公子無甚瓜葛，那樣見色起意的紈袴，我如何能將女兒託付給他？」

夫妻二人，一個覺得齊靳不穩重、不可靠，一個覺得齊二夫人看不上自家的門第，反正都覺得不好。

等姜宣回來了，他這個做阿兄的，倒是難得的客觀了一回，只道：「綿綿是我妹妹，我自然是一心盼著她好，那齊公子，我尋個日子去看看他，若是真如爹所說這般不堪，那自然得回了。」

說到底，姜宣也沒覺得齊靳配得上自家妹妹，只是他這人比較實際，雖然偏心得很，也要去試試這齊靳是個什麼樣的人。

這樣打定了主意，尋了個空閒日，姜宣便出門了。他不是一個人去，而是繞去了一趟顧府，拉上顧衍。

話說顧衍這段日子倒是難得的悠閒，家中繼母忙著替顧軒相看人家，顧不上來找他麻煩，雖說那些麻煩，顧衍抬抬手便能解決，可能少點事情，也挺好。

出門後，兩人碰了頭，顧衍隨口問一句。「怎麼想起去清荷樓了？」

姜宣敲了敲扇子，滿臉正色道：「前幾日齊家二夫人來了我家，聽那意思，彷彿是想要與我妹妹說親。我這做阿兄的，得替妹妹把把關。綿綿從小也喊你哥，這個忙，你可得幫。」

說罷，回頭看顧衍，卻發現他似乎是怔了一下，只是一瞬便回過神，若有所思中又含著一絲的驚訝。

「綿綿都要說親了？也是，她都及笄了。」

他的語氣有些不真實，彷彿不久前，小姑娘還是住在隔壁，那個抱著酒杯、醉醺醺弄了他一袖子口水的小丫頭，如今聽到姜宣提起，他才醒過神來。
噢，彷彿不能用小姑娘來形容了。
姜宣沒察覺出他微妙的語氣。「我打聽了，齊靳今兒要去清荷樓，與好友聚會。」
好兄弟在耳邊喋喋不休，顧衍卻是一句都沒聽進去，莫名有點走神。

一進清荷樓，便有小二迎上來，姜宣都打聽好了，便挑了個齊靳聚會隔壁的包廂。
他們略坐了片刻，便有小二送來了茶水。包廂的隔音不好，大概隔壁也只是些公子哥兒們聚會玩樂，所以店家並沒刻意選隔音好的包廂。坐在這邊，能聽到旁邊傳來的依稀的笑鬧聲，不過聲音那麼雜，姜宣也不認識那位齊公子，所以什麼也沒聽出來。
等到那邊散場，姜宣和顧衍也跟著開了門，出門便故意挑了個醉酒的扶住了。
「這位公子，小心。」姜宣生得儒雅溫和，很容易讓人生出好感。那醉酒的公子頓時覺得不好意思，忙起身拱手道：「在下出自沈家，行三，不知兄臺是哪個府上的？方才沾污了兄臺的衣裳，實在不好意思。」
姜宣那純粹是故意的，面上還笑咪咪的，裝著寬容大度的樣子。「無妨，一件衣裳而已。」
「那如何行！」沈三原本還只是客氣，看姜宣舉止灑脫溫潤，心裡頓時起了結交的心思，再看他身旁的顧衍，也是生得眉目俊朗，如青竹、如松柏，果然是人以群分。

姜宣再推辭，就顯得不大方了，恰到好處推了一句，便自報家門了。「在下出自姜家，乃家中長兄。」

這話一說，本來還提不起勁兒的齊斬，隨即擠了過來，磕磕絆絆上來道：「原來是姜兄。我……我在家中行六，噢，我姓齊。」

要說姜宣這人吧，看著溫潤如玉，骨子裡還是有點壞心眼的，見齊斬戰戰兢兢的，卻裝作不認識他的樣子，客客氣氣同他搭了兩、三句話，然後就把他丟到一邊去了。

一群公子哥兒在包廂門口說話，掌櫃的還以為這邊出事了，忙上來準備勸和。

被掌櫃那麼一鬧，為首的沈三便道：「今日這樣說話不便，等來日得了空，定要請姜兄、顧兄一聚。」

姜宣也笑咪咪把人送走，對著不太想走的齊斬，也仍是一樣的表情。

齊斬就是想搭話，也只能硬著頭皮走了，畢竟他心目中的大舅子，似乎壓根兒就不知道他這號人呢！

送走沈三一行人，姜宣摸著下巴，思忖道：「這齊斬看上去，似乎有點傻……」

「白日聚眾酗酒，言辭輕浮，性子浮躁，心裡藏不住事，才學爾爾，並非良人。」顧衍突然開口，語氣淡淡地評價，還是很不給面子的壞評價。

姜宣素來同他有好友之誼，聽了也覺得有道理，又想到以往在書院裡，顧衍從來看人都比他準確，連有些道貌岸然的夫子，都是他一眼看穿的。

看來，這齊靳還真的不大合適。

姜宣若有所思的點頭，兩人在清荷樓告別。

顧衍回到家裡，便被祖母那裡的陳嬷嬷喊了過去。

「阿衍，祖母今日找你過來，是想問問你的親事。」

今日同好友一聚是為了綿綿的親事，回來見了祖母，聽到第一句話也是關於親事，莫名的，顧衍就把兩件事聯繫到一起了，語氣一頓，才抬眸開口。「祖母請說。」

顧老太太試探著開口。「我有心想替你挑個好的，可竟是不知你喜歡什麼樣的，一時之間不知從何下手……」

顧衍聽得擰眉，本來想要回一句說習慣了的「祖母拿主意便好」，卻突然變卦，說出了自己都覺得莫名其妙的話。「說話甜的，性子軟的，喜歡吃的……」

他話一頓，住了嘴，倒是顧老太太聽得一頭霧水，這哪裡是選妻子？分明是女兒啊！

「祖母拿主意便好。」顧衍擰眉，沈默了一瞬。

顧老太太也懶得糾結了，直接道：「那我就說了。我相中了個姑娘，家世是一般，不過她性子好，模樣也討人喜歡。姑娘的爹雖然只是七品小官，但人很有些本事，是會幹實事的。姑娘還有兄弟兩個，阿兄是個秀才，弟弟倒是還小……」

「嗯……」顧衍一開始聽得心不在焉，卻越聽越覺得有些耳熟，抬眼看向自家祖母，就見她一笑，接著道：「姑娘姓姜，年紀是小了些，也不知道你等不等得了……」

說罷，顧老太太就那麼抬頭笑看著顧衍，直看得他本來坦蕩蕩的態度，都變得有那麼些不自在起來。

「你若是等不得，那咱們也不必一棵樹上吊死，我還給你挑了幾家……年家的二姑娘……于家的四姑娘……」

顧老太太接著往下說，她這幾日挑的姑娘委實多，簡直是張嘴就來，可見私底下已經琢磨了好些日子。

「祖母——」顧衍突然開口，打斷了老太太的話，祖孫兩個彼此對了個眼，顧老太太心裡就笑了。

「我不急著成婚。」顧衍彷彿是怕老太太聽不懂，頓了頓，又補一句。「我等得了。」

顧老太太還真沒料到，一向沈靜淡漠的孫子，會有一日為了個姑娘，說出「我等得了，我不急著成婚」這樣的話，又是感慨，又是激動，心緒複雜道：「那好，咱就等等，先訂親，你看如何？」

「嗯。」顧衍答道，過了會兒，又加了一句，掩飾似的道：「祖母拿主意便好。」

陪著老太太用了晚膳，回到自己的院子，顧衍這才有點冷靜下來，坐在屋裡想了半宿才算想明白了。

明明對未來妻子沒多大期待的，為什麼祖母問的時候，莫名其妙就說了那樣的話？明明連有血緣關係的妹妹及笄，他都懶得理會，卻為了個外人，在院試前費時間去畫了那麼一幅畫？若僅僅只是為了補一份及笄禮的話，分明蝶雅軒的簪子頭面便足夠了。

他不清楚自己是什麼時候動了心思，可一旦知道自己的感情，那便不會輕易鬆手了。

這輩子，他第一次生出這樣的感受，他是期待和某個人分享自己的時間、分享自己的情緒的，榮華富貴也好、落魄也好。好似有那個人陪著了，就什麼都有滋有味的。

別看顧衍平日裡萬事不管的模樣，可他並不是坐以待斃的性情，不理睬不過是因為不在意而已，他上心的事情，便不僅僅用「理睬」二字就能形容的。

知曉自己的心意後，顧衍隨即也有些頭疼了。

兩人相差的年齡，倒還只是小事，就似他那時說的話，「他能等，也樂意等」。

可因著先前在夏縣和姜家的來往，莫說姜家夫婦，便是姜宣也覺著，他與綿綿是兄妹情誼，就怕是連綿綿也如此作想。

招手喚來下人，顧衍微微擰眉道：「去跟連管事說一聲，去問問藥農那裡有無品相好的藥植、藥苗，若是有，便收了，送到府上來。另外讓魏掌櫃替我看著，若是有瞧著稀有的醫書，收了送來府上。」

旁人興許覺得顧衍這個原配之子，過得很慘，親爹是個沒腦子的，上頭有那麼個繼母，下面又有繼母所出的嫡出弟弟，用一句「前有虎後有狼」來形容也不為過。

但他手上有的東西，其實並不少。

當初生母去的時候，顧老太太知道顧忠青是個不靠譜的，生怕自己什麼時候一蹬腿，就剩下顧衍一人受繼母搓磨。那時便拿了主意，逼著顧忠青把顧衍生母的嫁妝，全都交到顧衍的手上了。

當時只是些小鋪子，再值錢些的便是地契，可實際上並沒有多少。後來顧衍念書之餘，只分出幾分心神管理，如今卻是進項不少。

這事知道的人少，顧衍又沒親自出面經營這些生意，他一個打算讀書出仕的人，也沒把生意看得太重。連顧老太太那裡，也是只知道有些進項，可到底有多少，老太太也不清楚。

而胡氏倒是想打聽，不過看顧衍自己和老太太都是淡淡的，尋思著沒賺什麼，但光是知道顧衍生母的嫁妝落到顧衍手裡這件事，她心裡就不舒服，也看繼子越發不順眼。

顧衍御下有術，說話素來很管用，吩咐下去沒幾天，藥鋪的連管事便送了兩盆藥苗來了，一盆是白芍藥，另一盆則是黑果枸杞。

「都不是什麼貴重的，可黑果枸杞明目，這株還是野生的，藥效好，藥農昨兒才送來的。」管事指著藥苗說道。

白芍藥開花的時候那可是一絕，黑果枸杞也是，普通枸杞可是有個「紅耳墜」的諢名，這黑果枸杞無論如何也差不到哪裡去。

顧衍覺得不錯，便親自去一趟姜府，藉著找姜宣的由頭，把東西給送過去。

姜宣哪裡知道，自己最信任的好兄弟，惦記上了自己最疼愛的妹妹，還看了看那生機勃勃的白芍藥，摸了摸葉子笑道：「綿綿必然喜歡，我叫人送綿綿院子裡去。」

顧衍也是才摸透了自己的心思，當然惦記著想見一見心上人，不過他面上卻是不顯異色，陪著姜宣隨意閒聊。

「院試的結果，在這幾日就會公布了。你家中繼母怕是又要不消停了。」姜宣搖頭替顧衍擔心，姜家沒有妾室庶子，日子過得很是安生，可顧家那爛攤子，他可是看在眼裡，也替自家兄弟不值。

顧衍一頓，微微皺眉。也是，他的家世，興許別的府裡可能願意，但對於不願意高攀且疼女兒的姜家而言，連齊家都不樂意，顧家的狀況，怕是更不肯了。

長輩猶在，一時要分家是不可能的。不過法子也不是沒有，還是要從長計議。

「對了，昨日我收了塊好墨，等會兒隨我去書房看看……」

「好……」

兩人你一句我一句閒聊著，便看到有人福了福身子進來了。

顧衍覺得有些面熟，想起來，似乎是姜錦魚身邊貼身伺候的小桃。

小桃笑咪咪捧了幾碟子的糕點過來，道：「這是姑娘親手做的糕點，命我送來給公子和顧公子嚐嚐。」

姜宣笑了，語氣還是挺謙虛的，可面上的神色，仍是誰都看得出來是在炫耀。「綿綿愛琢磨這些，她自己又吃不了太多，總是便宜我們，先前已經一陣子不做了。今日有這麼些東西，看來我們還是託了方才那兩盆藥苗的福。」

小桃性子活潑些，且姜家對下人基本寬和，除非真的犯了什麼大錯，因此看大公子這似是在調侃的話，小桃不禁替自家姑娘解釋。「姑娘說了，下晌時候用些糕點才好，否則頭暈眼花的，尤其似大公子和顧公子這樣日日念書的。」

「知道了，知道了。」姜宣無奈的搖頭，他心裡自然覺得，自家妹妹是關心自己，至於顧衍則是順便沾了他的光而已。

他可是親阿兄，待遇自然不一樣。

打發走小桃，姜宣回頭一看，便見平日裡淡漠得猶如沒有口腹之慾的顧衍，居然兩指捏了一塊桃花酥，抬頭認真的看向自己。

「宣弟，綿綿的手藝不錯。」他嘴上道，心裡想的卻是：我媳婦手藝真好。

當然，顧衍一方面是情人眼裡出西施，另一方面，也不是故意吹捧。糕點做得入口綿軟，並不似別的酥那樣用多了豬油，嚐起來並不油膩，清甜中透著淺淺的花香，賣相也很好，還能看到軟酥皮上的花。

顧衍態度認真誠懇，誠懇到姜宣都不好意思伸手了，猶豫道：「顧兄喜歡……等會兒讓廚房準備些，顧兄帶回去嚐嚐？」

顧衍回答得飛快。「那倒不必，這幾碟子便夠了。多謝宣弟割愛。」

姜宣就這麼稀裡糊塗，看著平日出手大方的好兄弟，跟談生意似的把幾碟子糕點全納為己有了。好似那不是不值錢的糕點，而是莊子、鋪子。

四月末時，院試貼榜了。

盛京一掃先前因為太皇太后身子不大好的低迷，一下子熱鬧起來了。

上自大臣，下至平民百姓，都在好奇，今年春闈的案首會是誰？會不會又出什麼青年才俊？會不會有像前年工部侍郎家那樣榜下捉婿的人家？

當然，對於顧家而言，自然更是緊張，不為別的，便是期盼府裡的主子能考中舉人。

胡氏一大早便起身了，又去佛像前嘀嘀咕咕了半天，求佛祖保佑自家兒子考中，至於繼子，最好名落孫山！

顧家一家子難得坐在一起用早膳，因為今日正好輪到顧忠青休沐，因此他也坐著，見素來不喜的長子一臉冷漠，只覺晦氣。轉眼看向二兒子，滿臉倦意打著哈欠，更覺得晦氣。

本想訓話，轉念一想，這院試的結果還沒出來，雖然他覺得自家兩個兒子，看著一個能中的也沒有，可也不能這麼早就滅自家威風，便把一肚子的話先憋著。

胡氏倒是笑得十分燦爛，邊挾了個饅頭給顧忠青，邊道：「我昨兒夢見了喜鵲臨門，想來是個極好的預兆，今兒拜佛的時候，妾也覺得心安。看來軒哥兒這孩子，這回是真的開竅了。」

「哼。」顧老太太聽得不高興。「妳這話說得不地道，既然是夢，分明是衍哥兒和軒哥兒都有好事。平日妳厚此薄彼便罷了，今兒這樣的日子，我都懶得說妳了。」

胡氏心下暗罵：老虔婆！當然是我軒哥兒考中舉人，顧衍這個喪門星，一個死了娘的，有那福氣中舉人？

顧老太太又轉頭問顧衍。「那個來過家裡幾回的同窗，姓姜的那個，這次也下場考試了吧？」

祖孫倆雖然就姜家的事情談過，可眼下婚事還沒影兒，自然也不好直接問。

「嗯，宣弟念書比我厲害些……」顧衍淡淡回答。

這倒是大實話，他認為姜宣是那種天賦努力兼具的人，這樣的人，穩紮穩打，入仕之後往教書育人那方面開展，最合適不過。

倒是顧衍，他不是那等求知若渴的人，他念書雖然念得好，卻並不是因為喜歡或是天賦，念書只是他入仕的一個管道，他是想要通過念書獲得什麼，至於念書本身，並不具有太大的意義。

第二十九章

顧忠青不耐煩聽別人家的事情，有一口沒一口吃著饅頭。

胡氏聽在耳裡卻想著：莫不是老太太真要替顧衍說姜家的姑娘了？那也好，喪門星配個小官之女，最好不過！

一頓早膳，除了顧衍，側廳裡的人都心不在焉，尤其是一直沒開過口的顧軒，更是在心裡祈禱：最好他們兩個誰都別考上……

反正他自己是沒希望了，他在院試寫的那文章，他現在回想起來都羞愧，只盼著大哥也別考上，這樣娘才不會發瘋。

可惜，大概是他太遲祈禱了，老天爺沒聽到，出去等著貼榜的管事幾個匆匆跑了進來，喘得上氣不接下氣。

「張榜了……張……」其中一個管事磕磕絆絆道。

見管事的神色，顧忠青忍不住抱了一絲希望，說不定胡氏也沒誇大，指不定二兒子真能考中，便含含糊糊問：「可中了？」

另一個管事順過氣來了。「中了！中了！公子中了舉人！」

顧忠青和胡氏一聽，自然覺得是顧軒，喜得不得了，顧忠青的鬍子都抖起來了，胡氏也是一副喜極而泣的樣子。

情。

「還是經魁！」原來的那個管事緩過勁來了，急急忙忙補充。院試頭名稱解元，次名為亞元，再往後三、四、五名，便是經魁了。盛京人才濟濟，能拿到經魁的名次，不管是第三還是第五，都是值得大肆慶賀一番的事情。

顧忠青這下可真的坐不住了，一下子拍著桌子站了起來，滿臉喜色。「竟然還是經魁？我看這下子還有誰說我顧忠青後繼無人了！」

胡氏也是高興得不得了，一迭連聲道：「珠兒，去給我準備準備，我明兒要去菩薩那裡還願！」

家中主僕也是喜不自勝，唯獨坐在一邊的顧軒愣著說不出話。

還是顧老太太憐憫的看了一眼兩人，開口問那臉色不大對勁的管事。「你把話說清楚，誰中了？」

管事小心翼翼瞅著顧忠青和胡氏的臉色，賠笑道：「是……是大公子。我們大公子中了經魁。」

話音剛落，胡氏就覺得，自己好像被打了個巴掌，硬生生落在臉上，打得有些暈，險些站不住了，撐著桌子問：「你說誰？顧衍中了？不是軒哥兒？」

顧軒也覺得倒楣，本來一家子兄弟都不中，也挺好。現在他名落孫山，大哥竟是中了經魁，這一對比，就有點難堪了。他起身朝顧衍拱手，道：「恭喜大哥！」

顧衍面上並無多少喜色，輕輕點頭答：「多謝二弟。」

這下子愣住的顧忠青和胡氏兩人，才算是徹底清醒過來了。胡氏是完全不肯相信，但不得不相信，而顧忠青心情更是複雜一些。

他寄予厚望的次子名落孫山，倒是他一向不看重，甚至忽視的長子，居然一舉奪得舉人的功名，而且還是經魁。

一方面，他理智上覺得是好事，兒子出息，他在同僚間也更有面子，總好過日日乾看著別人炫耀自家兒子多出息。可是情感上，他又覺得羞愧，甚至有點煩躁，彷彿被人打了一巴掌，以往如何冷待長子的記憶全都湧了上來，恨不得是次子中舉人才好。

「衍哥兒——」顧忠青猶豫著開口，尋思要不要說幾句鼓勵的話。

顧衍靜靜等著，見他一直沒下文，便也不等了。

「這是好事，我也該去同恩師報喜。」

顧老太太反應過來了，忙道：「是該去！我這就讓人從我的私房裡拿銀子，你不許自己掏錢，我來準備！明天就去！」

顧忠青也吶吶道：「怎麼好讓您出錢？娘，衍哥兒讀書，本該家裡出錢，這錢我來出。」

聽了顧忠青的話，胡氏險些咬碎一口銀牙，惡狠狠朝顧衍那邊瞪著。

本來還覺得銀錢怎麼樣都無所謂的顧衍，一察覺到胡氏含恨的目光，卻是勾起唇，淡漠的應了一句。「好。」

長子素來冷淡，這一聲好，著實讓顧忠青受寵若驚，想笑一笑，又覺得未免有主動討好的嫌疑，太掉面子了，於是便只能對胡氏吩咐。「那妳記得準備。」

胡氏牙根咬得生疼，面上卻還要笑著。「我知道了，不會忘了的。」

顧忠青大概也覺得，自己這態度轉變有點快，對次子漠不關心不太好，想了想，又道：「軒哥兒的老師那裡，妳也派人送禮過去。雖說軒哥兒這回未中，可也不能怠慢了師長。」

這話簡直就是打胡氏的臉，明晃晃的「未中」二字，讓胡氏徹底笑不出來了，只能硬著頭皮，咬牙切齒道：「知道了，老爺。」

長子中了經魁，家裡妻子也處處順著他的意思，連一向因為他待長子冷淡而不滿的老太太也無二話，顧忠青忽然覺得，家裡真是一派祥和，父慈子孝、妻妾和睦……

抱著這樣的想法，顧忠青心情大好，高高興興出門會客去了。本來他是不想會客的，不過現在自家出了個經魁，那出去走走也無妨。

顧忠青一走，胡氏就坐不住了，白著臉起身，向老太太福福身告辭，說自己屋裡還有事要處理。

而顧老太太心情好，懶得搭理胡氏，隨意擺擺手就讓人走了。倒是對著顧軒，老太太還勉勵了幾句，畢竟是親孫子，便是有那麼個娘，也怪不到他頭上。

「軒哥兒，你也別洩氣，你年紀還小，往後好好念書，跟你大哥學，知道嗎？」

「我知道了。」顧軒嘴上答應後，便狼狽的走開，沒跟顧老太太說太久。

一向寄予厚望的長孫中了舉人，顧老太太是真的高興壞了，拉著顧衍的手，連聲喜道：「這下可好了，你如今身上有功名，你又還這樣年輕，貢士、進士想來也不在話下。胡氏便是再想拿捏你，只會越來越不容易。」

顧衍微微一笑，他並沒覺得胡氏有拿捏住他過，是他認為沒必要與胡氏計較而已。

顧老太太高興完了，又琢磨起了孫兒的婚事來，原本覺得胡氏那裡算計著，自家門第在盛京也就一般，給顧衍說姜家姑娘，也還說得過去。如今再看，又有點覺得虧待顧衍了，一時有點拿不定主意。

她想要反悔，又覺得不妥，雖然還沒訂親，甚至連口都沒和姜家開，可祖孫倆私底下也是說好了的。

顧衍一看祖母神色，心下猜到幾分，淡色道：「不知這回宣弟考中否，他念書比我厲害，這次連我都中了，他應當沒什麼問題。」

顧老太太一聽，頓時把方才的小心思放下了。不是覺得姜宣能中舉人，便對姜家高看一眼，而是覺得，自家孫兒這時候還念叨著人家姑娘的阿兄，可見是真正上心了。

她就是想棒打鴛鴦，也得考慮自家孫兒的感受不是？

把話吞了回去，老太太開口了。「也是，雖說還沒定呢，但你去關心關心，也顯得咱家誠心不是？」

顧衍見祖母這個樣子，就知道無事了，便也放下心來，準備出門去姜家「關心關心」自己未來大舅子。

顧衍一出門，就聽到街上的人議論紛紛，而議論的焦點，便是此次院試的解元。

「聽沒聽說，這回解元可年輕了，才二十歲！」

「這可真是人比人氣死人，我剛還看到董家那老秀才在那兒嚎呢，五十三歲才中舉人。

這解元家裡是做官的吧？可真夠出息的！」

那邊一貼榜，前三名立刻被打聽了個遍，立刻就有人道：「我知道！解元姓姜，解元爹在吏部任職，老家還有兄弟，我姑奶奶的表嫂的兒子給解元家跑過腿，還得了賞錢呢！」

此言一出，旁邊就有人不服輸了，攀關係道：「你那算什麼？我大舅子……」

那人被駁了句，也絲毫不氣，還美滋滋道：「嘿嘿，等我回去了，就去我姑奶奶家去，討個銅板來，給我家小子帶著，也讓他沾沾解元的喜氣，往後也給他爹考個解元！」

而此時的姜家這邊，很是門庭若市。

姜仲行會做人，自打進了吏部之後，官職上一時並無進益，但他長了張忠厚沈穩的臉，做人又爽朗，剛進盛京，同他原先一樣在吏部做雜務的官員們，不少都受過他的恩情，還有處得好的同僚們，一聽到解元出自姜家，都派人來道喜。

有些還不是讓下人來的。雖然親自來的少，更多是派了家裡兒子、姪子、孫子們來。沒別的原因，能讓後輩沾沾解元的喜氣，那也是好的。

除開同僚，鄰里也都上門慶賀，還有姜宣的同窗，不少都是去看榜了，見解元是自己同窗，都結伴過來道喜了。雖說因為桃花災，在外姜宣會端著架子，但就學時與他爹一樣長袖善舞，人緣不錯。

一時間，上門道喜的人絡繹不絕，何氏那邊要接待，姜仲行也忙著同人說話，新出爐的解元姜宣，更是被人圍了個水泄不通，就連年紀還小的姜硯，也被拉出來負責陪來沾喜氣的同僚孫子聊天。

姜錦魚略好些，她是及笄的姑娘了，平日就不太出門見客，加上這回上門道喜的客人裡，也少有姑娘的。

不過她留在後院坐鎮，安排下人奉茶、上點心，收禮記名，也是費了些功夫才把亂糟糟的前廳給穩住。

顧衍上門的時候，姜家幾人都已經有點招架不住了，尤其是姜宣，一看到顧衍，簡直是看到了救星一般，忙招手喊他。「衍哥！」

顧衍順手拉了個眼熟的下人，吩咐他給缺了茶水的那桌客人奉茶，才走到姜宣那邊。

和姜宣天生笑面不同，顧衍這人看上去就特別不好接近，許多同窗都莫名有點怕他，見他來了，都訕笑著跟他道喜，然後也不好意思再圍著姜宣，乾脆便散了去。
救了姜宣這邊的場，顧衍又被拉著去了姜仲行那裡幫著招待客人。
以前對於姜叔，顧衍的心態是尊重和感激。但現在不一樣了，自己都盯上人家閨女了，面上雖然看不出什麼，可心裡就有點小小的心虛。
老丈人擱你面前待著，還笑咪咪的，一副把你當自家兒子的樣子，從來沒想過你這個「不孝子」，居然在算計著他家閨女，換誰誰都心虛。
「姜叔。」顧衍難得慎重了起來，拱手上前道。
姜仲行把顧衍當自家姪兒看，見他來了，忙關心道：「你府上可得了消息？」
這話就是問，顧衍考中舉人沒？
顧衍自然謙虛道：「僥倖中了舉人，不如宣弟。」
姜仲行也算看著顧衍長大的，當即為他高興，拍了拍他的肩膀。
然而才說了幾句話，就又有人圍過來，要同姜仲行說話，姜仲行躲不過，乾脆把兒子推出去，讓姜宣幫著招待同僚。
再有人來，就順手把顧衍也推出去，還樂呵呵道：「衍哥兒如同我家孩子無二，這回中了經魁……」
顧衍微微頭疼，也不知被未來老丈人視作兒子，是好還是不好，但他幫忙招待姜家來客，倒是遊刃有餘。

姜宣文質彬彬，溫文儒雅，又頂著解元的名頭。而一旁的顧衍呢，俊朗清冷，貴氣穩重，還是經魁。這兩個青年才俊一同待客，實在讓不少人都驚嘆，暗道：姜家這是什麼風水？簡直就是祖墳冒青煙了！

一直折騰到傍晚，姜家院落才重歸寧靜。

姜錦魚得知前廳沒有外人後，也從後院出來了，一邊招呼著錢嬤嬤把吃食往桌上放，一邊讓姜仲行幾人過來吃點東西，墊墊肚子。

魚肉餛飩皮薄餡鮮，咬一口都能冒出汁，豬油清湯，飄著嫩綠的蔥段，看著便讓人食指大動。豬肉餡的酥餅烤得香脆，一咬便能咬到蔥肉餡，酥皮上還撒了白芝麻粒，香氣四溢。

姜仲行一看到便覺得腹中飢餓，回頭看眾人，皆是一副累得不行的樣子，姜宣同顧衍還好些，小兒子姜硯卻是恨不得抱著柱子呼呼大睡了，一邊還忍不住吞口水。

「快吃吧，墊墊肚子。」姜仲行憋笑著坐下，招呼眾人入座。「綿綿給我舀碗餛飩。」

姜錦魚順手舀了十來個餛飩，又按著自家爹的口味，添了點陳醋，送過去。

接著回頭，就發現坐著的眾人都眼巴巴望著自己，頓時無奈得不得了，趕緊招呼錢嬤嬤過來幫忙，自己也繼續幫著舀餛飩。

「顧公子，辛苦你了。」姜錦魚含著笑意，將玉白的碗遞過去。

心上人的小手白嫩，指尖看著纖細，實則指肚上肉肉粉粉的，正捏著微微有些燙的碗邊，被燙得有點發紅。

顧衍怔了一瞬，立刻伸手將餛飩接了過來，微微帶了笑意，溫和頷首。「多謝綿綿了。」

姜錦魚聽得一愣，還沒意識出區別來，那邊姜硯便嚷嚷著要吃豬肉酥餅了，忙轉過身去給他掰了半個。

等忙完了，姜錦魚也就徹底忘了自己剛剛在想什麼。

至於顧衍，吃著心上人親自遞過來的餛飩，唇邊帶了絲愉悅的笑意。

往後綿綿妹妹這個稱呼是不能用了，這哥哥、妹妹的，日後成親了，拿來當情趣不錯，但如今他連名分都無，可不甘心只做個哥哥。

顧家，胡氏這頭，氣得頭暈眼花，回到屋裡便躺下了，也睡不著，就是氣。

自家軒哥兒沒中也罷，繼子居然考中了舉人，還是個什麼經魁？真是老天爺不長眼！

過了會兒，全嬤嬤進來了，小心翼翼看胡氏的臉色，唯唯諾諾喊了句。「夫人。」

胡氏有氣無力的回：「什麼事？」

全嬤嬤也知道自家主子的心情不好，不敢惹她，可也不敢瞞著，只能硬著頭皮道：「趙侍郎府上派人來了。」

胡氏一聽，立刻坐了起來，邊喊著丫鬟進來伺候她梳妝，邊吩咐全嬤嬤。「嬤嬤先去讓人坐會兒，我弄好了就過去。」

趙家是胡氏為自家兒子找的妻族，趙大人在工部做侍郎，聽說明年估計還要往上爬，指不定就成了工部的二把手了。胡氏早就為顧軒相看了趙家的姑娘，將趙夫人哄得高高興興的，在她心裡，與趙家的親事，那是十拿九穩的。

胡氏忙著收拾，全嬤嬤卻是遲疑著沒有走，胡氏心底生疑，話語中帶了一絲不快。「嬤嬤怎麼還不去？可別怠慢了趙家。」

全嬤嬤心知瞞不住，乾脆一咬牙，把藏在袖裡的盒子取了出來，硬著頭皮道：「夫人，趙家那嬤嬤已經走了，這是她留下的，說是趙夫人讓她帶來的。」

胡氏插簪的手一頓，等見到那盒子裡兩家用作信物的鐲子時，氣得心口一堵，一口氣險些上不來了。

全嬤嬤嚇了個半死，同丫鬟一起扶住胡氏，連聲道：「夫人，您沒事吧？」

親生的兒子名落孫山，倒是她最為忌諱的繼子中了經魁，現在連兒子的親事都泡湯了，多重打擊之下，胡氏一下子給氣暈過去。

全嬤嬤和丫鬟都嚇呆了，一個喊大夫，一個幫著胡氏順胸口，折騰了一個多時辰，正院才算是平靜下來。

本以為今日就是不順，最多也就這樣了，就連胡氏自己都認命了，咬著牙躺在床上惡狠狠詛咒，巴不得繼子立即患惡疾死了，至於背信棄義的趙家人，最好明天就被抄家！

好不容易心裡舒服了些，又聽到屋外傳來腳步聲，守門的丫鬟似乎是喊了句「老爺」，然後就見顧忠青推門進來了。

胡氏立刻打起精神來，她知道，如今老爺是她和軒哥兒唯一的依靠了，一定不能讓繼子再把老爺這個靠山給搶走。

胡氏拿出平日裡撒嬌的本事，柔柔喊了句。「老爺，您不是會客去了嗎？怎的回來得這麼早？餓不餓？妾讓廚房給您上些點心……」

「玉霞，去趟廚房——」胡氏話沒說完，一個杯子就砸在了她的面前。碎裂的瓷片濺了一地，胡氏嚇得臉都白了，吶吶道：「老爺這是怎麼了？怎麼、怎麼發這麼大的脾氣……」

顧忠青滿肚子的氣無處發洩，正等著胡氏問，冷笑一聲就回道：「妳還有臉問？妳知不知道，就因為妳這毒婦嫉妒衍哥兒，我那些同僚們都知道了我顧忠青有眼無珠，錯把魚目當珍珠！妳以前總說軒哥兒讀書多麼厲害，衍哥兒到了妳嘴裡，卻成了不務正業的懶散公子哥兒，害得我忽略了衍哥兒，如今我們父子關係如此淡薄，妳這個做繼母的，真是好算計！」

胡氏腦子都糊塗了。也不知道顧忠青受了什麼打擊，居然還論起他跟顧衍的父子情誼？實話實說，她的確吹過枕邊風，可她進門的時候，顧忠青自己早就跟顧衍生分了，要不然她哪裡那麼容易離間得了？

現在卻全都怪到她頭上，她真是冤死了！

第三十章

顧忠青可不會考慮胡氏冤不冤。

他剛才興沖沖出門炫耀兒子，結果卻被同僚指著鼻子嘲諷，說他連後宅都鎮不住，讓繼室欺壓原配嫡子。現在好了，原配嫡子有出息了，他這個做爹的，又這麼厚臉皮來炫耀？

顧忠青不悅的反駁，說家中父慈子孝，好得不得了。

結果人家也不是信口開河的，直接就把院試結束那日，胡氏派去的馬車只接顧軒回家，卻把顧衍跟書僮丟在考院門口的事情，當作笑話說出來了。

鐵證如山，且這事看到的人不少，顧忠青連句辯解的話都說不出口，在外受了一肚子氣，回來又看胡氏躺在床上「裝病」，自然更是堅定了自己的想法。

「我早上讓妳給衍哥兒準備謝師禮，妳嘴上好好好的，我前腳剛走，妳後腳就躺床上裝病，妳分明就是不想準備！妳看看妳現在的樣子，壓根兒就是個妒婦！」

顧忠青發了好大一通脾氣，末了又惡狠狠道：「妳既然病了，管不了家，那這段時間就讓琴姨娘幫忙管著，這謝師禮也用不著妳準備了，讓琴姨娘準備吧！」

說完，顧忠青氣急了，拂袖朝外走去。

方才顧忠青發那樣大的脾氣，全嬤嬤根本不敢過來，現在才急著跑進來，看到主子躺在床上無聲流著淚，頓時也跟著哭了。「夫人，老爺只是一時生氣，您別把老爺的話當真啊！老爺最疼二少爺了，就是看在二少爺的分上，他也不會真跟您生氣的。」

胡氏卻是滿臉洩氣，淚直往下淌。「他說我是毒婦？我做什麼還不是為了這個家好，他居然指著我的鼻子，罵我是毒婦？」

全嬤嬤看得嚇壞了，生怕胡氏就此徹底喪氣，忙擦了眼淚道：「夫人，大少爺不過中了個舉人，咱們還不算輸，您別洩氣。大少爺那個性子，老爺就是眼下看重，也長久不了！您不能眼睜睜看著大少爺把老爺搶過去啊！」

胡氏的眼裡漸漸有了神采，她坐起身來，咬牙含恨道：「嬤嬤，妳說得對！不能讓顧衍那個喪門星好過！我就不信老爺能一直偏著他！」

全嬤嬤忙不迭應道：「您說得對，二少爺就只能指望您了，您可不能倒下啊！」

胡氏冷冷一笑。「他讓琴姨娘那個賤蹄子管家？哼！她能管得好？把帳簿和庫房鑰匙送到那賤蹄子那裡去！這些日子，我就不出門了，過幾日，妳讓人去老爺面前透露幾句，說我自覺惹了老爺不悅，心下羞愧難安，日日拜佛念經。另外，讓廚房每日熬了中藥給我送來。」

胡氏手捏得死緊，咬著牙繼續吩咐。「讓玉霞這幾日準備準備，等老爺過來那日，我就給她開臉。」

這就是要捧玉霞，跟琴姨娘爭寵了。她畢竟年紀大了，顧忠青也是個重顏色的人，若是不給他點甜頭，只怕還不好把他哄到自己這邊來。

全都吩咐好了，胡氏才躺下，面上看著恢復了溫和端莊，實則牙根早已咬出血了。

她怎麼能不恨？她壓了繼子這麼多年，如今卻要讓她和兒子看著顧衍的臉色過日子，絕不可能！

顧衍回來後，繼母病了的事情，已經傳得府裡上下皆知。

胡氏的主意，便是裝病乞憐，博得顧忠青憐惜，其他的事情是暫時顧不上了。自然不知道，她這一「病」，不少看顧家熱鬧的官夫人就「好心」替她宣揚了一番。

因為她病的時間太蹊蹺了，別人自然不知道他們夫妻間那點私事，都以為胡氏是看不過繼子出息，所以嫉妒到得病了。

胡氏在盛京的口碑本來就不怎麼樣，如今更是成了惡毒繼母了。

聽了顧嬤嬤的話，顧衍沒什麼反應，順手幫了琴姨娘一把，道：「讓福嬤嬤去琴姨娘那裡待上一陣。」

顧嬤嬤一聽這話就明白了，自家公子是要抬舉琴姨娘。福嬤嬤是她的老姐妹，夫人還在的時候，做過管事娘子，管帳什麼的是一把好手。只要有她在，琴姨娘不說把家管得多好，至少一時半會兒是不會出什麼亂子。

管家這種事情，本來也就是無功、無過的活兒，只要不出岔子，就算管得好了。

至於琴姨娘，若是個知恩圖報的，那自家公子抬舉她，也算各自得利。若是個忘恩負義的，這段時間福嬤嬤也能在琴姨娘那裡扎根、安下人手，到時福嬤嬤離開了，仍是能讓琴姨娘同正院那位狗咬狗，一嘴毛。

她家公子日後可是要入仕的，後宅這點小事，何須費這樣大的心思？若是這樣，眼界也太小了些。就讓琴姨娘跟夫人鬥去，他們隔岸觀火便好。

顧嬤嬤興沖沖把福嬤嬤喊來，老姐妹倆在屋裡說了會兒話。

福嬤嬤拍著胸脯。「妳還不放心我？這事少爺交給我，我肯定給辦好咯！咱大少爺日後是做大事的，夫人是繼母，她不慈是她不慈，可咱少爺日後還得入仕，哪能真同夫人對上？這不是拿瓷器碰石頭嗎？不值，也沒必要！

「妳且等著，琴姨娘若是個老實的，我自然幫著她，把管家權捏得牢牢的。她若是個不老實的，我也有法子。以往咱們避著正院的風頭，第一，是咱們公子還小，念書才是最緊要的，二麼，那會兒正院的名聲還不差。如今不一樣了，大少爺身上有功名了，咱們還怕什麼？」

福嬤嬤看得明白，還把處境給分析得清清楚楚，把老姐妹說得心服口服後，她揹著行囊，主動去琴姨娘那裡了。

福嬤嬤主動上門的時候，琴姨娘正頭疼著，她一個妾室，一輩子也沒正經管過家，夫人那邊一撒手不管，她頓時頭都大了。

可要讓她放手，她也不願意，主母胡氏不是個寬容的，而大少爺好歹是原配嫡子，還有老太太護著，自己也出息。

可她的兒子顧西怎麼辦？她的西哥兒年紀也不小了，再過幾年就要說親了，她這個做娘的，怎麼也要抓住這次機會，為兒子爭取些東西。

雖說心裡明白，大少爺是暗示自己跟主母對上，才會把福嬤嬤借她使，到時她底下肯定會多上許多大少爺的人，可是這個誘惑太誘人了，她就算知道，也不想拒絕。

畢竟，大少爺可是能幫她、幫她兒子一把，胡氏卻是不可能的！

琴姨娘內心沒掙扎太久，便起身扶住福嬤嬤，身段擺得極低。「福嬤嬤別多禮，我這兒還要先靠妳幫襯了。」

福嬤嬤自然看得出琴姨娘的態度，兩人心照不宣，對視著點了個頭。

這幾日，顧府裡的人發現，繼主母胡氏氣病了之後，一向溫順的琴姨娘，居然也開始爭寵了，胡氏那邊推出來了個玉霞，琴姨娘也不退讓，跟著把身邊顏色最好的丫鬟開了臉。

妻妾鬥法，顧忠青倒是毫無所覺，心情好了不少，覺得最近府裡清靜了不少。去胡氏那邊，胡氏小意逢迎，來了琴姨娘這邊，又是美人相伴，日子實在舒服。

甭管胡氏如何作妖，顧衍卻是沒工夫搭理的。

貼榜後，顧衍和姜宣二人去了書院給先生報了喜，便開始準備鄉試。

姜宣道：「你家中那等情況，你如何能安心治學？照我說，不如我們二人搬出來，一起租個清靜的院子，安安心心學個半年。」

顧衍聽了，自然心動。一方面，鄉試的確是他眼下十分緊要的一件事，另一方面，若是他與姜宣同住，姜家人自然會過來，綿綿自然也會不時過來看望兄長。

「好。」

顧衍想都沒想，直接就答應了。

回到家，顧衍直接在飯桌上提出這個打算。

顧忠青第一反應，當然是不同意。「自家這麼大的院子，難不成還不夠你學的嗎？何苦學那些窮酸書生，非要租個院子住？」

盛京做這生意的人不少，大多都是租給外地的考生，如顧衍和姜宣這樣的，卻是不多。且顧忠青正心虛著，以往對長子漠不關心，如今長子出息了，他當然想挽回一下父子間的關係。可惜顧衍壓根兒不搭理他，顧忠青也拉不下這個臉，父子倆住在一個府裡，但一個月都說不上一次話。

但好歹也是住在一起的，長子若是搬出去了，他挽回關係的算盤豈不是徹底落空？

可惜除了顧忠青，其他人的第一反應都是同意。

老太太是一心盼著孫兒出息，知道姜宣是解元，同這樣的人交往，對自家孫兒自然是好事。再說，家裡有個胡氏作亂，還不如搬出去住清靜呢！

而胡氏雖然是一心盼著繼子不好，但眼下她最怕顧忠青跟繼子處好關係，巴不得繼子滾得越遠越好，最好一輩子都別回府裡算了！

坐在一側的琴姨娘，她如今越發得顧忠青的喜歡，也被允許上飯桌了。她知道自己能有如今的地位，全都是因為大少爺幫忙，如今大少爺開了口，她當然也得幫著。

就這樣，三個女人各懷心思，卻是殊途同歸。

三人默契地勸著顧忠青，軟硬兼施，最後顧忠青還是不甘願的答應了。

顧衍這邊問題解決，姜宣則要好說話得多，他一開口說完想法，姜仲行和妻子何氏便答應了。

且何氏格外上心，自打兒子中了解元，不少有姑娘的人家便上門打聽了。何氏自然也怕打擾了兒子的學業，隨即去找了合適的院子，沒費多少功夫，便把院子給敲定了。

接著，兩人一起搬進了租來的院子裡，除了看門的大爺，院子裡連個煮飯婆子都沒有，每日三餐，都是姜家這邊派人送過去，再是清靜不過。

因為何氏租院子的時候，早就與院子的主人約定好了，不讓他和外人透露住的是誰，房子主人也是個信守承諾的，把嘴管得死死的。所以顧衍和姜宣兩個，雖然身處喧鬧的盛京，且一個是解元，另一個是經魁，風頭正盛，卻意外的沒有受到任何人的打擾，在此處安心治學。

姜錦魚偶爾會來，但她來得不勤，她如今也是大姑娘了，不大適合經常出門。

不過姜宣雖說沈迷治學，卻也不是傻瓜，一開始還一葉障目，以為顧衍同自己一樣把綿綿當作妹妹，可時間一久，他就猜出來了。

因為每回綿綿來，顧衍沒有哪一回不是從頭陪到尾的，其間雖說不算巧舌如簧，但比起平日裡惜字如金的樣子，差別可大了去了。

如今看著自家傻妹妹抱著本顧衍送的古醫書，還雙目放光，滿臉感動的向顧衍道謝，姜宣就忍不住想要扶額。

等姜錦魚一走，姜宣便開門見山道：「衍哥，你可是認真的？」

姜宣會看出來，顧衍一點兒都不驚訝，畢竟他沒特別掩飾，有眼睛的都看得出來。

面對姜宣的質問，顧衍沒笑，認真點頭。「再認真不過。」

姜宣有點頭疼，一方面覺得好兄弟人品好、學問也好，可另一方面，又覺得顧家那樣的渾水，何必讓自家傻妹妹去蹚，綿綿就該嫁個家世清白、簡單的人家。

看姜宣糾結成那樣，顧衍輕笑了下，正色道：「宣弟不必糾結，你擔心的事情，我都會解決。眼下的緊要之事是鄉試，若是因為這些事，讓你分了神，只怕姜叔都要生我的氣。我是誠心想求娶的，自然不會讓綿綿跟著我受委屈，眼下我還未站穩腳跟，等殿試授官後，我會想辦法分家。」

姜宣聞言覺得放心不少，對於顧衍的手段，他還是很服氣的，至少他這樣信誓旦旦要護住一個人的態度，就讓他心裡舒服很多。

轉念一想，這都還是沒影兒的事，怎麼到了顧衍嘴裡，好似他家綿綿已經成了顧家人了呢？

當即也不跟他客氣，道：「我不擔心……八字還沒有一撇呢。」

想娶他妹妹，哪有那麼容易？爹娘那邊就不是好鬆口的。

但話雖這麼說，姜宣也沒故意使壞，姜錦魚再來的時候，他也沒攔著不讓兩人見面，只是不免盯緊了些。

轉眼至金秋九月，鄉試。

經過近半年的閉門治學，姜宣和顧衍對於鄉試，可以稱得上是胸有成竹了。

送考那一日，顧府和姜府都派了人，不過顧家來的是管事，而姜家卻是主子們全都出動了，親自送考。

顧衍隨口將管事打發走，管事也不敢說什麼，如今府裡琴姨娘跟胡氏平分秋色，他這個奴才也算是看清了，日後府裡最有出息的就是這位大少爺，哪裡還敢得罪他？

管事小心翼翼道：「那奴才回去了。」

打發走管事，接著又打發走書僮，顧衍拍拍袖上不存在的灰塵，狀若無恙的走到姜宣身邊，對著未來丈人和丈母娘，態度既尊重又不失親近，喊了句：「姜叔……姜嬸嬸。」

頓了頓，微微勾唇笑了下，眼睛裡似軟了幾分。「綿綿……妹妹。」

老丈人面前，還是要收斂些。

姜錦魚被喊得一怔，險些被男色迷暈了眼，反應過來，臉上微微紅了下，福福身。「顧公子。」

再看顧衍身後，空無一人，連書僮也不知跑去哪裡了，頓時有些替他覺得委屈，想到顧衍繼母胡氏的作派，心裡也跟著不好受了。

姜錦魚抿抿唇，將多準備好的考籃遞過去，仰臉真誠道：「顧公子，你一定可以的。」

心上人仰著小臉，杏眼亮亮的，顧衍自認為自己是個冷靜自持的人，此時也有些動容了，心驟然化成了一灘水。

旁人說一百句祝福吹捧的話，都抵不上面前人這麼一句。簡簡單單的一句，聲音輕輕的，但甜軟得猶如夏日熟透了的桃兒。

顧衍以往偶爾讀到那些描寫愛情的詩文，柔情繾綣、千迴百轉，還覺得膩人，此時倒是瞭解那些作詩人的想法了。那柔情是真柔情，只要碰上自己喜歡的人，鐵石心腸都會化為繞指柔。

姜宣生怕顧衍露餡兒，忙招呼他進考場，兩人相攜入了考院。

鄉試考五日，五日後，考院外一聲鑼鼓聲，昭示著三年一度的鄉試落下帷幕。

姜宣考試結束後，自然不似以前那樣緊張，難得的空閒，便留在家中陪陪父母。

不過姜宣閒了，何氏等人卻是沒工夫陪他，她此時正端坐著，面上含笑，狀若無恙的打量著同屋的姑娘們。

她身旁坐著的是喬大人家的二姑娘，小姑娘模樣生得極好，就是看著太緊張了些，身子看著也很瘦弱。

姜錦魚當然知道，今日是來給哥哥挑媳婦的，何氏不方便開口，她便代勞了，仗著年紀比她們小些，拉著姑娘們閒聊。

她臉上笑咪咪的，看著脾氣很好的樣子，說話還溫溫吞吞的，一下子便讓有些緊張的喬二姑娘放鬆下來了。

「喬姐姐怎的這樣瘦？看得我好生羨慕。我平日裡連糕點都不敢多吃一口，就怕長肉……」姜錦魚笑盈盈道，哄得喬二小姐露出笑來。

似這樣的花宴，大家心裡多少都有點心照不宣，看何氏坐在這邊，主動坐過來的，都是對姜家有意的。那些沒想法的人家，是不會主動湊過去的。

可姜錦魚跟著幾個姑娘聊了幾句，心裡也覺得沒機會。

其中一個家世適合的太活潑了，自家阿兄大約是不喜歡這種性子的。阿兄肖父，而且大家挑妻子，還是喜歡賢慧的女子。就是她自己，也只會在家人面前撒嬌。

至於喬家二姑娘呢，性子倒是沈穩些，可是有點兒太緊張了，且這身子骨，她看了真有點擔心，實在是太瘦了些。

而何氏正同幾位夫人說著話，表情和氣是和氣，可也沒見有多熱絡。

從花宴回來，何氏雖沒相中兒媳婦，倒也不著急。

她道：「妳阿兄如今也就只有個舉人的功名，這鄉試的結果還沒下來呢，咱們也沒必要著急不是？」

俗話說：一家有女百家求。

可其實郎君也是一樣，若是真的出色，那主動上門的人家也不會少。何氏是真的不著急，且聽相公私下同她透的口風，他的官職只怕年底還要往上爬一爬，多等一陣子，選擇更多。

第三十一章

馬車到了姜府門口，姜錦魚被小桃扶著下馬，剛站穩，便見旁邊跑過來個錦衣公子，面生，她根本不認得。

那錦衣公子，不是旁人，正是齊斬。

說起齊斬，他也挺委屈的，自寒食節之後，便再沒見過心上人。他讓自家娘齊二夫人來姜家說親，可娘嘴上答應得好好的，實際上壓根兒沒成，連想把人請到家裡都請不動。

齊斬今日打扮得頗為丰神俊朗，人靠衣裝馬靠鞍，倒顯得是那麼回事。

不等姜錦魚問，他就自報家門了。

那位傳說中讓人上門提親的齊斬，姜錦魚只聽過，但沒見過他，如今一見，表情頓時有點兒尷尬，微微側過身子。「齊公子。」

大半年不見，姜錦魚又是長身子的時候，比起半年前，自然又變得好看了些。齊斬看得都有點出神，頓了頓才磕磕巴巴道：「姜姑娘，我……我心慕妳……」

姜錦魚一聽這話就頭疼，這叫什麼事啊？堵在家門口，上來就是一句「心慕妳」，這齊斬該不會是個傻子吧？

齊斬磕磕絆絆說完了，便看到了姜錦魚身後皺著眉的何氏，心虛得喊了句「伯母」，然後撒腿就跑了。

何氏擰著眉吩咐石叔。「往後再看到那位公子，攔著！」

這事涉及女兒家的顏面，何氏也沒跟別人說，只是把女兒身邊的丫鬟喊來敲打了一番，再三強調一點就是，「在外時絕不能讓姑娘獨自待著，身邊必須有人」。

被齊靳這麼沒頭沒腦一鬧，姜錦魚晚上自己待著的時候，倒是被迫面對了問題，思考起自己到底喜歡什麼樣的人？

齊靳這樣莽撞的，不用說，肯定沒感覺，雖不討厭，但也肯定不喜歡。想到未來要和一個人共度一生，相處的時間比和爹娘在一起時還長，真要找個自己不喜歡的，那也夠折磨的。

可真要讓她說出個一二三來，她又想不出來。

想了大半宿，算了，還是不想了。順其自然吧……

顧家。

顧衍是打定主意在鄉試後訂親的，因此鄉試一結束，便去了趟祖母屋裡，祖孫兩個人想法一致，覺得事不宜遲，遲則生變。

等晚上飯桌上，胡氏正瞪著給顧忠青挾菜的新姨娘時，顧老太太清了清嗓子，開口了。

「衍哥兒鄉試也結束了，他年紀不小，也該說親事了。」

顧忠青一聽，擱下筷子道：「娘，這鄉試的結果不是還沒出來嗎？怎的這麼急？」按他的想法，當然是要等到鄉試甚至到殿試的結果出來了，要是長子成了貢士甚至是進士，到時找什麼樣的兒媳婦不好找？待價而沽的道理，他還是懂的。

顧老太太瞪了兒子一眼。「早什麼早？衍哥兒都多大了？你天天對你兒子不上心，現在還說早？你去別家問問，似衍哥兒這樣大的，有哪個沒成親的？」

孫兒現在有出息，老太太訓兒子那是怎麼舒坦怎麼來。

「那……」顧忠青肉疼道：「那您相中了哪家？」

胡氏也顧不上瞪新姨娘了，豎起耳朵悄悄聽著，心裡暗道：要真是姜家那個姑娘，倒是好得很！

顧老太太擦了擦手，慢吞吞道：「我瞧中姜家的姑娘了，明日就上門去，我親自去。胡氏就別跟著了，我會帶你妹妹去。」

顧忠青鬧不明白。「哪個姜家？」

胡氏嬌嬌一笑，意有所指道：「老爺您自然不知道。這姜大人呢，在吏部做官，聽說是七品……」

「那怎麼行！我不同意！」

顧忠青一聽就不幹了，覺得自家老太太真是糊塗了，找個七品小官的女兒訂親。他顧忠青的兒子，又是舉人，幹麼找個七品小官的女兒？

顧老太太頓時怒了。「你不同意怎麼了？說好了衍哥兒的婚事讓我拿主意，你現在是說話不算數了？」

顧忠青臉一陣紅一陣白，氣得臉紅脖子粗，使勁兒據理力爭。

他道：「那也不能找這麼個小官人家……這也太不挑了……」

顧老太太一拍桌子。「什麼挑不挑的？養兒子的時候，你當個甩手掌櫃，現在好了，衍哥兒娶媳婦，你倒是要跳出來指指點點了？」

這話也就老太太敢說，換了別人說，顧忠青都得翻臉，可老太太偏偏是他親娘，他哪裡敢跟老太太吵？

可顧忠青還是不鬆口。「不成！我不答應！」

胡氏本來看熱鬧著，一看顧忠青態度這麼堅決，還真有點怕顧衍就這麼屈服了。對她和顧軒來說，顧衍娶個家世低的妻子，是再好不過的事情。真要被顧忠青給攔住，那她的期望可就落空了。

不等琴姨娘那邊幫襯，胡氏迫不及待跳了出來。「老爺別生氣，氣壞了身子怎麼辦？咱們這個家，老的老、小的小，哪個離得開您呢？」

顧忠青素來覺得自己是家裡的頂梁柱，可他這個頂梁柱吧，最近還真有點憋屈，其中最憋屈的事情就是，長子不買他的帳。

他一心想修復父子感情，結果長子還是一如既往的淡漠，對著他這個父親，恭敬是恭敬，可冷淡也是真的冷淡。

抬頭看了看坐在一邊的長子，仍是面色清冷，活像沒看到他這個當爹的動怒了一樣，沒一句關心，甚至連一個眼神都不屑給。

顧忠青氣急了，怒道：「你眼裡究竟還有沒有我這個父親?!」

顧衍慢條斯理放下筷子，抬眸看過去，直直看進顧忠青帶著怒火的眼睛，一頓，直看得顧忠青心底莫名透了一股涼意。

顧衍唇邊帶著絲冷峻的笑意，似笑非笑的，卻比方才冷著一張臉要嚇人很多。

他道：「父親說笑了，兒子什麼時候忤逆過您？那年過年，您一句話，讓我去莊子上過年，我不是二話不說便走了嗎？求學那年，您怕我在家裡帶壞二弟，讓我孤身去夏縣求學，我不是也去了嗎？」

顧衍一句句說來，顧忠青聽得心虛不已，可面上還是一副勃然大怒的樣子。

有句話叫知子莫若父，在顧家這句話興許不對，可反過來，倒是有那麼些意思。

顧忠青其人，顧衍瞭解得很，能力爾爾，年輕時僅有的才學早已被這些年的官場生涯給磨得所剩無幾，只剩下靠著裙帶關係往上爬的念頭。

他不願自己和姜家訂親，並不是因為擔心他的仕途，為了他的前途著想，充其量是覺得，他這個兒子讓他有利可圖。

可顧衍是絕不可能用自己的婚事，去滿足顧忠青那點難以啟齒的貪慾。

顧忠青惱怒不已，拂袖而去。回到屋裡，氣得摔了兩、三個花瓶，在屋內來來回回踱步，恨不得破口大罵，完全沒有文官應有的風範。

胡氏一心想推波助瀾，把這門婚事給促成了，可看顧忠青這個樣子，她也不敢開口，連忙推了玉霞去伺候顧忠青，自己躲得遠遠的。

次日，顧忠青沒心情用早膳，空著肚子去當值，才進了屋子，便看到同僚們皆用奇怪的眼神看著自己，他一看過去，眾人便躲開了眼神。

顧忠青本來心情就不好，在家裡受了滿肚子的氣不說，在禮部這裡還得笑臉迎人，笑得臉都僵了，一圈招呼打下來，卻發現每個人的表情都怪怪的。

顧忠青心裡正納悶著，便被上官韓尚書喊了去，他連忙跑過去，進門滿臉諂媚笑容。「韓大人，您找我？」

韓尚書轉過身，皺著眉。「聽說你與工部的趙侍郎有交情，曾有結為親家的打算？」

顧忠青回後院除了休息，很少跟胡氏說正事，還真不知道胡氏跟趙侍郎夫人那些事情，滿臉糊塗。「這……下官不大清楚啊……」

韓尚書露出失望的神色，搖搖頭道：「雖說後院皆是女子之事，可作為一家之主，若是連後宅安寧都管不住，未免太過可笑。一屋不掃，何以掃天下？」

顧忠青從韓尚書那裡出來，一時也沒弄明白韓尚書為什麼說那樣的話。他顧不得坐下，急匆匆吩咐隨從出去打聽趙侍郎府上的消息。

從禮部回家，顧忠青一進門，臉色難看得要命，直接朝胡氏所在的正院走去，進門便指著胡氏的鼻子罵道：「妳這蠢婦幹出的好事！」

喜孜孜迎上來的胡氏還沒反應過來，一個杯子便砸在她的面前，嚇得她接連退了幾步，全嬤嬤護主心切，撲上來遮擋勸阻。「老爺息怒！」

顧忠青一肚子的氣，對著妻子堪堪能忍得住不動手，可對著個下人就沒了分寸，抬腳往全嬤嬤的心窩子一踹，把人給踹了出去。

胡氏嚇得心膽俱裂，她嫁給顧忠青這麼些年，還是第一次看他氣成這個樣子。

她今日本來心情還不錯，一想到繼子就算中了經魁，照樣娶不了高門貴女，高興得不得了，哪曉得樂極生悲。

胡氏也不敢裝模作樣，垂淚道：「老爺，您要打要罵，妾不敢置喙，可您至少要讓妾知道，自己到底哪裡惹了您不喜。」

胡氏這樣的姿態，放在平時，顧忠青早就心軟了，可一想到上官、同僚乃至比他地位還低的官員，都在背後暗地裡嘲諷他家宅不寧，他就氣得渾身發顫。

「妳要知道緣由？好，那我就告訴妳！」顧忠青拂袖怒道：「我問妳，妳是不是和工部趙侍郎的夫人來往過？」

胡氏沒料到是這事，一愣，點頭道：「是，是來往過幾回。」

顧忠青冷冷一笑。「那就沒人錯怪了妳。妳想讓軒哥兒娶趙家小姐，可趙家嫌棄軒哥兒沒功名，所以沒答應，是也不是？」

胡氏越聽越覺得不好，只能硬著頭皮答：「是。」

「然後妳便記恨上了趙小姐，讓人去敗壞趙家母女的名聲，說她母女二人嫌貧愛富、背信棄義，明明與軒哥兒定下了親事，卻臨時反悔，是不是？」

顧忠青越說，語氣越冷，而胡氏則是一下子撲過去喊冤。「老爺，我沒有！妾怎麼敢？定是有人陷害……」

顧忠青狠狠甩開了胡氏的手，沒留半分情面。「妳以為自己很聰明？妳以為全天下都是同妳一樣的蠢貨！妳知不知道趙侍郎寫了摺子，告到陛下那裡去了！告我顧忠青教妻無方，還縱容妻子造謠生事，敗壞他家眷的名聲！」

胡氏直接嚇呆了，她是派人去傳過趙夫人和趙小姐的閒話，但那是因為那時候趙家來退婚，她一時氣不過而已。再說了，這種閒話，就是傳到沸沸揚揚，也找不著出處，她想著趙家就算心裡覺得是她，也只能嚥下這口氣，難不成還真能去告官，討個清白不成？

哪裡曉得，趙家居然這樣不按牌理出牌，直接告到陛下那裡去了！

顧忠青越說越氣，心裡又是慶幸又是後怕。「幸好陛下九五之尊，沒有搭理這等家務事，否則妳就等著別人喊妳一句『罪婦胡氏』吧！」

趙侍郎摺子是遞上去的，然後有那看熱鬧的人，由著摺子從內閣送去了陛下那裡。好在九五之尊，也不會真去管官員的家務事，看過只是笑了笑，可這消息還是傳出來了，顧忠青也確確實實出了一回名。

夫妻倆都是怕得不行，顧忠青是又怕又氣，而胡氏則還要更嚴重些，她本來就是個後宅婦人，手段是不堪入目了些，可真鬧到檯面上，她險些要嚇破了膽子。

胡氏這回是真的嚇病了，而且顧忠青還生她的氣，沒過來看一眼，反倒是琴姨娘派人送了大夫過來。好歹也是主母，真要病出個好歹，她這個代為掌家的妾室，也落不了什麼好處。

胡氏鬧出這樣的事，顧忠青也有自知之明，再也不敢提什麼高門貴女了，在老太太園子外頭來回轉了好幾圈，一咬牙才進門請罪。

他直接就跪下了，磕頭道：「娘，兒子錯了……」

顧老太太人老，可沒糊塗，這事情鬧得這麼大，她當然也聽到了。所以看顧忠青過來，也沒再問詳情，只是嘆了口氣。「我早就和你說過，胡氏性子偏頗，要你好生約束。如今鬧出事了，吃苦頭的還是你。」

顧忠青有苦難言，這事對他而言算是個很大的打擊，在陛下那裡落了個無能的名頭，在同僚中也成了笑話。

「我打算讓胡氏閉門思過，衍哥兒幾個的婚事，還得勞累娘您了。」

顧老太太沒直接答應下來，而是問道：「現在咱家的名聲就這樣，你也別抱太高的期待，衍哥兒、軒哥兒是不能等了，酉哥兒身分本來就差些，只怕更說不到好的了，幸虧他年紀也還小，等個幾年應該能緩過來。至於幾個姐兒……唉，我盡力吧……」

顧忠青舌根都是苦的，只能垂頭喪氣答應下來。

本來，他還享受著同僚們羨慕的目光，兒子是經魁，家中妻妾和睦，美人相伴。一轉眼，無能的烙印，就落在他的頭上了。

顧忠青鬆口後，顧老太太便找了顧衍來，道：「你爹那邊同意了。我琢磨著，挑個日子，讓你姑姑陪我去一趟姜家。這姑娘我心裡是滿意了，可人家家裡爹娘還不知道咱們的意思呢。」

「全憑祖母的意思，孫兒沒什麼異議。」

顧衍面上端得住，穩穩當當道，可他話音剛落，便看顧老太太望過來了。

老太太因衰老而渾濁的眼睛裡帶著一絲了然，揶揄道：「我看就我一人急，你倒是不怎麼急？」

顧衍輕笑，繼而坦坦蕩蕩道：「自然急的。怎會不急？孫兒長這麼大，頭一回想娶一人，錯過了，可就沒有了。」

孫子這麼坦誠，倒是弄得老太太沒了下文，頓了頓，擺手道：「我跟你姑姑商量好了，早點去！」

次日，方顧氏便來了府裡一趟。

上門便聽到老太太說起姪兒的婚事，方顧氏做姑姑的也上心得很，忙道：「女兒看，不如就明日好了。娘您是不知道，女兒與齊大夫人有些交情，聽她說，齊二夫人家也盯著呢。果真是一家有女百家求……」

見老太太神色有些急了，方顧氏又忙安慰她。「不過那齊家小公子，哪裡能比得過咱家衍哥兒呢？」

約好了時日，提前一日遞了帖子，顧老太太這邊就由方顧氏陪著，母女倆一起去姜家。

兩人剛出院子，方顧氏便結結實實愣在那裡了，半晌才回過神來，回頭看向老太太，忍不住驚訝道：「衍哥兒對那姜姑娘，是真上心啊！」

今兒她們只是上門探人家的口風，這顧衍卻大清早的，便在門口等著了，她還是第一次看到這樣的顧衍。

顧老太太也是好笑，又不好在眾人面前說他什麼，搖頭道：「你這是打算跟我們一起去？」

顧衍沒半點尷尬，神色坦然。「我去找宣弟，上回跟他借了一本書，恰好順路還書。」

「這可真是……」方顧氏都不知道說什麼好了，不由得想到自己身上，她那時訂親也好、成親也好，可從沒見他家那位這樣的主動。

酸溜溜回憶了一下從前，方顧氏也看開了，還招呼姪兒過來，道：「也成，總歸是你的終身大事。」

何氏接到顧家的帖子時，沒多想什麼，兩家孩子關係雖好，可大人間是從來沒來往過的，如今兒子和顧衍雙雙中舉，想加深些交情也合常理。

她感嘆，幸好帖子上的落款是顧老太太，若是胡氏，恐怕她還不敢接待。

把人迎進門，對著一旁的顧衍，何氏就沒怎樣客套了，問他是不是來找姜宣的，轉身就叫錢嬤嬤將人領到兒子院子裡。

兩家長輩才碰頭，還沒開口，顧老太太心裡就滿意了一半了。

這女兒隨娘，尤其是性情，端看何氏說話落落大方，做事也有禮有節，便曉得她養出來的女兒，定然也不會差的。

何氏第一回跟老太太打交道，兩人說了會兒閒話，還有方顧氏在一邊圓場，氣氛倒也算得上融洽。

眼看氣氛差不多了，顧老太太也開始打感情牌，把舊事拿出來說了。

「姜夫人，我這回來啊，一是感激你們對衍哥兒的照顧。當年衍哥兒在夏縣念書，多虧你們夫妻倆心善，否則他一個小人家家，還不知道要吃多少虧。」

何氏沒居功，反過來還道：「老夫人您太客氣了，衍哥兒這孩子也算是我們看著長大的，緣分擺在那裡，他和宣哥兒多年同窗，談不上照顧不照顧的。」

顧老太太聽她這樣謙虛，絲毫沒有仗著過去的情分邀功，不禁想到，姜家也是今年才來盛京，本來人生地不熟的，仗著過往照顧過顧衍的情分，若是上門，謀個官什麼的，她肯定也會搭把手。可姜家就是這樣有骨氣，靠著自己的本事，在盛京站穩腳跟，沒有一絲占便宜的念頭。

這樣的人家，可真是家風清正。

這麼一想，老太太倒是覺得自己先前想得太樂觀了，自己家裡這麼亂七八糟，指不定姜家還瞧不上自家呢。

因此顧老太太又坐正了些，神色也鄭重不少，惹得何氏心裡也納悶了。

推敲著顧家的來意，何氏又道：「您實在太客氣了，還這樣特意上門來，您是長輩，該我帶著孩子們來拜訪您才是，怎麼好讓您跑一趟？」

顧老太太一聽，眼睛亮了。她還沒親眼見過未來的孫媳婦呢！

老人家笑呵呵道：「我這不是來了嗎？都一樣，遲早見得到。」

話都說成這樣了，何氏不把自家孩子喊出來見人，總顯得有些失禮，想了想，轉頭讓錢嬤嬤去喊女兒過來。

第三十二章

過了會兒，姜錦魚來了，進門就見自家娘正跟個老太太說話。

那老太太生得十分慈祥，慈眉善目的，看著便是一副好脾氣的樣子。見老太太也打量著她，姜錦魚抿唇，彎彎眼睛，對老人家笑了笑。

她的長相偏乖巧，不是那種很凌厲的美，五官柔和、眉眼溫然，很得老人家的眼緣。

老少兩個打了個照面，顧老太太就忍不住在心裡感慨：這姑娘咋瞧著這麼討人喜歡呢？真是合她的眼緣……

於是顧老太太忙把人喊到身邊來，笑咪咪問了年紀。

何氏在一邊道：「年前及笄的。」

顧老太太笑望著何氏，羨慕道：「姜夫人，我可真是羨慕妳，有這麼好的閨女陪著妳。老婆子多嘴問一句，妳家閨女可許了人家了？」

「瞧您這話，您這樣關心小女，是她的福氣。不過她年紀還小，我跟她爹都還沒這方面的打算。我就這麼個閨女，自然還是想多留些時日的。」

關於女兒的親事，何氏素來都是這樣的口徑，她知道自家在盛京不算什麼好人家，倒也說不上媒人踏破門檻，可同等家境的人家不少，也不是人人都存著攀高枝的心，差不多光景的人家，來探她口風的也不少。

她跟丈夫商量過，兩人都是一個想法，先在心裡選幾個門當戶對的，這幾年算是個考察期，先把男方的人品和脾性給摸透了，再來談親事。

對何氏這麼個說法，顧老太太倒是安心不少，和女兒方顧氏對了個眼神，方顧氏便笑咪咪，向何氏一臉好奇道：「我聽說您家女兒愛種花，種得可好了呢，可否領我去看看？」

這是特意找個理由把人給領走吧？何氏自然聽出來話中意思，心裡有些拿不定主意，不過雖不知道顧家母女的來意，但兩人面上一直很和善，便道：「那讓小女陪您過去看看，她也就是小孩兒性子，哪裡就值您這樣誇她了？」

姜錦魚不是個糊塗人，相反，她可能面上看上去軟乎乎的，卻不是好糊弄的，有時甚至比她娘還精明。她看方顧氏的神色和語氣，多多少少猜到，大概是老夫人要跟娘談正事，這正事還不能讓她聽。

只怕，這事還是關於她的……

姜錦魚含笑陪著方夫人逛園子，一圈逛下來，也不見方夫人喊累，從頭至尾興致勃勃的，臨走的時候，還要走了兩盆開得正好的花。

送走客人，姜錦魚便被何氏喊到屋裡去了，何氏見女兒過來，便吩咐丫鬟把門關了，又讓丫鬟離遠些。

這番動作下來，何氏還未開口，姜錦魚心裡已經明白了幾分，但也沒開口，只靜靜坐著，等著自家娘說話。

女兒大了，何氏不會事事都替她拿主意，也很坦蕩把事情拿出來說。「我想妳也猜到了幾分，顧老夫人這回過來，是為了妳來的。」

心中猜測被證實，姜錦魚表面上不慌不亂，沈穩抬眸問：「老太太的意思，是為了顧哥哥嗎？」

何氏點頭，她心裡也有些為難，說起來，她以往是從沒把顧衍當過女婿的人選之一，倒不是因為別的理由，而是顧衍打小與自家有交集，總覺得他與綿綿是兄妹情。

如今老夫人那麼一提，何氏倒是忽然發現，顧衍其實算得上是很適合的對象。一來，他本人很出色，舉人的功名在身；二來，他也算是自己看著長大，品行沒有半點問題，算得上是知根知底的，讓人很安心。

不過，何氏心裡擔憂也不少。

其一，是兩家的門第，綿綿若是嫁到顧家，那便是高嫁，雖說顧衍本人她是放心的，可這嫁人也要看長輩的想法。其二，是顧衍家中那位繼母，也是何氏猶豫的原因。

不過這些，她這時都不會拿出來說，只是在心裡琢磨，然後便抬頭，等著女兒的回話。

得到娘的答案，姜錦魚也跟著點頭，表示自己明白了。

她抿抿唇，低頭時似乎是想到了什麼，再抬眼時，眼睛微微帶著笑意，道：「娘，您讓女兒想想。」

回到屋裡，姜錦魚坐下，出神想著事。

屋裡有些暗了，小桃送燭臺進來。

豆大的火光隨著風顫了一下，慢悠悠驅散昏暗，將屋內照得亮堂堂的。

姜錦魚也適時回神，看小桃側頭盯著自己，便問她：「這樣瞧著我做什麼？」

小桃瞇眼咧嘴笑，歡快道：「姑娘好看啊……」

姜錦魚忍俊不禁，微微彎了彎眼睛，側頭笑望著她。「數妳嘴最甜，還好我們小桃是女子，若是生做男子，定是個拈花惹草、傷透姑娘家心的傢伙。」

「我若是男子，那我就來求娶姑娘！」小桃笑嘻嘻說完，端著桌上涼了的茶水出去了，打算泡壺花茶來。

窗前有梳妝鏡，柳木的鏡檯上，刻畫著逼真的桃枝，兩、三朵桃花含苞。

姜錦魚側頭，打量著鏡中的自己，鏡中人五官精緻，眼波盈盈如湖水，唇如櫻、鼻如玉，透著股溫然的氣質。對著鏡子笑一笑，笑眼微彎，唇微抿，皓齒如貝，又是一副討喜的模樣。

所以……顧衍是覺得她長得好？可京裡長得好的姑娘也不少呀！

家裡人都覺得她年紀小，對兒女之事知之甚少，可真要算起上輩子的經歷，在男女之情上，她不算是一張白紙。原先是沒往這處想，可今日窗紙撕破，她也反應過來，顧衍待她確實有些不同。

不過，她知道男子喜歡什麼樣的女子，無非便是賢慧又貌美的，既要賢慧得堪比神話故事中的田螺姑娘，又要有一副貌美的皮囊，最好再有一顆不嫉妒的心，能以娥皇、女英作為前輩榜樣，那是最好不過的！

所以，知道顧老太太是來提親事之後，姜錦魚從過往相處的點滴回過神，緊接著第一個想法就是：他喜歡自己什麼？

自己好像也沒有哪裡特別，只是個普通的官家女兒。

姜錦魚並不妄自菲薄，卻也不自大，相反，她還是挺了解自己的。

等哥哥的親事定下後，怎麼樣也要輪到她了。

她也想像過未來的夫婿，大概與她門當戶對，甚至略低些也是可以的，相貌端正，學業不必念得多好，中等便也夠了，最緊要的，是要性子溫和純良，那種錙銖必較、心思深沈的，怕是處不來……

畢竟事關未來，小姑娘還是思考過的。但畢竟哥哥的婚事八字都還沒一撇，她自然也有些僥倖心態，想著還有許多時間。

而且她也從沒想到顧衍身上過，第一，是習慣性忽略了身邊人；第二，她一直覺得顧衍應該會娶一個門當戶對的大家嫡女。

卻沒想到這「金龜婿」忽然落到自己身上了！

心理沒有準備，姜錦魚有那麼點惶恐的同時，又難得少女懷春一回，帶了點羞意想著，顧衍喜歡自己什麼？而自己，又喜歡他嗎？她原先一直當他是哥哥的。

小桃端了花茶回來，便看到這麼一幅情景，自家姑娘靜靜坐在那裡，兩腮微微帶著紅暈，燭光照過去，睫羽落下淺淺的陰影，美好得猶如月夜下散發著清香的白桂。她也沒念過書，想不出什麼詩詞歌賦，莫名就覺得，自家姑娘的神態，讓她一個女子看了，都忍不住要臉紅。

拍拍自己的臉，小桃提起精神，提著茶壺柄，給一旁的茶杯滿了水。

斟茶的聲響，驚動了姜錦魚，她回過神來，見小桃小臉紅紅的，覺得有些好笑，結果瞥到鏡子裡的自己，兩腮的紅意都還未褪盡，似個情竇初開的少女，頓時撇開頭，遮掩似的拿了花茶喝。

雖然姜錦魚跟何氏說了要想想，可何氏那邊也沒乾等著，便與姜仲行商量。

替相公遞了淨手的帕子，何氏邊把今日顧府來人的事給說了，末了才道：「顧老太太的意思，是要替她家大公子求娶綿綿。」

姜仲行手中帕子一頓，拉過何氏坐下，跟她確認。「替衍哥兒求娶綿綿？是衍哥兒自己的想法，還是老太太的主意？」

「怕也是衍哥兒自己的主意。今兒老太太要是不來，我也沒琢磨過，現在仔細想想，衍哥兒對綿綿，的確是不大一樣的。以往只以為衍哥兒把綿綿當妹妹，可現下看來，倒似對待心慕的姑娘家來討好了。」何氏斟酌了下，把自己的想法說了。

姜仲行垂眸想了片刻，遲疑著開口。「顧衍本人是挑不出毛病，他算是我們看著長大的，人品可靠，他的學識我考校過，入仕是遲早的事情。且若是按妳這話，他對咱們綿綿有意，那也算得上一心一意喜歡，青梅竹馬的，也算真心。」

「只一點。」姜仲行微微嘆氣，他就這麼個女兒，自然想得多些。「只一點，顧家的情況太複雜了，有那麼個繼母在，綿綿怕是要吃虧。」

何氏也有這個擔憂，不過她和姜仲行的想法有出入，還反駁道：「那倒不一定，我的女兒我清楚，不是那等軟柿子能任人拿捏的。再一個，胡氏是繼母，名聲也不好，若是衍哥兒鐵了心要分家，老太太也護著，小倆口分出去過日子，也自在得很。」

姜仲行聽了，不由得挑眉看向妻子。「那妳是覺得綿綿嫁到顧家好？」

何氏又糾結了。「我哪有這樣說？還不是你小瞧女兒，我才這樣說。我是覺得，衍哥兒是好，可他家那情況，我也有點猶豫。」

看妻子糾結成這樣，姜仲行攬著妻子的肩膀，寬慰她。「也不必急於一時。對了，綿綿可知道這事？她是如何說的？」

何氏道：「顧老太太那邊一走，我就跟她說了。暫時還沒說什麼，只說要想想。」

「要想想?!」姜仲行反應有點大，頗有點老父親嫁女的感覺，酸溜溜的，嘟嘟囔囔。

「我看顧衍也就一般般，愣頭小子一個……」

何氏好氣又好笑，捶了他一下。「是啊，經魁而已，也就一般般嘛！你這話要是讓外人聽去了，還以為你生了個什麼天仙女兒，連經魁都看不上了。」

姜仲行就是再自大，也不能昧著良心說這話，經魁要是一般般，那盛京那些連舉人都撈不著的老秀才，怕是要氣得仰過去了。

就是他自己，也是兒女俱全之後，才中了個舉人。

於是，他乾脆也不說了，躺在床上嘆氣，心裡酸溜溜的，上回那個齊家，女兒可是直接拒了，對顧衍卻是「要想想」，這還不明顯嗎？

一想到女兒哪天出嫁，光是想想，他都覺得捨不得。要不是不能一直養著，他哪裡還用愁這些？他的女兒，他很願意一直養著、寵著。

次日，何氏起床後，算著帳簿，突然越想越覺得不對勁，讓錢嬤嬤把兒子給喊過來。

姜宣進門，見娘不大有精神的樣子，還貼心問了幾句，可何氏沒回答，反而直接問他。

「衍哥兒對綿綿有意這事，你之前就知道？」

姜宣一聽，再看何氏嚴肅的表情，頓時心裡叫苦不迭，這下可被顧衍給害死了！

可他也不能撒謊，只能硬著頭皮道：「約莫知道些。」

何氏皺眉追問：「什麼時候開始的？」

姜宣坦白。「先前我和衍哥在西胡同院子念書的時候，妹妹偶爾來送東西，衍哥每回都陪著，我便看出了點蹊蹺，後來我問他，他便也承認了。」

何氏臉色都黑了，嚴肅得不得了，姜宣見狀不等她問，立刻替兄弟解釋，「娘。您別誤會，衍哥不是那樣的人。況且我不是在那兒嗎？再說了，妹妹的規矩您也知道。」

見何氏面色稍霽，姜宣又細細說了自己的想法，也算是為顧衍說好話。

「衍哥也是您看著長大的，他什麼樣的人品，想必您也知道。他家裡那麼個情況，說難聽些，除了老太太對他尚且還上心，其他人不提也罷。他對妹妹這般，的確是有那麼點讓人覺得想不明白，畢竟打小一起長大的，我起初也以為他把綿綿當妹妹。可我也得替他說一句，他待綿綿，的確不是作假的。

「不瞞您說，昨兒衍哥去了我那裡，態度鄭重得不得了，說若是您問起來，請我替他解釋幾句，萬萬別讓您誤會了他的心意。以我對他的瞭解，怕是從小到大，他都沒對誰這樣上心過。且您瞧瞧，妹妹愛藥、愛書，他便找了送來，也從沒邀功，可見其真心。」

何氏到底是女子，多少心軟些，見兒子這麼說，也不由得想到當時在夏縣的日子，拂拂手，嘆道：「你讓我想想，畢竟是你妹妹的終身大事，不能胡亂來的。」

姜宣看看何氏的臉色，又關心了句，便退出去，擺袖回房。

他這也算是幫過兄弟一把了，再多，他也不能說了。

雖說顧衍和他交情不淺，可到底親不過妹妹，讓他替顧衍解釋幾句，別讓娘誤會了，這是可以的；可要是綿綿那裡不情願，要讓他這個阿兄去當說客，那是絕無可能的。

好在顧衍也沒為難他，只麻煩讓他在娘面前說幾句好話，至於綿綿那裡，倒是沒有開這個口。

想到昨兒顧衍鄭重的神色，姜宣略有些頭疼。

說實話，他是覺得，若是妹妹嫁給顧衍，按著顧衍的性子和本事，妹妹定然吃不了虧，只怕還會被顧衍給寵著、護著。

爹娘擔心的那些問題，其實姜宣都不發愁，顧衍的手段和本事，他是早早就見識過的。就說顧家那個繼母，如今還不是被顧衍給好好「關照」著，都自顧不暇，哪裡還顧得上管繼子甚至繼子的妻室？

可問題是，他沒覺得自家妹妹對顧衍有什麼不一樣的。估計就是當成小時候的鄰居家哥哥，還是那種分開好幾年的。

想得頭疼，姜宣乾脆不想了。

他的身分太尷尬，一個是他妹妹，一個是他的好友，若是兩情相悅，自然是好事。可偏偏是一方惦記著，另一方還不知道是個什麼情況，這是最折騰人的。

過了幾日，方府遞了帖子來，姜錦魚同方秋沁處得挺好，恰好這些日子也悶，便應下了她的邀請。

「秋沁姐姐。」遠遠看見方小姐望過來，姜錦魚笑意濃濃朝那邊招呼，待走過去了，卻見方小姐臉上似乎有些失望的神色。

姜錦魚猜也猜到了些，怕還是為了阿兄，只可惜，方秋沁已經做不得她嫂嫂了，方家早先給她定了人家，是她江南府的表兄，聽聞家世在江南也是數一數二的。

她裝作不知，抿唇淺笑著，好在方秋沁也不是糊塗人，失望歸失望，可真要她做什麼有損顏面的事情，那也是不可能，片刻便回過神來，拉著姜錦魚往裡走。

兩人相攜往裡走，方秋沁的情緒似乎也恢復了，沒繼續傷春悲秋，反倒調侃著問：「妹妹可清減了不少，莫不是到了說親的年紀，也開始看重這些了？」

姜錦魚聽了不禁臉微紅，酡紅著臉，輕輕眨了眨眼，不甘示弱回問：「姐姐倒是氣色好了許多，姐姐身上這緞子真襯妳，不愧是江南特產的，稱得上是人面桃花相映紅了。」

方秋沁定的人家是她住在江南府的姑姑家裡，這料子也是當時訂親送來的禮，姜錦魚的話雖隱晦，可也著實讓方秋沁鬧了個大紅臉。

方秋沁無奈得不得了，道：「快別說了，我可不敢說妳了。妳也知道，若是順利，明年我就要去江南府了，往後再見面，可是難了。」

嘴裡說的是姐妹見面難，可她心裡冒出來的，卻是初見時便再難以忘卻的那張溫潤如玉的容顏。心裡嘆了口氣，方秋沁面上卻還是微微笑著看向旁邊的姜錦魚，見她抿唇笑著，彷彿毫不知情，心裡頓生羨慕。

雖說自己和表兄也算是相處和睦，可到底感情並沒多深，不過是兩家長輩說好的親事而已。她心裡也明白，大多貴女的命運都是如此，按著家裡的安排，嫁給一個門當戶對的男子，誕下乖巧伶俐的子女，兩人或是相敬如賓、或是維持表面的寧靜，就這麼過完一輩子。同在一塊兒玩的小姐妹都羨慕她能嫁到姑姑家裡，畢竟讓姑姑做婆婆，肯定不會似一般婆婆那樣搓磨人。

然而看到顧表哥來府裡，為了求娶自己心愛的姑娘費盡心機，藉母親的名義把人約到府裡來，僅僅只是為了見一面。

她初聽只覺得完全無法想像，她印象裡的顧衍，是個冷漠得近乎無欲無求的人，她親眼看到過，哪怕是面對著舅母胡氏的故意刁難，顧衍也從來沒有動容，那雙眼冷冷的猶如寒潭，讓人覺得心驚膽戰。

就這麼個人，卻為了自己愛慕的姑娘，又是送禮、又是來找母親幫忙，奔走數日，只是為了悄悄見上一面。

這樣的真心，自己怕是一輩子也得不到的。

兩人走過長廊，前面是片湖。

秋風蕭瑟，湖上的荷花只剩殘枝落葉，倒是蓮蓬裡，顆顆蓮子飽滿。

方秋沁停下步子，微微笑一下，便尋了理由走開。

第三十三章

姜錦魚在湖邊略站了站，一直沒等到人回來，便去湖上的亭子裡坐著。

無聊了，姜錦魚到亭邊，伸手捉了朵蓮蓬，微微使了些力，蓮蓬上的水珠嘩啦啦沿著傾斜的那一邊滾落下來，不少順著她的袖子鑽進去。

冰涼的水珠凍得她一抖，趕忙縮回手。她今日穿的衣裳，袖口上縫了一圈白白的兔毛，被水珠那麼一弄，本來蓬鬆的兔毛頓時陷下去好幾個小坑，彷彿被雨淋濕的兔子。

姜錦魚微微嘆了口氣，心裡後悔自己剛才無聊的舉動，左手直直抬著，怕剩餘的水落到自己身上，右手翻找帕子，正有些侷促，一隻指節分明的手伸了過來，骨肉瑩潤，指尖有薄繭。

類似的薄繭，她見到過，讀書人常年練字，練得多了，食指和中指上便會有繭，阿兄手上也有。

胡思亂想了一通，姜錦魚不過走神片刻，便見面前男子在對面坐下了，伸出手，慢條斯理將她虛空懸著的那隻手握著，用帕子輕輕擦著。

顧衍微微垂眸，手上的動作輕柔緩慢，慢條斯理的將小姑娘沾了水的手擦乾，然後視線落到小姑娘袖子上被砸出一個小坑的那圈兔毛，一時說不上心裡是什麼滋味了。

他胸口湧出股特別柔軟的感覺，溫熱的流淌，接著緩緩的湧出來。他按捺不住唇邊的笑意，眼睛也跟著彎了下。

怎麼這麼惹人疼？

他素來知道，自己相中的小姑娘是惹人疼的，家中父兄疼寵，連重男輕女的姜老太也偏疼，可會這麼惹人疼，他是真的沒有料到的。

一個人無聊便去撥拉蓮蓬，結果被潑了一身的水，手足無措找帕子，表情還有那麼點委屈巴巴的模樣，活像隻莫名其妙淋了一頭雨水的小兔，眼巴巴望著自己被雨水打濕的兔毛，呆呆的、怪惹人憐的，讓人生不起氣來責難她調皮，還有點那麼偏心眼的覺得：嗯，的確是蓮蓬不好。

顧衍這邊慢慢停下動作，還沒把弄髒的帕子收起，小姑娘一下子就把手給縮回去，好似被小蟲螫了一下，快得不得了，簡直可以用落荒而逃來形容。

顧衍收帕子的動作一頓，沒忍住，輕笑出聲。

見男人笑得開心，姜錦魚也沒忍住，惱火得瞪了他一眼，話裡有那麼點委屈。「誰讓你牽我的手了？」

這話說出口，雖是抱怨，可落到顧衍耳中，倒似撒嬌嗔怪，其中的怨氣愣是被意中人軟綿綿的嗓音給沖淡了。

「嗯，我錯了。」

顧衍道歉很快，讓姜錦魚一肚子話都被憋了回去，半晌才又軟軟憋出一句。「那你下次別這樣了，男女授受不親，要避嫌！」

顧衍繼續笑著，溫溫潤潤道：「嗯，下回一定先問過妳。妳答應了，我再牽。」

「我……」姜錦魚忍了忍，還是沒忍住，生氣的又瞪了顧衍一眼，然後坐正了問：「是你讓方姐姐給我遞帖子的？」

她也不傻，剛開始那是被弄糊塗了，一時沒反應過來，現在緩過勁來了，自然也想到顧衍和方家的關係。想也知道，否則方家哪可能讓顧衍這麼個外男，跟她這個客人偶遇啊？

顧衍將半濕的帕子收回袖子裡，才溫和抬起頭。「是我。我想著，有些事情，還是要與妳當面說才好。讓別人傳話，我總歸有些不放心。」

姜錦魚欲言又止，抬眸看了對面的男人一眼，慢吞吞開口。「那你說吧，我聽著呢。」

話音剛落，便見男人從袖裡掏出本書模樣的簿子，連著兩、三本，然後便都遞給她，道：「這是我私庫的帳簿，這是我名下的田契、地契、莊子、鋪子，這本是我入股的幾個商行，每年的分紅。其餘零零散散還有些，整理得匆忙，只寫了個大概。妳先看看，哪裡看不明白的，便問我。」

接過帳簿，姜錦魚腦子都有些轉不過來了，也不知道顧衍怎麼突然就把全部身家都拿出來，她翻開冊子看了幾眼，就覺得眼都花了。

這身家，哪裡像是個未分家的公子的身家？即便說是整個府上的家產，也沒人會懷疑好嗎？光是她翻開的那本記錄著分紅的冊子，上頭的數字便大得嚇人……賺錢那麼容易嗎？

姜錦魚翻了個大概，對顧衍的私產也有了一個全新的認識，抬頭看看顧衍，不知道該說什麼，半晌才憋出來一句。「看完了。」

顧衍放下茶杯，看向她。「可有哪裡不明白的？」

我又不做你的帳房！弄得那麼明白做什麼？

姜錦魚默默在心裡腹誹了幾句，默不作聲搖搖頭。

這麼短的時間，也確實看不出來什麼。

顧衍想了想，又解釋了幾句。「其實那幾個鋪子是主要的進項，基本每年都穩定在那個數目。至於分紅，去年大概是運氣好，妳看前年的，便少了十分之三有餘。至於田地和莊子這些，算是恆產，進項比不過鋪子，不過留給子女後輩的，少了也不成。」

姜錦魚眨眨眼，不知道什麼反應好，乾脆乖乖點了頭。

下一秒，顧衍便把帳簿隨手丟到了一邊，坐正了些，微微擰眉。「接下來便是說正事了。」

見他這樣嚴肅，姜錦魚猶如回到在被爹爹考校功課的書房，也跟著嚴肅了起來。

顧衍想了想措辭，開口道：「方才這些，都是我的私產。給妳看這些，是想告訴妳，我不會一直留在顧家，而會想法子分出來單過。即便是留在府裡那段時日，我也不會讓我的妻子看繼母的眼色，受繼母的搓磨，妳擔心的那些，我都會解決。」

想了想，顧衍大抵是覺得自己的話太過僵硬，放軟語氣，有意哄著小姑娘似的。「綿綿，妳別怕。」

姜錦魚臉一紅，眼神飄著躲開男人的視線，落到一邊的蓮蓬上，支吾了一下。「我……我沒怕。」

「嗯，妳沒怕，是我怕妳怕了。」顧衍輕笑了下，接著往下說：「我底下有兩個弟弟、兩個妹妹，我與他們並不親近，一年到頭都鮮少來往，我的妻子也不必和他們打交道，更不必長嫂似的關心他們。總之，正院那邊的事，我都會解決。」

他的小姑娘自己都還是個小姑娘，他哪裡捨得她做什麼長嫂？合該寵著。

「這回鄉試，外人面前我自是不會多說，我只同妳透個底，約莫是可以的。待殿試過後，我便入仕了，屆時按著以往進士的授官，基本是會留在盛京。離家近，妳也安心些。」

「再一個……」

男人就那麼緩緩說著，一樁樁一件件，把顧家的事情、姜家的事情、入仕的事情……都說得明白，他的打算、計劃，也毫無隱瞞、明明白白告訴她……

姜錦魚本來還有些埋怨著他突然拿一堆帳本過來，連句情話也不懂得說，可聽著聽著，心裡有什麼就突然變了，甜甜澀澀的，又覺得溫暖。

待顧衍說完了，姜錦魚抬眼看他，見他一雙眸子沈沈看著自己，只仰著臉向他道：「我要回去了。」

顧衍臉上略露出失落的神色，不過還是很溫和的樣子。他沒覺得光靠自己一番話，就能哄得小姑娘放下心裡的顧忌，他有耐心，能等，也願意等。

可姜錦魚看到男人臉上那一絲失落，莫名的就有點心軟了，接著張了張嘴，語氣帶了那麼點小性子似的，道：「那你要不要送我？」

顧衍失笑，連忙頷首道：「要。」

馬車在姜家後門停下，姜錦魚沒要顧衍扶，自己下了馬車，想了想，回頭微微仰著臉，臉還有點紅，可語氣還挺嚴肅的。

「我覺得你不應該使這種手段騙人出來見面，我是脾氣好，不同你計較，若是換成旁的小姑娘，指不定要被你嚇著了。況且，你還是讀書人呢，下回可別這樣了……」

顧衍淺笑，猶如清風明月下的青竹松柏，光風霽月、溫潤謙謙。

他點頭，彷彿很受教似的道歉。「是我不對，幸好我遇上的是綿綿。長相好、脾氣好，人又善良。」

小姑娘的擔心完全白搭，他壓根兒不可能費這樣的心思，去約別的什麼人。

姜錦魚回來的時候，何氏早已等了許久，直接拉著女兒進了房間。

姜錦魚坐下，便被何氏看得渾身不自在，想了想，格外乖巧喊了句：「娘。」

可惜何氏不是姜仲行，不會被自家閨女一句娘給糊弄過去，非但沒有被撒嬌給迷惑了，反倒還看出了點端倪，她也沒繞圈子，直截了當道：「見到人了？」

姜錦魚抿抿唇，老老實實回答：「見到了。」

「裝乖不成，現在又來同我裝可憐了？」何氏沒好氣的搖搖頭。「小沒良心的，我還不是為了妳好。」

姜錦魚的表情可憐兮兮。「娘，我知錯了。妳問吧，我保證有問必答。」

「顧家那小子大費周章見妳，不會只是想見妳一面，什麼話都沒說吧？」

自從顧老太太上了一回門，以往何氏和姜二郎口中親熱的「衍哥兒」，就成了顧家那小子了，大概是全天下要嫁女兒的老父親、老母親，對著未來女婿都沒什麼好臉色吧。

何氏也是一樣，喜歡顧衍是一方面，要看著顧衍費盡心思想把自家閨女「騙走」，那又是另一回事。

被這麼一問，剛剛才從腦海裡趕走的那些話，一下子又從四面八方冒了出來，姜錦魚略不自在的咳了一下，簡短道：「也沒說什麼。他道，等他入仕後，不久便會分家。另外，還把他名下的財產帳簿給我看了。其餘的便沒了。」

姑娘家平日裡再穩重，到了這時候也是羞的。

何氏對小姑娘的心思，也摸得很透，知道必定不只說了這些，或者說，不會只有這樣簡單的內容，不過她也沒追問。

光是女兒說的這幾句話，便足以教何氏看出端倪了。

她自己養大的閨女，自己最清楚，真要不想嫁，哪裡會這樣替顧衍說話？上回齊家那事，姜錦魚可是一口就回絕了，理由也很充分，說：齊大非偶、不想高攀。

何氏心裡想著，面上倒是沒顯露出來，神色也很慎重，自顧自道：「這樣說起來……顧家倒也不是不能嫁……」

姜錦魚有些侷促羞澀，說不上來的不自在，聞言也當沒聽見，微微撇開頭，可耳朵卻是悄悄紅了，肉肉的耳垂透著紅暈，看上去軟綿綿的。

她微微豎起耳朵，等著自家娘接下來的下文，可她自己心裡也是稀裡糊塗的，壓根兒不知道，自己想聽到什麼答案。

何氏看了她這神色，心裡哪裡還會不清楚？女兒喜歡，她也同意一半了。

「成了，等妳爹回來，我和他說。」

第二日，何氏起身後，便吩咐錢嬤嬤幫著去了顧家，幫忙傳話。

昨夜裡夫妻倆也算是通了氣，比起何氏，姜二郎同顧衍接觸還要更多些，自然知曉顧衍日後的前程定是不會差，自家女兒若是嫁，吃不了虧。

且聽了妻子何氏的話，心裡對顧衍也算是認可了大半。

夫妻倆打定主意，何氏便打算給顧老太太那邊一個準話了，總是吊著人家顯得不尊重，況且這也不是他們姜家的作風。

錢嬤嬤按著主子的意思到了顧府，她本以為進門還要受些刁難的，因為之前便聽說過外頭的傳言，顧家那位繼室是個苛刻人，不光是對繼子盼著他不好，連姨娘下人也是非打即罵的。

哪曉得進門便很順利，知道她是姜家來的人，守門的管事格外客氣，話裡話外套著近乎，聽說她是來給老太太傳話，隨即派了個小丫鬟，還特意吩咐她。「把這位錢嬤嬤給送到老夫人那裡去，別怠慢了！」

錢嬤嬤心裡稍稍納悶，顧家不是那繼室當家嗎？怎麼對著她這樣客氣，不應當啊！

被她懷疑別有居心的管事正美滋滋的想：等把這姜家來的嬤嬤送走了，自個兒得去大少爺那裡報喜去！這可是好差事，可不能讓那幾個小子給搶了！只能怪他們不走運，偏生讓他趕上這事，前幾天可沒瞧見有姜家人上門呢！

管事想到上回大少爺闊綽的手筆，心裡高興得不得了，連忙就跑去傳話了。

而錢嬤嬤這邊順利見到了顧老夫人，她恭恭敬敬傳完話，就見端莊的老夫人坐不住了，邊喊著陳嬤嬤來給錢嬤嬤塞賞錢，邊喜孜孜道：「那我尋個日子帶著衍哥兒上門，總要讓他正式見見長輩。」

見顧家這樣重視自家姑娘，錢嬤嬤心裡也舒服，沒多客套，接了顧老夫人的賞錢，福福身道：「那您定了日子，便捎人提前來說一聲。我家夫人說了，也不必太客氣。」

言外之意，這是把顧家當親戚了，不必又是帖子、又是提前好幾日的。

顧老太太聽了也高興，她是因為自家孫兒一心惦記著人家閨女，所以表現得很主動，可何氏這樣的舉動和態度，也表現出了對她和顧家的尊重。

這話聽了，讓人心裡覺得舒坦，顧老夫人在心裡感慨：胡氏那邊還一副幸災樂禍的模樣，可要她看，這門親事說得真對！姜家這樣的作派，行就是行，不行也是一句話，沒吊著一個，還想著挑個更好的，這樣明禮知義的人家，才真正算得上一句「家風清正」，未來肯定不可限量。

跟姜家比起來，他們顧家也就是面上一句「書香門第」，骨子裡還不如人家姜家有規矩呢！

「欸，姜夫人說得正是！往後便是一家人了，無須客氣。」說罷，顧老夫人還喜孜孜招手喚陳嬤嬤。「把衍哥兒送來的那副頭面拿來。」

等陳嬤嬤把頭面取來了，老夫人便轉頭對錢嬤嬤道：「這是衍哥兒那孩子送來的，本就是給他媳婦的，妳也別推辭，儘管帶回去。外人問了，妳就說是我送的。」

錢嬤嬤聽了，覺得顧老太太瞧著年紀大，可腦子卻明白得很，不是個糊塗的。

一面又替自家孫兒討好了未來的丈人、丈母娘，一面又把後顧之憂都給免了，直接以她的名義送，東西也是從她這兒出的。外人問起了，也只會覺得老人家喜歡年輕小姑娘，賞賜點東西很正常，完全不會往私情想。

錢嬤嬤想了想，點頭道：「那老奴便收下了。」

傳完話，錢嬤嬤便告辭了，顧老夫人還特意讓陳嬤嬤親自去送人，以表重視。錢嬤嬤也很懂規矩，生怕給姜家丟了臉，態度越發謙遜，沒有半分恃寵而驕。

陳嬤嬤送走錢嬤嬤後，回身便看到了匆匆而至的顧衍，忙上去福福身。

「人送走了？」顧衍點頭，遙遙看了一眼走遠的錢嬤嬤，瞧著有幾分面熟。

姜家下人不多，能被主子派來傳話的，只可能是心腹。且按著那管事的消息，是個上了年紀的嬤嬤。略對了對人名，顧衍便猜出了來的人是錢嬤嬤。

陳嬤嬤也恭敬答道：「送走了。已讓忠管事派了馬車和小廝送了。」

顧衍漫不經心點了個頭，便抬步朝祖母院子裡去，進了院子，便看到祖母笑咪咪看過來，眼裡彷彿帶了絲看笑話的揶揄，老太太了然道：「來了啊。」

長孫親事成了，顧老夫人也算是安下心，也有心情逗弄孫兒，想看一看一向鎮定沈著的孫兒著急的樣子。

老太太故意沒吭聲，等著顧衍主動開口問。

祖母的那點小心機，顧衍這樣聰明的人，怎麼可能看不透？但即便是看透了，也知道一開口就落了下風，他也甘願先主動開口，主動認輸一回。

顧衍坐下，抬眼坦率問道：「祖母可否告知孫兒，姜家派人前來，是為了何事？」

顧老夫人也裝不下去了，說到底，她也為顧衍高興，見他這樣為自己的親事謀劃，便覺得小倆口日後定能鶼鰈情深。

「姜家同意了。找個時間，我同你姑姑再去一回姜家，把訂親的日子給定了，那你也算是安心了。」

第三十四章

顧衍雖然早已提前猜中了，可當祖母親口說出姜家同意了的話，他還是從心底油然而生出濃濃的喜悅。

這喜，既是因為他喜歡的人，終於要成為他的人。也是因為，他所做的努力，被人看在眼裡、記在心裡，且被那樣珍視著。

他以為小姑娘興許只是被他的話打動，可要把人娶回家，還需要時間，需要他一次次的表現。可結果卻是讓他驚喜的，他的小姑娘不是那種沒心沒肺的人，小姑娘是柔軟的，像祖母之前養的那隻翡翠綠眼的小白貓，羞澀的、柔軟的，可一旦知道你是對牠好、一旦託付信任，便會乖乖收好爪子，然後攤開肚皮任你揉。

現在，這隻黏人又漂亮的「小貓兒」，也把他當成自己人了。

「嗯。」顧衍克制著欣喜，頷首，片刻後才開口道：「若是可以，訂親的日子定在下月十五前吧。」

「這……」老太太聽了忍不住抬頭，下月十五是鄉試出結果的日子，按著她對孫兒性格的瞭解，這必定不是怕姜家因為他沒考中而反悔，難不成是怕因為他考中了，而鬧出什麼岔子？

聯想到自己孫兒對人家小姑娘的疼惜，顧老夫人也有些理解，當即點頭答應下來。「你說的話也有道理，畢竟夜長夢多，還是早點定下來為好。」

可等祖母贊同了自己的想法，顧衍本人倒是有點遲疑了，猶豫著開口。「這樣，會不會太趕了？」

他自己心裡清楚，這回鄉試是沒問題的。只怕等他成了貢士，顧忠青便又不肯放棄先前的念頭，雖說因著他的有意宣傳，胡氏的刻薄已經在盛京出了名了，可萬一真有想不開的人家，非要把女兒嫁來，也並不是毫無可能。

但另一方面，訂親也好、成親也好，對他而言對他的小姑娘而言，一輩子都只有一次。女子天生便對這些格外重視，他生怕怠慢委屈了自家小姑娘。

算了，顧忠青那裡若是有什麼念頭，他總能想辦法讓他打消的，只是要費些勁罷了。想到這裡，顧衍又改口了。「還是按著姜家的意思來吧。好事不怕等，我都等了這麼久了，也不差那十天半個月。」

顧老夫人還是第一次見孫兒這樣拿不定主意，覺得稀奇的同時，又覺得萬分慶幸，幸好自己當時沒因為兩家的門第而反對這門親事，否則哪裡能看到孫兒這樣鮮活的模樣？

「那行，這事我再同姜夫人商量。」

婚事的事情，如此就算塵埃落定了。

顧老夫人也親自登門，同何氏商量訂親的事情，雖然覺得趕得太急不大合適，最後兩人還是確定下來，就按著盛京的規矩辦。
這麼一來，訂親勢必要在鄉試公布結果之後了。
何氏不擔心，姜仲行更是態度明確得不得了，直接道：「若是顧衍成了貢士，顧家便要反悔，這門親事吹了正好。我的女兒，哪裡會愁嫁？」
何氏也點頭。「正是這個道理。」
初九那日，顧衍和姜錦魚的庚帖，被顧老夫人讓貼身伺候的陳嬤嬤親自送到明山寺，還供奉了不少香油錢，請住持大師卜算。
明山寺的大師沐浴淨身，親自卜算兩人的生辰八字，一日之後，合婚帖結果便由個小和尚送了出來。抄錄成兩份，一份送到姜家，另一份則被送到了顧府。
顧老夫人取了合婚帖，展開朱紙，兩行飄逸小字映入眼簾。
「乾和坤和，相輔相成，天作之合。」
「枯木逢春，困魚遇水，逢凶化吉。」
仔仔細細看了三遍，顧老夫人徹徹底底安心了。明山寺大師的卦象，莫說她，就是宮裡也有貴人相信。
這卦象分明是說，姜家那姑娘有旺夫之相，和自家孫兒在一起，那是天作之合，逢凶化吉啊！

交換過庚帖，兩家便可以用親家的名義來往了。

顧老太太對這門婚事很滿意，也沒藏掖著，有人來問，便直接就道：「我那孫兒定的姑娘，便是吏部姜大人府上的姑娘。」

問的人還納悶，吏部哪個姜大人啊？再追問一句，臉色就有些訕訕了，尷尬笑道：「噢，是這樣啊。那可真是恭喜您了，等孫媳婦進了門，您老就可以等著抱重孫了。」

轉眼出了這門，那人就感慨上了。「這顧大公子也是倒了八輩子楣，要不是攤上這麼個苛刻繼母，娶個門當戶對的妻子總是不難。好歹是個舉人呢！這顧老夫人也是個糊塗的，瞧那態度，竟是半點兒沒有嫌棄那姜姑娘門第差，還樂呵呵，當成寶似的。」

聽她說話的那夫人也跟著搖頭。「所以說，娶妻娶賢，娶了胡氏那樣的攪家精，可不是家門不幸嗎？」

事不關己，自然說起來毫無顧忌，且顧家又不是什麼她們得罪不起的高門大戶，閒言碎語傳那麼幾句，胡氏難不成還敢找她們算帳？

盛京圈子裡的官夫人們都是人精，什麼人能得罪，什麼人不能得罪，可清楚了。

像胡氏，就是她們心裡能得罪的那個，名聲那樣差，也不差她們踩上幾腳。可她們口裡的顧大公子，就是她們覺得不能得罪的，男子不像女子，男子是可以入仕、爭功名，且顧大公子又是個會讀書的，往後指不定有什麼前程。

不是有句老話嗎？莫欺少年窮。

舉人連官都不是，但這些官夫人敢嚼胡氏的舌根，卻不敢真把顧衍給牽連進去，連帶著傳閒言碎語，也只把矛頭指向胡氏。在胡氏還忙於和府裡姨娘鬥法的時候，還不知道，盛京的官夫人們又替她「宣傳」了一波。

後宅這些瑣事，不大影響得了前朝的事情，男人們也不會去管自家妻妾說了誰的閒話，他們關注的，是誰又升了官，陛下最近看重哪個。

升了官的，自然要去巴結著，不說巴結，至少也不能結仇不是？

就在姜顧兩家交換庚帖後三日，趕上皇后誕下龍嗣，周文帝親政已有六年，大婚也已經七年了，雖有庶子，可嫡子還是第一個，自然龍心大悅。

周文帝一高興，便開始給手底下的官員「升職」了，一連下了十幾道聖旨，大到吏部尚書，小到內廷的太監，也不拘官大官小，連著提拔了十多人。

若是換作平時，莫說提拔這麼多人，光是提拔一個吏部尚書，都得先內閣討論一波，早朝再討論一波，幾大派系還得上幾輪奏摺，再激烈點，在早朝上捋著袖子互罵也不稀奇。

可趕上聖上唯一的嫡子出生，誰都不敢觸霉頭了。說粗俗些，就是民間地主老爺家生了個兒子，地主老爺一高興，免了佃戶的佃租，手底下管事還敢多說一句？

這道理也是一樣的，皇上喜得嫡子，龍心大悅，賞了底下人，只不過賞的是官位，這誰敢跑上來指著皇帝的鼻子痛心疾首來一句：皇上，這官您不能升！不合祖宗禮法啊！

那要不就是腦子壞了，要不就是不要命了！

太監唱完聖旨，還沒走出宮門，新上任的吏部尚書就被眾人圍了個團團轉，這個請他去喝酒、那個請他去鑑賞自己的畫作。

新上任的尹尚書是個老頭了，在朝裡資歷挺老的，可以往不怎麼起眼。本來原吏部尚書致仕，幾個有希望的官員都「上躥下跳」，四處找門路想接老尚書的班，如今竟是讓尹尚書給撿了個便宜。

眾人也想不明白，尹大人怎麼就入了陛下的眼了？可想不通歸想不通，又不影響他們巴結套近乎。

唯獨被眾人圍著的尹尚書自己心裡有數，自己既無大功績，背後也無派系，這回能坐上尚書的位置，純屬陛下一時「善心大發」，可天下之主會這麼單純善心大發嗎？這話誰都不信，連尹尚書也不信。

自己年紀這麼大，就算是坐上了這位置，也只想著不出錯就好，反正坐不了幾年，就得致仕。到時候升上來的，才是陛下心裡真正屬意的吏部尚書。

想到這回跟著升了官的安江，尹尚書感覺自己猜到了陛下的意思，便拒絕了眾人邀約，往朝外走了出去，心裡已經打定主意了，自己這個尚書要做的，就是什麼都不做！

周文帝還不知道，自己挑中的尚書，這麼有眼力，還在跟自己的心腹安江解釋。「本來是想直接給你尚書之位，而你的位置就讓你手底下挑個人接手，可你畢竟資歷淺，真要坐上那位置，只怕朝裡那幾個老頭要鬧翻天了。」

一向正經的陛下喊丞相、御史老頭，安江彷彿沒聽見似的，躬身道：「陛下思慮周全，微臣不及。侍郎之位足矣，微臣感念陛下厚愛。」

其實他這個年紀，能做得了吏部侍郎，已經算是很難得了。

見安江沒有芥蒂，周文帝又道：「你上回給朕舉薦的那個姜仲行，的確是不錯，是個能幹實事的官員，又不是那等只知道幹實事、不懂交際的。這回朕也提拔了，朝中官員多，可能幹實事的卻少之又少，朕也是舉步維艱啊……」

安江沈聲道：「陛下不必擔憂。俗話說，學成文武藝，貨與帝王家。這天底下的有才之人，個個都希望得到陛下的賞識。陛下何愁無人可用？」

周文帝龍顏大悅，拊掌道：「愛卿說得極是，待殿試一過，又有諸多人才從文昌門魚貫而入。十年之後，朝中盡是有用之才，朕何愁無人可用？」

君臣相談甚歡，甚至已經把這回鄉試中幾個出色的拿出來一一點評了，而宮外的人，自然不知道，皇帝已經缺人可用到了這樣的地步。

六品官員之上才可上朝，姜仲行剛好卡在七品的品階，既不知道早朝時發生的事情，也不知道自己升官了。

不過升官的聖旨來得很快，沒去姜家，而是直接到了吏部來，姜仲行彼時正在整理西南地區官員的考核結果，青色的官袍也沾了灰，還沒來得及整理，就被滿臉喜色的同僚給拉了出去。

來傳聖旨的公公見狀，只當沒瞧見，嚴肅唱完聖旨，便瞬間變了臉色，笑咪咪道：「姜主事，姜大人，接旨吧！」

吏部最高長官是尚書，其下便是侍郎二名，又設副職員外郎數名，乃從四品。再往下便是主事數名，乃從五品官員。

就是說，姜仲行這一下子就從正七品，一躍至從五品，在這滿地三、四品的盛京，這品級雖不算什麼，可吏部的從五品主事，實權大過官階啊！

姜仲行早知年後估計會升遷，卻沒想到連升三級，心中雖喜悅，可面上卻是一派沈靜，接過聖旨，道：「多謝這位公公走這一趟。」

然後，將袖裡的暖爐取出來，含笑遞過去。「天寒，公公路上帶著。」

姜仲行不是那等隨時等著拍馬屁的人，身上雖是帶了賞錢，可那是賞給下人的，要是隨意拿錢給傳旨公公，那就不是討好人，而是得罪人了。

暖爐價值不高，可模樣精緻，且內有乾坤，送給傳旨公公，既不顯得阿諛奉承，還不得罪人。

做官也不是稀裡糊塗瞎做的，姜仲行是幹實事的人，可該知道的人情世故，他樣樣都不少，對著兒子姜宣，他也是這樣教他的。

傳旨公公笑咪咪接了暖爐，剛接到手裡，便聞到清淡的藥香味，細細一瞧，這暖爐雖小如橘，但格外精緻，上下兩層，上頭一層薄，下頭寬，而上面那層則放了中藥，底下炭一熱，中藥被烘烤著，藥香便散出來了。

這小玩意兒，還是姜錦魚折騰了鐵匠許久，才折騰出來的。

傳旨公公心裡一喜，他們都是伺候人的，身上自然不能帶了異味，否則就是對主子不敬，有了這小暖爐，冬日裡塞些味道淡的香料，就可解決了他的大難題。這玩意兒不算貴重，可太監出一次宮不容易，這樣精巧的，卻是不容易找到。

公公面上笑容濃了些，回到宮裡，正趕上周文帝心情好，公公便也識趣多說上幾句。「姜主事還真是個幹實事的官，奴才傳旨的時候，姜大人還在忙活呢，被吏部其他幾位大人匆匆拉出來，渾身都是灰。」

周文帝本就覺得姜仲行是個可用的人才，一聽也有些興趣，笑道：「朕有時也這樣，批奏摺入神了，袖子沾了墨，也沒察覺。」

公公一聽，又把姜仲行的地位看得重了些，能讓陛下說出「朕也是如此」，說明陛下很是欣賞。興許用不了幾年，這位姜主事，便能在早朝上占得一席之位了。

宮中諸事，外人自然不得而知，而此時的姜家，卻是人人臉上帶著笑。

姜仲行那邊聖旨一到手，就有小廝跑回來報喜了，何氏大喜，立刻給家中奴僕發了賞錢，同時又吩咐錢嬤嬤，讓她和石叔務必約束好家中下人，若是鬧出那等仗勢欺人的醜事，便直接遣出府去。

下人們得了賞，個個都老老實實的，高興歸高興，也不敢犯了主子的忌諱。

姜家待下人寬厚，真要被趕出去了，哪裡還找得到這麼好的主家？

顧衍上門來給丈人丈母娘道喜的時候，見到的便是這畫面，本來就守規矩的下人們，越發恭敬謙卑，絲毫不似旁的府上那些下人那樣，一臉「一人得道，雞犬升天」的得意之色。

見此情景，顧衍還沒多什麼感慨，他身邊跟著來的書僮卻是念叨上了。

姜家可真是不一般！這樣的人家出來的姑娘，往後也定是個賢良守禮的，自家大少爺這門親事，還真是賺了！

顧衍算是姜家的準女婿了，他過來道喜，也屬於人之常情。

何氏見到他，嘴上沒說什麼，可心裡卻是越發的滿意。「來便來了，怎的還帶了禮？下回不許這樣了。」

顧衍微微頷首，笑著答應下來。他在岳父、岳母面前，一向好說話得很，做事穩妥，舉止恰當，還溫和有禮。若是讓顧忠青看到了，指不定都要懷疑，兒子究竟是顧家的，還是他們姜家的。

本來兩家也還沒正式走訂親禮，不應當讓兩人單獨見面，可看顧衍這樣眼巴巴上門來，分明是盼著見自家女兒一面。何氏不是迂腐之人，規矩自然要守，但也不必死守，她一心盼著女兒日後夫妻二人和和美美的，當即便也鬆了口，朝錢嬤嬤使了個眼色。

錢嬤嬤很識趣，一下就明白意思，轉身出門去請姜錦魚來了。

姜錦魚邁過臺階進門，便看到長身而立的男子，靛藍的袍子，袖口鑲上一圈玄色，見到她的那一瞬，眸中冰雪化盡，面上帶了溫然的笑意。

顧衍頷首，不再遮遮掩掩，大大方方喊她。「綿綿。」

見一旁站著的娘面上帶著溫和的笑意，姜錦魚也明白過來了，娘這是給自己和顧衍培養感情的機會，便也壓住心裡的羞意。

她面上露出溫柔的笑，抬起一雙美目，稍有些緊張的抿抿唇，可眼神卻沒躲開。「顧公子。」

何氏適時走了出去，給兩人留了見面的機會，可又讓錢嬤嬤在門外的院子裡站著，也算是個提醒。

顧衍低頭看他的小姑娘，眼眸明亮、笑容溫暖，眼裡雖含了絲羞意，但並不顯得侷促僵硬，反而多了絲女兒家的嬌態。

她在慢慢接受自己，像一隻家養的嬌氣貓兒，爪子是粉的、毛髮是柔軟的，正小心翼翼試探著、試探著，伸出爪子往前走幾步，試探著面前餵食的人值不值得託付信任。

這個發現，讓顧衍從心底流淌出滿滿的愉悅。

「長安街新開了一家首飾鋪子，妳哪日得了空，我帶妳去看看，可好？」

顧衍尋思著，這樣年紀的姑娘都愛美，對首飾什麼的，肯定是有興趣的。他雖然沒哄過姑娘，但腦子聰明，又肯花心思在綿綿身上，很是無師自通。

姜錦魚側頭想了想，估摸著是小桃念叨了好幾日的那間，「嗯」了一句，笑了一下，慢吞吞道：「好啊。」

得了準話，顧衍便也沒久留，很快告辭了。

其實他倒是想久留，可岳母安排的人還在門口守著，給人留下「急色」的壞印象便不好了。畢竟往後進門，還得指望著岳母呢。

在這一點上，顧衍深有感觸。以前姜叔分明也很欣賞自己，但自從他與綿綿要訂親後，小姑娘的爹便怎麼看他怎麼不順眼，眼神裡的挑剔，都快滿出來了。

倒是岳母何氏，待他反倒比以前親近了不少。

第三十五章

顧衍臨走前，把兩人下回見面的事情給敲定了。

回到顧家，才踏進自己的院子，便見到父親顧忠青過來了，身後還追著繼母胡氏。

胡氏匆匆而至，追得上氣不接下氣，來了便先暗暗狠狠瞪了繼子一眼，隨後擺出一副慈母訓話的樣子道：「老爺別氣了，大少爺也真是的。岳父升官便升官，何必藏著掖著？我知道大少爺一向不親近我這個繼母，可老爺總是你的親爹，難不成還會害你不成？」

顧忠青本來挺高興的，一回來便把姜仲行升官的事情說了，在他看來，他和長子不親近，可長子身上流的是他顧家的血，長子能有個好岳家，他面上也有光。

可等妻子胡氏一說，他便覺得不對勁了。

難道顧衍真的早就知道升官的事情，只不過是像胡氏所說，忌憚繼母，把他這個爹也當成外人來瞞著？再想到祖孫倆對這樁婚事這麼堅持，也頓時覺得找到了理由。分明是長子沒瞞著老太太，只瞞著他這個爹了。

顧忠青痛心疾首道：「我看分明就像你母親所說，你心裡壓根兒沒有我這個爹！」

顧衍面無表情，忽然覺得有些荒唐。

究竟是什麼讓顧忠青有這樣的錯覺，覺得可以在他面前擺父親的架子？二十幾年的視若無睹，在他取得功名後，一下子就成了慈父，還要他跟著一起上演父慈子孝的戲碼，不覺得很荒唐嗎？

說到底，顧忠青心裡還是覺得，自己的確對長子有虧欠，可自己對顧衍還是有養育之恩，他都放下架子了，顧衍就應該隨即釋懷才是！

可他不明白，養育之恩究竟是什麼？

養，一衣一食，養大成人；育，教書育人，培育成才。這兩件事，顧忠青一件也沒做到，顧衍有生母的嫁妝，沒讓顧忠青養。至於育，顧忠青更是直接缺席了個徹底。

所以，何來他口口聲聲的養育之恩？

胡氏還在一邊挑撥離間，顧忠青則是暴跳如雷，唯獨顧衍站在一邊，看著夫妻倆的醜態，心裡忽然冒出了個想法：其實，胡氏和顧忠青挺般配的。一個蠢，一個自以為是。

顧忠青正氣得跳腳，卻被匆匆趕來的顧老夫人劈頭蓋臉一頓訓，老太太手裡拎了根棍子，上去便是一頓抽，不光抽兒子，還連胡氏一起跟著打。

顧忠青年輕時還扛得住，可養尊處優這麼些年，不說肥頭大耳，至少也是個很普通的中年男子，頓時疼得唉唉直叫，連聲道：「娘，您這是幹麼啊！」

顧老太太沒留情面，一邊抽一邊道：「我教兒子啊！我兒子不聽話，我這個做娘的，還不能打了嗎？我讓你不分青紅皂白冤枉人！我讓你受人挑撥，不信自己兒子！我讓你有眼無珠！」

罵一句，抽一棍子。

光是看棍子揮動的力道，老太太的身子骨可結實得很。

最後，還是顧衍怕祖母把自己給累著了，上去攔。「祖母歇歇，別氣壞了身子。」

顧老太太這才甘願收手，對著顧忠青和胡氏，那叫一個疾風暴雨，可轉頭面向顧衍的時候，瞬間變了個表情，慈祥和藹得不得了。「還是衍哥兒孝順。」

這態度的轉變，看得顧忠青和胡氏都傻眼了。

顧忠青一邊嘶嘶著喊疼，一邊道：「娘，您這是做什麼啊？兒子都這麼大了，您好歹給兒子留些臉面啊！」

顧老太太年輕時也是個能言善道的爽利婦人，不過是守寡多年，不大管事了，可真要理論起來，那誰也不能小瞧她。

「哼。」顧老太太冷冷一聲。「臉面是別人留的嗎？你自己都快把臉丟盡了，現在來跟我說臉面？那我問你，是你不分青紅皂白，跑來冤枉衍哥兒吧？我倒要問問，胡氏給你灌了什麼迷魂湯，讓你連親生兒子都不要了！」

胡氏委屈的辯解。「婆母，您這是什麼話，兒媳……」

「妳給我閉嘴！」顧老太太一個眼刀甩過去，她以前忌憚胡氏，是因為顧衍那時還小，還立不住，自己兒子又是個沒腦子的，她只能忍著、等著。如今孫兒都大了，她一個老太太，還怕什麼？

胡氏噤聲，顧忠青卻還要據理力爭一句。「娘，您不能偏心衍哥兒，就覺得都是我的錯。他同姜家那樣親密，跟姜家長子稱兄道弟，能不事先知情？若是不知情，又怎麼會一心要娶那姜家女兒？虧我這個當爹的，當時還苦口婆心的勸他，他倒好，什麼都瞞著我這個當爹的！」

「你以為人人都像你一樣，存著那些見不得人的心思？」顧老太太橫眉怒道：「你少拿你那些齷齪心思來揣測旁人！」

顧忠青有口難言，乾脆也懶得說了，只是心裡還是認定，顧衍必是像胡氏所言，事先知道姜仲行升官的事情，否則怎麼可能願意娶一個小官之女？

顧忠青固執己見，顧衍也不在乎他的態度，父子倆本來就不如何的關係，一下子跌落到了冰點。

唯一高興的，也就只有胡氏了。

回到正院，胡氏心裡一會兒高興，一會兒又是來氣。

成功離間了父子感情，她自然高興。可一想到顧衍居然這麼走運，岳父一下子從吏部小吏，成了吏部的主事，雖是從五品，卻是在實打實擁有實權的部門，說出去非常有面子。

且有了這麼個岳父，顧衍若是真進了官場，只怕升遷也不用發愁，不說有什麼大的助力，至少吏部有人，不會有人故意阻撓他。

想到這裡，胡氏又覺得嘔氣，都快把帕子捏碎了。

轉眼就是十五，恰是考試張榜的日子。

姜家人少，一直是在一起用早膳，就在一派溫馨之際，石叔突然匆匆跑了進來，再一看，面上倒不像是出了什麼事的樣子，而是滿臉的喜色。

眾人見了，心裡一下子便有了成算，還是姜錦魚代為開口問道：「石叔，可是阿兄的鄉試結果出來了？」

石叔喘喘氣，喜上眉梢道：「老爺大喜，夫人大喜！咱家少爺中了！又中了！」

得了這一句話，何氏的心懸了一早上，此時也踏實了，面上帶著喜色。「果真中了？」

「自然！」這一句話，石叔說得格外有力，道：「老奴看得清清楚楚的，又讓別人幫著看了個仔細！頭一個就是咱家少爺，祖籍錦州夏縣，姜宣。絕不會有錯！」

姜仲行很是驚喜，說實話姜宣能中貢生，這是他意料之中的，畢竟自家兒子的本事，他是最清楚的，可……可中了會元這就有點嚇人了。

姜宣亦十分高興，但倒是還惦記著自家妹夫，看向石叔。「石叔，您可還看見了什麼熟人？」

這話一出，姜錦魚先紅了臉，阿兄擺明是替她問的，小姑娘臉皮薄，可庚帖都換了，她也把顧衍當成自己人，心裡也惦記著。

石叔也不是傻的，他一大早就趕去看榜，當然不會只看自家少爺，不過在他心裡，自然是要先報自己人的喜，再報準姑爺的喜，畢竟這「姑爺」前頭，不是還帶了「準」一字嘛。

「回少爺，」石叔也沒賣關子，直接道：「顧公子的名兒也在上頭！」

這一下心裡是徹徹底底踏實了，姜錦魚沒露出格外欣喜的神色，還有條不紊招呼錢嬤嬤，去取了賞錢給家裡下人發紅封。

主家有大喜事，自然也要給底下人甜頭。

姜宣卻揶揄了一句。「是該發賞錢，這是雙喜臨門啊。」

頓時惹得姜錦魚瞪了他一眼。

錢嬤嬤在院裡發賞錢，笑得嘴都要咧到耳根去了。

顧家，一家人安安靜靜用早膳。

顧家下人突然衝進門大喊著。「老爺大喜！」

這一聲嚇得顧忠青筷子上的菜都灑了，對那管事發了一通脾氣。「喊什麼喊？大清早的就不讓人安生！」

話音剛落，就見一家子都望過來了，除了顧衍。

被大家看得背後起了一身冷汗，顧忠青不自在的咳了咳。「這是怎麼了，都看著我？」

顧老太太都懶得看他了，早知道這人壓根兒不知道怎麼當爹，連今天是鄉試張榜的日子都不記得，扭頭對那管事吩咐。「繼續說。」

言下之意，別理顧忠青，直接說。

管事忙把笑掛到臉上，嘴咧得都快到耳根了，也不嫌腮幫子酸。「回老太太的話，是咱家少爺中了！大少爺成貢生了！」

此話一出，在座的眾人心頭滋味萬千。

高興的有，像顧老太太就是高興的，一邊念叨著「祖宗保佑」，一邊笑得合不攏嘴。

不高興的也有，胡氏便是其中之一，險些把一口牙都咬碎了，攪著帕子，連笑都扯不出來，也懶得裝什麼慈母相，都要眼紅得吐血了。

而琴姨娘立即站了起來，帶著兒子顧西，含著笑，恭恭敬敬一福。「恭喜大少爺。西哥兒，來給你哥哥道喜。」

顧西還是個小少年，一向孝順，聞言恭敬的拱手，語氣真摯道：「恭喜大哥。」

顧衍伸手拍拍顧西瘦弱的肩。「多謝姨娘，多謝三弟。三弟也好好念書，人生在世，不必拘泥於眼下。放眼望去，入目皆是出路。」

顧衍一向待幾個弟弟「一視同仁」，一般無二的冷淡。

顧西身為庶子，處境也艱難，知道姨娘的不易，可人微言輕，他什麼都做不了，還要倚仗姨娘的保護。對於長兄，他一向是打心底裡敬佩的，這次得了教誨，面上帶笑，喜道：「弟弟多謝兄長教誨。」

他們這頭兄弟和睦，坐在一邊的顧軒就如坐針氈了，臉色青了又白，半晌才站起來道喜，匆匆說上那麼一句。「恭喜大哥。」

可顧衍待他態度卻是一如既往，不遠不近的頷首。「多謝二弟。」

除此之外，沒有半句多餘的話，氣得顧軒恨不得摔筷子。

眾人各懷心思，倒是把尷尬的顧忠青給晾在一邊，等了半天，也沒人給他一個臺階下，顧忠青只能給自己找臺階，主動道：「咳，這是好事。」

話音落下，等了半天，沒一個人接話。

顧老太太是懶得往他看，顧軒是正一肚子氣，琴姨娘和顧西是一向不會主動出風頭的，而本來最有可能接腔的胡氏，此時氣得都要昏過去了，哪有工夫理他。

雖然沒人接話，顧忠青也得繼續說，他硬著頭皮往下說：「衍哥兒這回給家裡掙了臉面，我這當爹的也得有些表示。」

顧老太太一聽，抬眼看過去了，表情彷彿在說：嗯，你繼續說，你想表示啥？

顧忠青本來想賞些小東西的，畢竟自家兒子，也用不著多大手筆。可被老太太這麼一看，頓時騎虎難下了。「就城南那個鋪子吧……」

胡氏一聽，清醒過來，脫口而出一句：「那怎麼行？」

顧家的財產，都是她兒子的，怎麼能讓顧衍這個喪門星搶走！

顧老太太卻是輕輕巧巧一眼瞥過來。「忠青說話，什麼時候輪到妳來插嘴了？家裡誰當家作主啊？」

「自然是我！」顧忠青一見老太太的態度有所轉變，也不覺得肉疼了。「就城南的鋪子吧，胡氏，下午把契書送衍哥兒那裡去。」

眼看無力回天，胡氏也只能咬著牙答應下來。

那可是城南的鋪子啊！每個月都能有好些進項，顧忠青這麼一句話，這鋪子就成了顧衍的了，胡氏的心都在滴血。

不，豈止是在滴血？根本就是在割她的肉！

正院磨蹭了半天，還是心不甘情不願把契書送給顧衍了。

顧嬤嬤喜孜孜從正院來的嬤嬤那裡收了契書，還笑咪咪道：「勞老姐姐跑一趟了。」那來送契書的嬤嬤打了個冷顫，不敢露出絲毫的怨懟之色，連聲道：「不敢不敢。」

可等轉身走的時候，不由得就想起了從前，明明以前夫人把先夫人生的繼子壓得死死的，先前還把人給趕回了夏縣，怎麼大少爺突然就這麼有本事了？居然沒費什麼功夫，就把夫人治得死死的。

難道……真是以前大少爺懶得計較？

嬤嬤越想越害怕，恨不得立刻想法子離開正院，就算是去往常她看不上的琴姨娘院裡，那也好啊。

顧嬤嬤這頭把契書送到顧衍的書房裡，卻見主子並不如何在意似的，隨口便吩咐了句。

「嬤嬤收著吧。」

顧嬤嬤也習慣了自家少爺冷淡的性子，沒多想，轉身就準備走，還沒走出門，就看見書僮衝了進來，跑得上氣不接下氣。

看他這副樣子，顧嬤嬤下意識就要訓他，可還沒開口，就聽書僮樂呵呵道：「姜姑娘送了禮來，說是恭喜大少爺喜得貢生。」

顧嬤嬤正好抬眼去看顧衍，就發現，自己從小伺候到大的大少爺，剛剛還一臉冷淡的顧衍，眸中笑意漫開，清冷的面上帶了絲笑意，明顯是被取悅了。

直到出了門，顧嬤嬤胡思亂想一番，突然冒出個念頭來，看現在自己主子對姜姑娘的重視，只怕先前忽然騰出手來對付正院，也是為了姜姑娘吧……

顧衍雖成了貢生，可對待未來岳家姜家的態度，還是一如既往的恭敬，甚至比以前還要多了幾分重視。

何氏原本便有幾分偏向他了，如今更是越發滿意起來。

過了幾天，顧老太太又親自來了一回，兩家把訂親的日子給定了下來，就定在下個月的二十六。這時間定恰恰合適，沒太匆忙，也沒故意拖延著，完全是按著兩家做訂親禮前準備的需要時間決定的。

姜家有條不紊的準備訂親事宜，作為訂親的一方，姜錦魚要忙的事情也不少。

按盛京的規矩，女方回禮中要有一套親手做的衣裳，內含鞋、襪、腰帶、掛飾，以示女方宜家宜室。

且何氏是打定主意要教她如何掌家的，故而回禮各項流程，準備的禮該輕還是該重，一樣樣都傾囊相授。

這就是為什麼，很多有規矩的人家，都不大願意娶庶女或是失恃的嫡女。因為無論是嫡母還是繼母，都不可能像親娘那樣悉心教導，而這些本事，若是沒有長輩教，光是靠著個十來歲的小姑娘自己學，能學個一半便算是很有本事了。

當然，若是遇上了極為和善的嫡母或是繼母，那便沒人會特意計較這些。

日子就在忙碌中一天天過去，訂親的日子終於到了。

二十六這一日，姜仲行特意提前跟上司告假，他從進入吏部起，便一直是跟在安江手底下做事。

安侍郎平日冷冷清清的，倒不是個不通人情的，聽姜仲行說家中女兒訂親，便很大度允了假。

訂親當天，姜家上上下下都笑臉迎人。

姜錦魚雖說不用露面，可她也早早被小桃幾個喊起來，穿了新衣，收拾妥當，便坐在屋裡等著。

小桃特意吩咐了燒火的小丫頭跑腿。小丫頭名為豆苗，只見豆苗跑進跑出，一會兒便進來嚷嚷。「姑爺上門了！還帶了一雙大雁……」

訂親當日，什麼都得成雙成對的，以討吉利，連姜錦魚早上用的湯圓，都是如此。

秋霞等人過來幫忙，聞言都羨慕得笑了起來，小桃順手塞給豆苗個紅封。「一大早跑進跑出的，累了吧？來，姑娘賞的……」

豆苗喜孜孜把紅包往懷裡塞，仰臉嘿嘿傻笑。「一點兒也不累！剛剛姑爺帶來的嬤嬤，也給我塞了賞錢。管家阿叔說，開門的迎福哥、端茶的小夏姐姐……好多好多人都得了賞錢。嘿嘿，姑爺真大方！」

這哪裡是大方了？分明是散財來了！

小桃幾個都掩嘴笑，替自家姑娘高興。

姑爺也不是人傻錢多，能得貢生，那得是個多聰明的人。會這樣散財，還不是為了給姑娘做面子嗎？他們都懂！

姜錦魚聽了也臉上有點熱，想伸手搧一搧風，又怕被人看見了，便也忍著。

錢嬤嬤推門進來，便瞧見一屋子的小丫鬟們都紅著臉笑，全當沒瞧見，笑咪咪對姜錦魚道：「姑娘，該把回禮送過去了。」

姜錦魚略一點頭，朝小桃示意，讓小桃去把疊得整整齊齊的衣裳取來，遞給了錢嬤嬤。

錢嬤嬤出門，把衣裳仔仔細細的放好，見負責送禮的小廝們起了身，才緩步走到來交接的顧家嬤嬤那裡，含笑道：「這位嬤嬤，回禮都備好了。」

顧家嬤嬤也親熱得很，抓著錢嬤嬤的手。「煩勞。」

兩人對視一眼，微微退開幾步，立在那裡，揚聲說了幾句祝詞，正準備散的時候，突然聽見院外鬧哄哄的聲音，彷彿是有一行人過來了。

第三十六章

錢嬤嬤不多時便看到了來人，見領頭的是姜宣，這讓她頓時放心了。訂了親，規矩便沒那般大，且還有女方家的長兄守著，還輪不到外人說三道四，在後頭嚼舌根。

姜宣也沒為難自家兄弟，雖說成了妹夫，可那麼些年的同窗之誼還在，見顧衍作了幾首應景的詩句，便鬆口讓顧衍隔著門，跟自家妹子說句話。

折騰這許久，只讓隔著門說句話，顧衍也沒生氣，倒是旁邊同來的顧家各房兄弟們都嚇了一跳，他們可從未見顧衍這樣好脾氣。

外頭的動靜，裡頭也時時刻刻關注著，這邊顧衍進了院子，繞過長廊，在屋外站定，屋裡的小丫鬟們早都識趣的躲到隔間，給兩人留足了說話的空間。

門被輕輕敲了幾下，姜錦魚抿抿唇，聲音輕而軟。「我在。」想了想，又補上一句。「聽著呢。」

顧衍隔著門，看不到裡頭的畫面，可面上的笑意卻止不住，手輕輕搭在門上，想了想，含笑道：「想現在就把妳接回家。」

姜錦魚一下子從耳根紅到脖子，這人說什麼胡話，明明平時那樣的正經。

「可惜岳父、岳母不允。」顧衍語氣裡帶了遺憾惋惜。

姜錦魚又沒吭聲，倒是顧衍絲毫沒覺得被怠慢了，又道：「不久便是殿試，我怕是不好來見妳。我那裡新收了幾本遊記，趕明兒讓人送來，給妳打發時間。」

這話還算說得正經。姜錦魚「嗯」一聲，想了想，道：「那你好好準備殿試，不必記掛我。我在家裡，樣樣都好。」

她耳根悄悄紅了，又匆匆道一句。「我在家裡，盼著你也樣樣都好。行了，你別久留，不合規矩。」

猝不及防被趕，顧衍也不氣，心裡還暖暖的。

嗯，盼著他樣樣都好。怎麼這麼討人喜歡？

對姜錦魚而言，訂親之後的日子，過得與訂親前沒什麼差別。

唯一算得上有差別的，那就是在以前，她在眾人眼裡的身分是姜主事的女兒，現在是顧衍的未來妻室，顧家的未來兒媳婦。但說到底，外人的看法如何，對姜錦魚的生活沒多大影響。

訂親後，便不必一直養在深閨之中，何氏也開始有意帶著女兒出來走動。

這一走動，倒叫她交了不少朋友，其中一位，便是商雲兒。

她初見這位商家小姐時，不過是看她被群牙尖嘴利的小姐們為難，幫了她一把。哪曉得，商雲兒竟就這樣黏上了她。

「商小姐，」姜錦魚回頭看了看樹幹後露出的繡鞋，心裡無奈極了，往那邊走過去。

「商姑娘，別躲了。」

商雲兒沒處逃，被堵個正著，乾脆厚著臉皮佯裝不知。「好巧啊……妳也在這兒啊！」

小桃都聽得嘴角一抽，心道：若不是商小姐是個女兒家，她還以為是什麼登徒子，又來追著自家姑娘了。

「商姑娘找我有事？」姜錦魚站定，順手把商雲兒腦袋上斜插著的落葉給拾走，丟到了一邊。

商雲兒一下就臉紅了，也不知道是哪裡戳著了她，姜錦魚鬧不明白，就看她臉上紅了又白，倒像個唱大戲的。沒想明白，姜錦魚還有事，自然也不打算耗在這裡，正要抬步走人，就聽到旁邊傳來低聲囁嚅。

「姜……姜姑娘，我能不能和妳做朋友？」商雲兒紅著臉，羞答答的模樣，不知道的，還以為她在表達愛慕之情。

「好啊。」姜錦魚大大方方點頭，然後就見商雲兒滿臉燦爛的笑容，衝上來抱住她的胳膊，親暱得跟條小狗似的。

「哎呀，可惜妳訂親了，否則妳做我的嫂嫂，那多好啊……」商雲兒嘀嘀咕咕，聲音不高，但還是讓姜錦魚聽了個清楚。

她不由得慶幸，幸好自己訂親了，真要有這麼個小姑子，那也夠折騰人的……

比起鄉試的熱熱鬧鬧，會試很快就過去，如今到了最最要緊的殿試，這一日，天還沒亮，窗外就傳來淅淅瀝瀝的雨聲，等天色大明了，推開窗戶，豆子大的雨滴從屋簷上落下來。

「姑娘，洗漱嗎？」小桃進來問話，得了準話，便自去端了熱水進來。

手兌了三、四滴花露進去，伸手試了試水溫，正好舒服，擦了臉，又在臉上搓了面膏。手上剩下的，便在脖子上搓了搓。

等一切都收拾妥當了，姜錦魚捧著杯溫水小口小口啜，抬眼問小桃。「阿兄出門可順利？」

其實，她一路看著哥哥、顧衍考來，總感覺會試有些微妙，雖說也是關注，但力度相較其他明顯有落差。拿從「大學」學到的詞來說，這會試就像面聖前的模擬考，專用來刷下一些可能會「殿前失儀」、「驚擾聖駕」的學子。

而殿試不同會試，貢生們要面聖，自然要經過重重檢查，等進了宣武門，還得再搜一回身，這一番折騰下來，不知要起多早。

小桃起得早，邊收拾水盆邊道：「順利！石管家送的，在那兒守著，眼瞧著大少爺進了宣武門才回來的。姑娘早膳用什麼？」

越入冬，便越懶得動彈，今日又下了雨，更是連空氣都是濕濕的。她想了想，要了個手擀麵，酸辣口味的，喝的則選了平日用慣的羊乳。

府裡廚娘的手藝好，手擀麵也做得筋道，酸辣口的蘸汁一大勺，鋪了厚厚的一層，她吃得額上冒汗，渾身都舒坦了。

用了早膳，無事可做，便讓小桃把裡間的嫁衣料子拿來。

小桃小心翼翼捧過來，滿臉鄭重，生怕給弄髒了似的。

不過這料子也的確是好看，大紅的綢緞，隱隱透著層珠光，尤其是放在燭光下細細打量，更是猶如披了層金紗。這樣的料子，也不知顧家是從哪裡弄來的。

一般訂親之後，大約一年，便也要正式成婚了。但這一年卻不是閒著的，要學東學西的，還得繡嫁衣，這全都得新娘子親自來。

自從訂親後，她便也開始給自己繡嫁衣了，不過怕手生，把料子做壞了，便先做了腰帶、婚鞋等小物件，嫁衣要等細細量身之後，再來打算。

一隻鞋面繡到一半，姜錦魚擱下手裡的活兒，對小桃道：「昨兒聽嬤嬤說，集市有賣羊的，讓廚房秤些回來，晚上做羊肉餃子吃吧。再要幾根大骨頭，撒上些花椒，熬些骨頭湯，每人分個一碗，省得凍病了。」

這樣冷的天氣，一碗辣辣的骨頭湯下肚，整個胃裡都是暖的。小桃光是聽著吩咐，就忍不住嚥了口口水，連忙應了。

「姑娘，讓石管家傍晚接人的時候帶上一盅吧，給大少爺和顧公子暖暖身子。」小桃擠眉弄眼，看得姜錦魚好笑，輕輕點點她的腦袋。「做什麼，來笑妳主子我了？小丫頭膽子挺大的啊？」

小桃笑嘻嘻，姜錦魚卻是細細打量著她，別看小桃平日裡嘻嘻哈哈的，可論起年紀，比她還要小上個三歲，若是要說親事，其實也該說了。

「小桃，我問妳件事。」姜錦魚挺替她操心，小桃不似府裡別的丫鬟，還有家裡人幫著操心，她這個主子若是不替她操心，只怕便沒人替她操這個心了。

果然，即便是小桃這樣大剌剌的小姑娘，說起婚事的時候，那也是羞答答的。

小姑娘使勁搖腦袋，搖得跟撥浪鼓似的，「我才不嫁人！我要伺候姑娘，往後還要伺候小小姐、小少爺，嫁人有什麼好的？姑娘別攆我，我不嫁。」

被這麼可憐兮兮望著，姜錦魚哪裡硬得下心腸？被萌得伸手摸小桃腦袋。「那行，等妳想嫁人了，我再給妳挑個好的，不會虧待妳的。」

其實得用的貼身丫鬟難得，用得順手且還忠心的，更是少。可讓她把小桃給留下來，不允她成家，一輩子待在她身邊，日後做個老嬤嬤，姜錦魚自認還沒這麼狠心。

最好的，便是給小桃找個府裡人，可這也得小姑娘自己拿主意，急也急不得。

冬日天黑得早，才敲過鐘，正院便點起了燭火。

一家子坐在正院，翹首以盼，等著姜宣回來，終於天黑了個徹底的時候，姜府外頭傳來了馬車聲，是姜宣回來了。

姜宣進門，面上滿是疲倦之意，可精神看上去卻是不錯，面上帶著輕鬆。

「阿兄快坐。」姜錦魚不用想也知道，這一日必定是折騰得很，那般早起，進了宮，面了聖，還得在陛下跟前作論，說不定還會被陛下親自考校，定是費盡了心神。

她吩咐錢嬤嬤倒了杯溫水過來。

沒加什麼雜七雜八的佐料，清清淡淡那麼一杯溫水，甫一下肚，果然緩解了姜宣喉頭那點噁心之意。蔘湯在馬車上是早就喝過的，再喝便補過頭了，倒是這麼杯溫水，既解渴，又解了他的噁心。

姜宣舒坦了不少，抬頭感激的看了眼妹妹，面對家人的詢問，他也算是知無不言。

他是鄉試的頭名，上了大殿也是表現沈穩，不知陛下心裡覺得他如何，總之他自己認為，算是表現得還可以，至於結果，自然還要看陛下的喜好，而非他一己之力能改變的。

科舉這事是有點看運氣的成分，往年也不是沒有鄉試前列，可到了殿試便排到了同進士的先例，所以他也只能盡其所能，剩下的便聽天由命了。

姜仲行聽罷長子的描述，心裡約莫有了底，道：「殿試既都結束了，便別再琢磨了。這幾日你在家裡，若是無事，便幫我盯著硯哥兒的功課，這小子不知隨了誰，連夫子都頭疼。」

姜宣轉眼看向縮頭縮腦的弟弟，微微一笑，溫文爾雅，卻是讓小胖墩渾身打了個寒顫。

小胖墩仰起頭，對長兄討好一笑，十分狗腿的捧著自己那碗用到一半的餃子。「阿兄，吃餃子……」

「你自己吃吧。」姜宣順手摸摸弟弟的腦袋，笑得溫和。「明兒帶著書來我書房。雞鳴三聲，便得起，不得賴床，知道了嗎？」

小胖墩頓時蔫了，委屈巴巴道：「知道了。」

大約七日後，城中心便張貼了皇榜。

比起會試，殿試是真正的萬眾矚目，從結束那一日起，連賭場都在下注，今年誰能奪得狀元、榜眼、探花三席。

不僅坊間多方揣測，朝中亦是盯著，連負責殿試的官員，都被眾人騷擾到不得不閉門不出了。

皇榜貼上後，整個盛京就猶如一滴冷水落入熱油，一下子沸騰了起來。

解元、會元、狀元。姜宣連中三元，最後在殿試取得頭名，一下子成了史上第四個連續三次拔得頭籌的狀元。

而與他一同參加殿試的顧衍，則要略遜一籌，居探花之位。

還不等那些家中有姑娘的人家來個榜下捉婿，宮裡一道口諭就下來，直接給姜宣賜婚。

此時，眾人都羨慕得眼紅了。

若是尚公主，只怕還沒那般多人眼紅，做了駙馬，注定日後在仕途上，沒什麼大的發展。可這回陛下賜婚的對象，是安寧縣主。

縣主尊貴，可又不是公主，不會似公主、郡主那樣養得嬌生慣養，既娶了個身分地位尊貴的美嬌娘，對仕途又沒有半分影響，簡直是有百利而無一害。

狀元成了皇家的女婿，榜眼已經年過三十，連孩子都有兩個了，於是顧衍這個探花，一下子進入了眾人的視野之中。

那些家中有姑娘未嫁的人家，都顧不上遮掩，生怕這個又被旁人搶去，便拐著彎讓家眷們去打聽，連官媒家的門檻都險些被踩破了。

可還不等他們有什麼動作，這新探花顧衍自己倒是出面了，也沒說什麼「多謝厚愛」的話，而是直接上了一趟準丈人家裡。

眾人此時才知道，得了，原來探花不僅是狀元的同窗，他的未婚妻，還是狀元郎的妹子，兩人早都訂親了，感情好得不得了！這叫什麼事啊？

盛京後宅不知多少夫人恨得牙癢癢，揉碎了多少帕子，以往總能撿著一、兩個，結果今年倒好，前三個都有主了，說好的榜下捉婿呢？怎麼如今都不按規矩來了！

氣歸氣，恨歸恨，羨慕歸羨慕，可人家都訂親了，生米都煮成熟飯，還能怎麼樣？總不能仗著權勢逼上門吧？若是寒門倒好，偏偏是盛京眼下最炙手可熱的狀元郎和探花家，誰敢試？那還不直接被百姓一口一個唾沫星子淹死。

百姓也是最愛看熱鬧的，才子佳人、狀元郎配公主，探花跟狀元郎兩家是親家，一個是天賜良緣、一個是青梅竹馬，戲摺子都沒這麼精彩。

百姓的熱情，直接導致坊間關於狀元、探花的戲摺子，一下子激增，連五女拜壽、岳母刺字這樣的大戲，都得往後排。

皇宮內。

周文帝哄著乳母抱過來的嫡子，三皇子還是個奶娃娃，但他的出身決定了，他比兩個兄長身分尊貴。

奶娃娃打了個哈欠，似乎是有些睏了，周文帝把孩子遞給乳母，乳母們便小心翼翼抱著皇子退下去了。

「陛下。」伺候的公公見周文帝眉心放鬆，心情很是不錯，便上來稟報道：「安寧縣主想來給您磕個頭，這會兒還在殿外候著呢。」

公公小心翼翼稟告完，便等著周文帝吩咐，見他沒皺眉，心裡揣測不斷。

看來這安寧縣主還真是要翻身了，據說狀元郎這門婚事，後宮幾位娘娘可都搶破了頭，陛下立后遲，可妃嬪卻不少，到了出嫁年紀的公主也有兩、三位，偏偏這回這麼好的婚事，卻落到了安寧縣主這麼個孤女頭上，也難怪口諭一下，安寧縣主就眼巴巴來磕頭了。

至於為何不讓狀元郎尚公主，這也很好猜。

無非是陛下愛才，捨不得將有才之士棄之不用，可祖宗禮法不可廢，駙馬不能居三品之上，這是祖宗立下的規矩。此外，後宮幾位娘娘又吵又鬧，把陛下惹惱了，最後才便宜了安寧縣主。

安寧縣主在殿外守著，等了許久，卻絲毫不敢懈怠，姿態仍是恭恭敬敬的。

片刻，傳話的公公過來了，她抬起美目殷切望著公公。

公公彷彿沒看到安寧縣主眼中的期待，笑呵呵道：「縣主，陛下疼惜縣主，這頭便不必磕了。」

安寧才失望著，就聽公公接著道：「陛下言，縣主日後便是姜家婦，不比在宮中做未嫁娘子，需得恭謹事上，寬和待下，陛下唯盼縣主夫妻相親相敬。」

安寧聞言忙跪下叩首，語含感激。「安寧謹遵陛下教誨。」

待回到宮裡，安寧縣主便喚來宮女，取來料子，與從小伺候的奶嬤嬤商量著。「嬤嬤，妳替我把把關，我聽聞姜郎君底下有一雙弟妹，我想替他二人做衣裳。」

嬤嬤聽了皺眉，心疼道：「縣主身分尊貴，何苦做這等下人做的活兒？您是什麼身分，合該那姜家人捧著您，怎的要您來給他們抬架子了？」

安寧停下動作，嚴厲看了一眼嬤嬤。「嬤嬤。我且問妳，我是什麼身分？我不過是一寄人籬下的孤女，陛下仁厚，留我在宮中，如今又許了我這樣好的親事，嬤嬤不惜福，安寧惜福。嬤嬤若是還如此作想，只怕遲早要惹得姜家不喜，若是嬤嬤改不了，便不必在我身邊伺候了。」

說罷，轉頭繼續裁剪手中的料子，沒再看嬤嬤一眼。

那嬤嬤也是心裡一慌，本覺得自己是為了主子好，可被主子這樣直截了當一頓呵斥，轉念一想，也察覺出自己的不對來了，聽縣主語氣認真，忙磕頭認錯。

畢竟是從小伺候的奶嬤嬤，也有些年歲了，若一句話沒說對便攆了，這事安寧做不出，可嘴上仍是敲打了幾句。「嬤嬤心疼我，我知曉。可我長大了，不是孩子，我心裡有我的打算和計較，有些話該說不該說，嬤嬤如今心裡也有數，想必不用我多提醒。」

轉眼到年末，這一次殿試的進士，都被周文帝授了官，一甲的狀元、榜眼、探花，都直接進了翰林院，而二甲進士則基本被派到各地赴任，至於三甲的同進士，也都有了去處。

進士們年後上任，在這之前，盛京城裡也開始為過年做準備了。

連著下了好幾日的雪，總算是停了，眼看著外頭的雪越來越小，姜錦魚也放下繡了幾日的嫁衣，去找何氏。

何氏正忙著，作為當家主婦，怕是全家裡頭最不樂意過年的人了，雖說很多事情可以使喚下人管事，但更多事情，都得她這個主母拿主意。

且隨著父子倆同朝為官，結交的同僚、好友多了，這些關係，男子們自是不會管的，可作為後宅婦人，可不得把這些關係給維繫起來。

一見女兒來了，何氏便招手喊她，摸了摸姜錦魚的手，入手微微有些涼，忙喊錢嬤嬤。

「嬤嬤去拿個暖爐來。」

然後又把自己膝上蓋著的小毯，蓋到女兒身上，語氣中微微帶了責怪。「這樣冷的天，出來走動做什麼？可別怪娘沒教妳，女兒家最不能凍著，對子嗣有妨礙。等妳阿兄的婚事辦完，便輪到妳了，怎的也不會越過明年去，妳這身子，也是該調養起來了。」

第三十七章

姜錦魚撲進何氏懷中，方才吹風過來，她額頭和臉頰都紅紅的，一副小女兒作態，彷彿又小了幾歲，她抿著嘴笑，仰著臉。「娘，不是說好多留我幾年的嗎？」

何氏替她蓋著毯子，聞言也是搖頭，輕輕點點女兒的腦門。「我哪裡不想留？可顧家的態度妳也瞧見了，咱家不急，人家急。妳也別沒心沒肺，顧衍對妳多上心，什麼節日都不忘了妳，都惦記著丈人家，妳也多花點心思，知道不知道？」

等暖爐送過來了，姜錦魚身子暖和起來了，何氏便開始給她指派工作，娘兒倆坐了一下午，總算把過年送到各府的年禮單子給擬好了。

還剩下幾家的禮單，何氏沒填，忙活的同時也不忘教導女兒。「夫妻是要相伴一生的，兩人得商量著來。就像這送年禮，咱們自然能自己拿主意，可像這幾家，都是跟妳爹官場上有聯繫的人家，就得慎重著來，寧可麻煩些，也不能出了岔子。」

這邊剛擬好禮單，就聽得外頭錢嬤嬤進來了，說是宮裡來了人。

再一問，竟是安寧縣主派人送東西來了。

何氏一愣，忙喊錢嬤嬤把人請進來。

進來的是個中年的嬤嬤，模樣很周正，看著便是個細緻人，喚作丹嬤嬤，進來也沒擺宮裡人的架子，恭恭敬敬一福，然後低眉順眼道：「縣主道，眼瞅著便要過年了，本該親自上門拜見夫人的，可縣主如今住在宮裡，怕出門會添麻煩，便派了奴婢前來，提前恭賀姜大人、姜夫人並府上幾位公子、小姐。」

何氏有些受寵若驚，兒子定了縣主，這婚事是陛下賞賜的，就是不好也得說出千百個好來。本來以為縣主必是嬌慣長大的，性情多少會驕縱些，但看安寧縣主今日的姿態，倒是難得的謙卑，看著是個柔順人。

何氏素來講究投桃報李，旁人待她真心，她亦還別人真心，縣主如此表態，何氏心裡也開始拿縣主當自家人。

丹嬤嬤回去的時候，是滿載而歸，她臉上帶著笑，直到進了宮裡，見到安寧縣主，便迫不及待喜道：「縣主當真是有福氣，奴婢今日見了姜夫人和姜姑娘，姜夫人再是和氣不過。」

安寧縣主身分尊貴，可說到底就是個孤女，連個兄弟都無，沒什麼仰仗，在宮裡過日子也是小心再小心，此時聽嬤嬤說婆婆是個和氣人，心裡安心了不少，真心實意道：「這便好。」

丹嬤嬤算是伺候縣主的老人了，聞言又把在姜府的所見所聞說了一遍，末了道：「這樁婚事，陛下是真心想著您好，才會給您賜婚的。奴婢聽說姜大人跟夫人感情和睦，屋子裡別說妾，連個通房都沒有，家風再清正不過。這兒隨父，縣主您的好日子在後頭呢！」

聽罷，安寧縣主臉上帶了笑，心中對未來生活也充滿了期待。

越臨近年關，盛京圈子內的各種宴會、聚會也漸漸頻繁起來。

基本每年這個時候，各府都忙著相看人家，尤其今年更甚，太皇太后身體狀況越發不好了，底下人雖不敢打聽，可多多少少還是能從陛下的表現看出端倪。

姜錦魚這裡也收了不少帖子，本來她訂了親，不是聚會宴會的重點，但年前阿爹姜仲行剛升任吏部的主事，兄長姜宣又在殿試中得了狀元郎，她自己的未婚夫又是同榜的探花。

加上以往她並不大出門，因為姑娘家名聲傳得太響了，並不是什麼好事，許多府裡相兒媳，都不樂意找那等名聲在外的。所以她相識的小姐妹就只有寥寥幾個，也因此，許多人都對她頗感興趣，紛紛遞了帖子給她。

回絕太多帖子不好，且既然訂了親，也該出去走動走動，於是姜錦魚收了帖子，便偶爾會出去露露面，但次數不算太頻繁。

今日，又是某個府上的賞詩會。

姜錦魚剛露面，不遠處的商雲兒便小跑過來，拉著她坐自己那邊。「我們坐一起吧！這詩會好無聊，我娘非逼著我來，幸好妳也來了，咱們還能說說話。」

名為詩會，實則還是相親，可要在這麼多的姑娘或是郎君裡顯出不同來，那也得費些勁兒，郎君們自是比試文采比試慣了，賦詩一首亦是信手拈來。可難得的是，女客這邊也是硝煙瀰漫。

盛京多才子，才女也不少，像姜錦魚這樣，僅僅只是讀書識字，在詩詞上並無太大造詣的只能做個看客。好在她本來也就是來湊熱鬧的，又不用在眾人裡挑個才子，便也安安生生坐著看熱鬧。

一位病弱美人賦詩一首後，博得滿堂彩，緊接著便是名細眉的姑娘。

詩會人多，姜錦魚也不是個個都認得的，很多不認識的，便都給她找個別緻的特徵在心裡稱呼，這樣也好分辨，譬如剛剛那個病弱美人，外表便是個病嬌嬌的美人兒，眉一蹙，連姜錦魚這個女子都覺得不忍。

現在這個一比，就有點遜色了，就是長長的細眉如柳葉，給人的印象比較深。

商雲兒忽然「呀」了一聲，急忙抓著她的袖子。「這不是那誰嗎？」

「誰啊？」姜錦魚納悶。

商雲兒擠眉弄眼，等柳葉眉姑娘都賦詩完了，才附耳悄聲道：「就是顧家的姑娘啊。妳……妳的未來小姑子顧瑤！」

未來小姑子？顧衍的妹妹？

還沒等姜錦魚有什麼反應，前頭倒是鬧出了動靜，抬頭看過去，似乎是顧瑤那首詩被人捉住了馬腳，前頭那個病弱美人正揚聲道：「顧姑娘說這是妳閒暇時候所做，但依小女子淺見，這詩並非女兒家做得出來的，詩中雖是說暮秋殘花之景，可並不傷春悲秋，青雲直上的氣勢非同尋常。」

顧瑤就是個半桶水，跟著女先生念書，學倒是學了些，可真要作詩，那就是為難她。這詩還真如病弱美人而言，不是她做的，而是從顧衍那裡竊來的。

自從知道自己一向不親近的長兄成了探花，顧瑤仗著探花妹妹的身分，也得了不少好處，收到詩會的帖子時便起了歪心思，想若是能得個才女的名聲，自己也不會因為娘胡氏的名聲，而難尋夫家了。

便派了丫鬟，塞了不少銀錢，把顧衍書房中那些用過的舊紙偷過來。

「夏清妳做不出，便篤定別人也做不出嗎？這又是什麼道理？」

顧衍又不在現場，旁人哪裡能知道這詩從哪裡來的？顧瑤慌歸慌，可心裡倒是不怕，反駁得很有自信。

她這副不卑不亢的模樣，還真吸引了不少郎君們的眼光，連姜錦魚都覺得，病弱美人還是有點衝動，不管她對顧瑤有什麼懷疑，在沒有證據的時候公開質疑，的確不是明智之舉。

周圍人都開始勸兩人消消氣，對那病弱美人和顧瑤道：「夏姑娘、顧姑娘，不過是些小小誤會，快別當真了。」

姜錦魚也靜觀其變的時候，就見那被人喚作「夏清」的病弱美人開口了，指出那詩作中幾處用典之處，問顧瑤：「顧姑娘說這詩是妳自己作的，那我方才指出的這兩處，顧姑娘若為作詩人，應當能隨口說出來處吧？」

顧瑤一下子聽愣，本來以為不過是一首詩，哪曉得遇上了夏清這樣較真的人，捉著她不放，非要問個清楚。還問她用典出處，她才讀過多少書，哪裡說得出典故的來歷？

顧瑤支吾了一下，撐著額頭道：「我一時想不起來，可這詩的確是我自己作的，當時也是一時靈感，眼下讓我道出個一二三來，卻是為難我了。」

話音剛落，便見方才還用欣賞的目光看著她的郎君們，一下子都變了臉。

有些對詩不大懂的人還弄不明白，怎麼就給顧瑤定罪了？

這時有位郎君站了起來，先是對著夏姑娘拱拱手，隨後對眾人道：「顧姑娘方才所言，乃是一時興起之作，想不出典故的來歷。可夏姑娘方才指出的那幾處，分明沒有典故，顧姑娘連是否用了典故都看不出，還說這詩是妳自己作的，未免太過可笑。」

這話實在不留情面，可也夠簡單明白，一下子便讓在座的人都聽明白了。再看那些郎君的臉色，分明含了絲鄙夷，若不是看在顧瑤是個姑娘，只怕早已翻臉走人。

讀書人最恨剽竊替名之事，尤其是想到方才他們對著顧瑤的詩青睞有加，心裡便更加作嘔。

眾人低聲議論之時，夏清又道：「這詩的確是好詩，能作得出這詩，有這等胸懷之人，恐怕不是那等為了蠅頭小利替他人捉刀之人。聽聞貴府探花郎與顧姑娘非一母所出，難不成……」

夏清言外未竟之意，人人都聽得出來，尤其是顧瑤母親胡氏「盛名在外」，刻薄繼母的形象太過深入人心，她這麼一說，眾人都不由得猜測：顧瑤這詩難道是從顧衍那裡竊來的？

被人說中真相，顧瑤一下子慌了，想要解釋，卻啞口無言。

慌亂中，她忽然瞧見不遠處的姜錦魚，姜錦魚不認得她，可她卻是偷偷打聽過母親口中「迷得長兄神魂顛倒的姜家女」的，想也沒想便兩行熱淚淌了下來，委屈萬分的喊了句：「嫂子。」

姜錦魚不由得覺得，這顧瑤怕是腦子真的有問題，既然腦中有疾，便該去看大夫，而不是在這裡耍寶。

心中如此想，可面上卻是微微蹙眉，瀲灩目光遙遙望過去，略帶責怪，可語氣並不算很嚴厲。「顧姑娘，還請慎言。」

而後也不等顧瑤開口，便起身走到夏姑娘跟前，對她微微一笑。「夏姑娘文采斐然，不輸男兒，實在令我等折服。」

平白把人給捲進了這是非，夏清也有點後悔方才說那通話，語氣中帶了絲自責。「姜姑娘過譽了。顧姑娘她……」

「夏姑娘別自責，本就是以詩會友，暢所欲言，心中有所疑，便直言相告，並無不是之處。」姜錦魚沒有一上來就向著顧瑤說話，雖然眼下顧瑤丟人，她這個準嫂子也得跟著丟人，但顛倒是非，才會更丟人。

大約是她的態度軟化了夏清，夏清本來也不是個咄咄逼人的人，不過是看不慣顧瑤的作為，才據理力爭，此時反倒不好意思說什麼了。

姜錦魚這才接著道：「年輕姑娘家氣性大，有些小脾氣，有幾句口舌之爭，本來也沒太大關係。今日的確是顧瑤錯了，也煩請夏姑娘看在她年紀尚輕，別與她一般計較。她也只是一時想岔，想出出風頭而已，並非是想用這詩去爭個什麼功名。」

其實顧瑤這事說大不大，就是件小事，偏生兩姑娘都心裡有火，都不肯善罷甘休。她若是不站出來，顧瑤還繼續死不承認，只怕夏清也不會容得顧瑤全身而退，只能說顧瑤一開始就讓人捉住了把柄，要麼直接道歉、要麼打親情牌，說這詩是顧衍贈她的，好下臺階。

可惜顧瑤兩條路都沒走，一條路走到黑，到現在還在裝傻、裝可憐，女子對女子本來就不會有什麼憐香惜玉的感情，加上對面的郎君們更是對剽竊之事深惡痛絕，顧瑤再可憐，能有什麼用？

姜錦魚這話一說，夏清也偃旗息鼓了，人家都道歉了，再繼續不依不饒，對她也沒什麼好處，便乾脆的道：「妳說得也是，我也有錯，我方才也太衝動了些。」

瞧瞧人家這話，跟顧瑤的差距不只一星半點，就算顧瑤作詩成了才女，憑她的腦子，也沒人肯娶這麼個衝動的妻子。

反觀夏清，文采有，還會做人。光是這一點，顧瑤拍馬都趕不上人家。

本來詩會便是要高高興興的，一看夏清也鬆口了，周圍的人忙適時起了別的話題，將另一位公子的詩拿出來鑒賞了。

姜錦魚回到座位坐下，接下來倒是沒鬧出什麼岔子，然而直到準備回府的時候，顧瑤正在門口堵她。

顧瑤似乎是打定主意要堵人，挑的位置也很好，正是個不大來人的地方。

還不等姜錦魚有反應，顧瑤匆匆過來，面上氣急敗壞，語氣憤憤。「妳剛才為什麼要給夏清道歉？這不就是承認了我剽竊嗎？傳出去了，我還怎麼做人！」

她的話太理直氣壯了，一開口就是一副問罪的姿態，這實在太過荒謬，姜錦魚一時沒忍住，直接笑了出來。

顧瑤傻眼了，然後更加生氣了，口上更是口無遮攔起來。「妳笑什麼？妳就是故意的是吧？妳就是故意想害我！」

見顧瑤這樣無賴不講道理，小桃忍不住跳出來替自家姑娘說話。「顧姑娘，您少來冤枉人！誰害您了，分明是您自個兒給自己找事！若不是我家小姐替妳說話，只怕今日這事還沒個了結呢！」

被個丫鬟冒犯，顧瑤想都沒想，直接伸手要給小桃一個巴掌。

「顧瑤！」姜錦魚沈聲呵斥，攔住她的動作，眸中沒了笑意，一雙眸子冷冷淡淡直視著顧瑤，一字一句警告她。「別動我的人。」

顧瑤下意識縮回了手，隨後大怒，怒指著姜錦魚。「妳為了個丫鬟指責我？」

「妳是不是以為，妳是顧家的人，我就要處處容忍妳，既要為妳開脫說情，還要由著妳對我的丫鬟喊打喊殺？妳哪來這麼蠢的想法？」

姜錦魚忍不住反問了一句。

大約是她嘲諷的意味太濃重了，顧瑤臉一陣紅一陣白，猶如被人搧了一個巴掌。

「妳犯下的錯，憑什麼要別人替妳承擔？妳問我為什麼要承認妳盜用詩作，這不用我承認，有眼睛的都看得出來，妳垂死掙扎，在別人眼裡，就是個笑話。妳剛才在詩會上有多狼狽，難不成出了那個門，便忘了？」

姜錦魚眨眨眼，微微笑了下，好心道：「妳若是忘了，我不介意再提醒妳一次……」

顧瑤怎麼會不知道自己剛才有多丟人，恨不得出門便忘記這事，此時被姜錦魚一次又一次的提起，頓時炸了，握拳怒道：「妳別忘了，妳遲早要嫁到顧家，而我是顧家嫡親的女兒！」

「嗯，那又如何？」姜錦魚不在意的問道：「我早都說過了，沒人平白無故要容忍妳的壞脾氣。妳大可以繼續鬧，妳的名聲壞了，只會於妳的親事有害，與我無關。當然，妳若對我不滿，可以去問問妳阿兄，看看他願不願意為了妳，跟我退親？」

顧家那點破事，全盛京的人都知道，顧瑤真以為她是蠢的，還在她面前擺小姑子派頭？別說顧衍壓根兒沒把她當妹妹，就是兄妹倆感情好，姜錦魚也不會刻意討好小姑子。

正當顧瑤含恨瞪著滿不在乎的姜錦魚時，她身後傳來一句「我不願意」。

顧瑤猛然回頭，看見後頭站著的顧衍，頓時怕了。

她以前是瞧不起顧衍這個兄長的，受她娘胡氏的影響，顧瑤對這個可能威脅他們兄妹的大哥充滿憎惡。知道對方中了探花之後，心裡也沒有半分高興，反而覺得，若是換了二哥中了探花，那該有多好！

但是一向被他們正院壓著的嫡兄，不過稍稍露了幾手，便鬧得他們正院雞犬不寧，娘的掌家權被分出去一半，成日忙著與琴姨娘那個賤人鬥法，二哥也是一蹶不振，沈迷酒色。

這情況，才讓顧瑤漸漸忌憚起來。

「大哥……」顧瑤勉強露出笑容，可在男人冷漠的視線下，逐漸失了繼續說下去的勇氣。

顧衍收回視線，再開口時多了幾分暖意，是對著姜錦魚的。「等會兒送妳回去？」

姜錦魚眨眨眼，沒想明白，怎麼顧衍突然就冒出來了？不過現在未婚夫這麼眼巴巴的要送自己回去，她稍稍想了想，還是決定不把顧瑤這事算在男人身上了，抿著嘴兒輕笑，點點頭。

「那走吧。送妳回去之前，帶妳去個地方。」顧衍沒避嫌，大大方方伸出手來。

兩人旁若無人的親密姿態，把顧瑤給氣跑了，臨走前還不忘哭道：「我要告訴我娘，你們都欺負我！」

等顧瑤跑遠了，姜錦魚臉上一副看好戲的神色，為難道：「怎麼辦？未來小姑子被我氣跑了，我要不要追上去哄一哄啊？萬一等我進門了，婆婆、小姑子聯手給我穿小鞋怎麼辦？」

顧衍沒吭聲，大掌一張，將未婚妻的手握在掌中，軟綿綿的，彷彿柔若無骨，指尖嫩得跟蔥段似的，又細又軟，彷彿一用力，便要掐出水來。

「不用哄，我自會收拾她。」顧衍開口，神色輕鬆，壓根兒沒把顧瑤看在眼裡。

實際上還真是，顧瑤這個腦子，姜錦魚怎麼想都覺得，一看就跟顧衍不是一個娘生的，蠢得可以。

若是沒訂親前遇上顧瑤，姜錦魚可能還會覺得，顧家這一家子太難搞了，誰做了顧家的媳婦，可真是倒楣到家。可等訂親了，她便開始護短了，做妹妹的竟然這樣囂張，在家裡豈不是要日日欺負做兄長的了？

第三十八章

平白「被欺負了」的顧衍，還不知道姜錦魚心裡瞎琢磨什麼，領著她往外走。

「去哪裡啊？」姜錦魚這時才想起來問了一句，抬眼認認真真看過去。

顧衍輕笑了下，抬眼往姜錦魚身後一瞧，後頭跟著的小桃就老老實實退開了，走前還不忘說一句。「奴婢去馬車上等小姐。」

走了好遠，才敢悄悄撫胸說一句。「顧公子可真是的，眼裡除了小姐就沒旁人了，剛才看過來那一眼，未免也太嚇人了！」

見只剩下兩人了，顧衍才含笑開口。「怕我拐妳去賣了？」

姜錦魚仰臉笑盈盈。「你才不敢，你若是敢，我爹爹和阿兄可不會放過你。」

「帶妳去咱們自家的鋪子走走，認認臉，省得主子去了，他們還不知道。」顧衍自然不是指顧家的鋪子，而是他名下的鋪子。

不去不知道，一去才真的有點驚訝，走了兩、三家鋪子之後，姜錦魚很認真的回頭對顧衍道：「你是怎麼悄悄置辦下這麼些家業的？明明見你一直在念書啊？」

顧衍心情頗好，他置辦這些產業的時候，不過是順手為之，避免日後為了點銀錢，被胡氏牽制住手腳，再來便是，顧家的銀子，他不屑去爭。

當時他心下並無多大波動，此時被小姑娘這麼認認真真的問，反而被取悅了。甚至還慶幸自己當時置辦了這些產業，否則哪能瞧見小姑娘這樣佩服的眼神。

「不過是順手為之罷了。」顧衍嘴上雲淡風輕，卻不知心裡有多愉悅。

「走吧，南街還有個胭脂鋪。上月新進了些南貨，本想讓掌櫃給送到妳府上去的，今日這樣巧，便一併帶些回去。」

女子的錢，最是好賺，這一點從古至今都是如此，尤其是為了容色，更是大手筆，因此胭脂鋪的生意很是火熱。

不過，他們一進門，掌櫃立刻就出來了，小心殷勤引著兩人進了廂房。

木管事大約是顧衍手下幾個管事裡最不得用的，倒不是因為木管事這人有什麼不好，而是因為他管的是胭脂鋪，女兒家的東西，顧衍不大管，也很少過問胭脂鋪的事情。

但木管事卯足了勁兒，把胭脂鋪經營得有聲有色的，就為了在主子面前露個臉。

今日一見顧衍帶著未婚妻過來，隨即知道自己的機會來了，都不經過旁人的手，自己就樂顛顛的跑去把最新的南貨給捧上來，然後也不等吩咐就退了出去。

鋪子的學徒還納悶，問：「掌櫃的，少爺難得來，您咋不在他面前多露露臉呢？那些南貨，您倒是給裡頭那位姑娘介紹介紹啊！」

木掌櫃回頭笑，敲了敲學徒的腦袋。「蠢！你說你蠢不蠢？你以為少爺現在眼裡還容得下旁人？你跟你媳婦在一塊兒，樂意別人在旁邊杵著嗎？」

學徒紅著臉摸腦袋。「嘿嘿，我還沒媳婦呢……」

「好好幹，等明年啊，讓你娘給你娶個媳婦，來年生個大胖兒子，媳婦、兒子熱炕頭，小日子過得多美！咱主子是個能耐人，念書又好，做生意也能耐，你跟著我好好幹，吃不了虧。」

廂房的隔音效果也就一般，木掌櫃樂呵呵的，也就沒想到這點，讓廂房裡的兩人從頭聽到了尾。

聽到那句「你跟你媳婦在一塊兒」，姜錦魚沒忍住，斜著眼睛瞪了一眼旁邊滿臉無辜的男人，可惜這眼神沒什麼威懾力。

顧衍心裡舒爽，被瞪了也不生氣，還覺得木掌櫃挺上道。

木掌櫃也不知自己莫名其妙的，就達成了一直以來的夙願，入了顧衍的眼，還在樂呵呵的想著，待會兒要不要往裡遞個茶。

不過，也幸好他忍住了，沒往裡送茶。否則就會瞧見，他眼中無所不能的大少爺，低眉順眼哄著小媳婦的模樣。怕是要驚得下巴都要掉了。

從胭脂鋪出來，兩人便沒有多逛了，按照先前約定好的，顧衍送姜錦魚回家。

把未婚妻送回府裡，顧衍這才自己回了顧家。

一進門，便見自己的書僮侍書急急忙忙跑過來，滿臉急色道：「少爺，正院那邊正鬧著呢。」

侍書很著急，生怕正院又要折騰人，這大過年的，鬧騰起來也不是什麼好事。

顧衍卻不懼正院，吩咐了侍書幾句，等著正院上門來找。

他本就想收拾顧瑤，正院自個兒送上門來，豈不是更好？

約莫過了幾刻鐘，火果然燒到顧衍身上了，顧忠青怒氣沖沖過來，身後跟著哭哭啼啼的胡氏母女。

一進門顧忠青便臉色鐵青。「你妹妹不過是誤用了你的一首詩而已，你那未婚妻未免小家子氣了些，旁人家裡都是姑嫂親，你倒好，娶了個這樣小家子氣的！娶妻不賢害三代！」

若是胡氏母女矛頭指向他，顧衍倒並不如何動怒，習以為常的事情，可兩母女倒好，直接把矛頭指向了綿綿，顧衍如何能忍？

他輕挑眉頭，面上嘲諷。「我竟不知道，妹妹買通下人來偷盜兄長的東西，什麼時候可以算作誤用了？那敢情挺好，哪日我也誤用父親的官印，父親看如何？」

顧忠青一句話給堵了回去，倒是胡氏跳了出來，垂淚道：「我知道大少爺不是我生的，從小跟我這個做繼母的不親近，可瑤兒是你親妹妹啊！大少爺何必用上偷盜這樣嚴重的罪名？瑤兒年幼，可她是無辜的，一切都是我不好，大少爺別遷怒瑤兒了，她到底是你的妹妹。至於姜姑娘，她不把我們母女當回事，我也認了，日後等她進了門，我便帶著瑤兒閉門不出，絕不來礙大少爺和姜姑娘的眼。」

顧瑤是個蠢貨，這時候倒是難得機靈，也跟著哭了起來。

胡氏是顧忠青的繼室，當時也是喜歡過，才會抬進門。見母女倆抱著哭的淒慘模樣，再看長子冷淡的神色，頓時對母女倆生起了濃濃的保護慾。

對著顧衍劈頭蓋臉便是一頓訓。「你這逆子！你母親哪裡對不起你了？你妹妹又哪裡得罪你了？你什麼時候成了這個樣子？目無尊長！」

顧衍面無表情由著顧忠青鬧，等他吼得沒了力氣，才拂了拂袖子，抬眼朝一邊嚇得面無血色的侍書吩咐。「把人帶來。」

書僮哆哆嗦嗦去外頭把人給帶進來，來人是個小廝，渾身發顫，進門就直接跪下了。胡氏和顧瑤還一頭霧水，顧瑤身邊的大丫鬟卻是臉都白了。

顧衍屈起手指，在桌上輕輕敲著，邊緩緩道：「這小廝叫全順，是兩年前進的我院子，平日裡只做些灑掃的活兒，偶爾會進我的書房。一月之前，與他同屋而住的小廝發現，全順總是躲著他，還夜裡出門與人私會，形跡十分可疑。小廝心生警惕，便去尋了管事，將全順之事上報給了管事。」

顧衍的手一下下輕敲，聲音不輕不重，可一下下都像砸在胡氏母女的心上，讓兩人不由自主的跟著提起了心。

「管事把這事給我說了，我順手查了查，父親、母親可知我查出了什麼？」顧衍抬眼，眼中涼薄之色，令顧忠青與胡氏心底發顫。

顧忠青不由得問了一句：「查出什麼了？」

顧衍遙遙指了指跪著的全順，隨後抬眼看向顧瑤。「我的好妹妹，買通我屋裡的下人，聯手來偷我屋裡的財物。十日之前管事已算出大概的數目，約莫二百金有餘。」

一金十兩，大周對偷盜之罪處罰很重，二百金足以進牢獄待個數年了，尤其是全順還是僕人，盜竊主人財物，更是只會嚴懲。但現在事情未捅到官府前，如何罰，還不是看顧衍一句話。

胡氏愣住，第一反應居然不是替女兒辯解，而是脫口而出質問。「二百金？你哪裡來的這麼多銀子，我不信！」

顧衍雲淡風輕。「不過二百金而已，母親想必不知道，我手裡的東西，遠不止這些。」

他不怕胡氏來算計他的私產，一是大周對私產很是保護，譬如女子的嫁妝，婆家未經允許隨意動了，媳婦都是可以告上衙門的。二來他已被授官，胡氏奈何不了他，說句不好聽的，如果做官什麼好處都沒有，天底下哪有那麼多人搶著做官？

胡氏眼紅得都要瘋了，顧瑤則拚命搖頭為自己辯解。「我沒有，我不認識什麼全順！」

胡氏這才反應過來，幫著女兒說話。「分明是你自己御下不嚴，丟了財物也是活該，與我的瑤兒有什麼關係？」

不等顧衍開口，全順已然鬧了起來，膝行著朝顧瑤而去，哭得一把鼻涕一把淚。「小姐，分明是您吩咐小的！小的不過是一僕人，就算私竊了財物，也無處花用，是您答應了小的，小的為您辦事，您就為小的贖身。」

顧瑤矢口否認。「你少胡說！我根本不認識你！」

全順卻也不是個傻的，他就是被銀子迷了眼，所以才到這個地步，如今他也算看明白了，他的生死捏在大少爺手裡，要想留一條命，就得為大少爺辦事。

他便從懷裡掏出了張帕子，雙手奉上。「小姐，這是您身邊大丫鬟貼身的帕子，若非她來吩咐我，這樣私人的東西，小的從何處而得？」

顧瑤一口咬定。「是你偷的，要不就是芍藥與你有私情，我怎麼知道你二人有什麼瓜葛？」

顧瑤一句話，竟是直接把伺候了多年的大丫鬟芍藥給賣了。

芍藥渾身發顫，直接跪了下來，在顧瑤一下子蒼白的臉色裡，磕著頭道：「不是的，奴婢和全順絕無私情！都是小姐吩咐的，小姐吩咐我和全順搞好關係……」

還不等她繼續說，全順就直接搶過話頭。「小姐本是讓我偷大少爺棄之不用的詩，後來知道大少爺私產頗豐，便動了心思，讓我盜竊財物。好些財物我都已經交給了小姐身邊的芍藥，還有部分還在我那裡，我還沒來得及交給小姐，就被管事抓住了！」

芍藥一怔，和全順眼神對視一瞬，咬咬牙，使勁磕頭。「是，的確如全順所言！全順送來的財物，都在小姐的私庫裡。」

全順心頭大喜，本以為還要再費費力氣才能把小姐拉下水，沒承想居然這樣巧，芍藥把贓物放在小姐的私庫裡，這下子人證、物證俱在。

芍藥確實與全順有了私情，兩人亦商量好了，等攢夠了銀子便贖身出府。顧瑤一開始的吩咐，的確是讓全順偷詩。可是一旦小偷小摸成功，賊心賊膽就越來越大了，便開始偷盜財物。

結果過程出奇的順利，全順怕被發現，將贓物給了芍藥，讓芍藥找個地方藏著，芍藥哪裡有地方藏？所以乾脆藏到了小姐的私庫裡。

若不是方才被顧瑤賣了個徹底，芍藥只怕還會掙扎不定，可眼下顧瑤完全不在乎她的死活，為了保全自己和全順，她索性一狠心，把所有的事情都推到顧瑤身上。

芍藥和全順將所有的事，都推給了顧瑤，說是顧瑤吩咐的，然後便一言不發，拚命磕頭求饒。

顧瑤哪想到會被身邊人反咬一口，當下嚎啕大哭，矢口否認。「不是我！不是我！你們這群狗奴才，居然合夥陷害我！」

然後滿臉慌亂，拚命解釋。「爹，娘，真的不是我！瑤兒沒有！」

見狗咬狗差不多了，顧衍才不緊不慢開口。「我方才已經派人去請了族中長輩，太爺爺等人正在妹妹的私庫外等著呢。清白與否，只要私庫一開，自然清楚。」

顧瑤死命搖頭。「我不去！我不要去！」

顧忠青也被事情的反轉給弄懵了，一句話都說不上來，尤其是看到長子行事如此雷厲風行，心底更是下意識一顫。

而顧瑤哭著喊著不去，可長輩都在私庫外等著了，由不得她，更由不得胡氏。

無奈之下，胡氏還是帶著顧瑤，去了她的私庫。

婆子取了鑰匙，在顧家長輩的見證下，私庫大開，果真從角落裡翻出個箱子，看上去十分簡陋，可一打開，險些把眾人的眼都亮瞎了。

昂貴的財物堆積在箱子裡，一看便知道價值不菲。

顧衍院裡的管事有備而來，直接帶著帳簿來了，顧瑤屋裡的嬤嬤也被拉出來，同管事面對面對帳。

不到一刻鐘，便確定了這一箱子財物的來歷，裡面銀票不少，皆是有錢莊的標誌，另外還有金銀之物，也皆是叫得出名兒的。

為首的太爺爺拿到證據一看，臉霎時便沈了下來，捋著鬍子道：「沒想到我顧家居然出了這樣的內賊！胡氏，妳教出的好女兒！」

顧忠青見此情景，也相信了是顧瑤所為，可畢竟是自己的女兒，他不得不護著，硬著頭皮上前說好話。

然而一向很買帳的顧家長輩們，這回居然都沒鬆口，為首的太爺爺更是一臉正氣，苦口婆心道：「忠青，都是你的兒子、女兒，你也不能厚此薄彼啊！我們也不是故意擺長輩的架子，我們也是為了顧家的安寧啊。立身不正，家裡鬧出了這樣的事情，我們顧家還如何在盛京立足啊？」

顧忠青臉都黑了，他這麼大的年紀，居然還被當成晚輩說教，這讓他很沒面子。

這時，顧衍淡淡開口。

「報官吧。」

「不行！」胡氏一下子大喊，顧瑤更是搖搖欲墜，直接跌倒在地。

顧瑤哭得狼狽不堪，毫無形象可言，抱住顧忠青的大腿。「爹，你救救女兒！女兒不要坐牢！」

顧瑤哭得聲嘶力竭。雖說被胡氏教得蠢壞，可她到底也只是個府裡頭的小姐，平日頂多打罵下人，背後說說長兄的壞話，這樣的陣仗，她哪裡見過？

胡氏也被女兒哭得慌了神，母女倆一同對著顧忠青苦苦哀求。

顧忠青焦頭爛額，眼看太爺等長輩不鬆口，只能把視線投向長子，踟躕著開口。「都是一家人，何苦要鬧得外人看笑話的地步？這回是你妹妹做錯了，是爹錯怪了你，但是，瑤兒到底只是年紀小做錯事而已，不如……不如便算了吧。」

時至今日，顧忠青也看出來了，長子以往不插手府裡的事情，府裡什麼事情，都是他一人拿主意。可如今，他也不得不認清現實，這個府裡，如今已經不是他一人說了便算數了的。

顧衍抬眼，神色淡漠。「今日顧瑤敢買通下人，聯手偷盜我屋內的財物，明日，她便敢夥同下人在我飯食中下藥。父親，我不過為圖自保而已。」

顧忠青氣得吹鬍子瞪眼，覺得顧衍就是故意不肯遂他願，怒道：「你這是什麼話？你妹妹才多大，怎敢殘害手足？你少危言聳聽，誇大其辭！」

「正元二十三年冬天，三弟落水，是妹妹推的吧？三弟命大，只是落了病根，好歹保住了一條命。繼元二年，梅姨娘出生才一月的女兒，也是因為被妹妹帶出去玩，感染風寒夭折的。父親大可以繼續說，顧瑤是無心的。可憑什麼她的無心，要別人用命承受？」

顧衍這一番話，讓顧忠青啞口無言。

蓋因這都是實打實發生在府裡的事情，顧酉的確落過水，也的確是顧瑤推的。府裡的確有個庶女，剛滿月便夭折了，後來還在坐月子的梅姨娘跟著一塊兒病死了。

胡氏這些年造過的孽不少，這些事大多都是她慫恿女兒做的，那夭折的庶女更是她親自掀開襁褓，放在窗前吹了幾個時辰的冷風。

顧瑤年幼，又是嫡出的小姐，就算害死個庶子、庶女，那也能說成小孩子無心的。

誰讓這些姨娘成日礙眼討嫌？

她當時那樣想著，如今，往事都成了證據。

「大太爺，報官吧。」顧衍回頭對長輩們一拱手，仍是沒鬆口。

大太爺幾個面面相覷，商量了一會兒，還是為首的大太爺站了出來，劈頭蓋臉訓斥顧忠青。「身為人父，縱容嫡女犯下此等大錯，殘害手足、偷盜財物。若非今日，我等還被蒙在鼓裡！祖宗泉下有知，你還有何等顏面進那宗祠？」

顧忠青不得不低頭認錯，又道：「那也不能報官啊！這事傳出去，瑤兒名聲盡毀不說，更是毀了我顧家的清譽啊！」

不得不說，這句話還真的說到大太爺等人心裡去了，顧瑤的名聲毀了是小事，可真要連累到整個顧家，幾個長輩們也是不能答應的。

一榮俱榮，一損俱損。這道理他們都懂。

第三十九章

見長輩們神色鬆動，顧忠青一咬牙，又道：「只要不報官，要我如何懲罰瑤兒，如何補償衍哥兒，我都能答應！」

大太爺見狀，轉頭對顧衍商量道：「你父親以往雖然糊塗，今日說得倒也不無道理。若是真報官，多少會牽連族裡。你看，要不便不報官了？」

顧衍垂下眼，似乎是在思量這事的輕重。

大太爺語重心長道：「到底是都是顧家人，還是要以大局為重。不如這樣，無論你有什麼想法，你都直接說，今日我在這裡，只要不超出我能力範圍，我一定都答應。你剛剛也聽到了，你父親答應過，只要不報官，什麼都可以。」

顧忠青忙點頭。「是，什麼都行！只要不報官！」

顧衍等的便是這一句，見顧忠青與胡氏都眼巴巴等著自己開口，才道：「那便分家吧。」

顧忠青身子一震，下意識就道：「這不成！長輩猶在，怎麼能分家？」

倒是大太爺幾個彼此對視了幾眼，站出來道：「樹大分枝，分家也不是分不得。」

顧忠青一口咬定。「不行！我不答應！好好的分什麼家？這不是讓人看我的笑話嗎？」

這便是立場的不同了，要報官，大太爺幾個是絕不可能答應的。可若是顧衍要分出去單過，那對整個顧家沒太大影響，反正顧衍出息了，也還是顧家人，他們還是一起跟著沾光。

顧衍彷彿無所謂，點頭道：「父親覺得不合適，那便罷了。若是如此，還是按照先前的說法，報官吧。分家與否，我不是十分在意，如我先前所言，我一切舉動，都只為了自保而已。當年我還是孤身一人，死便死了，但日後有了妻兒，我便不得不為妻兒思量。」

於是又繞了回去，一聽要報官，胡氏和顧瑤兩個又開始抽噎起來，哭得一把鼻涕、一把淚，好不狼狽。

這時，大太爺站出來說了句公道話。「這話也不是沒有道理。忠青，說到底還是你的不是。娶了個妻室嫉妒成性，見不得原配嫡子好，好好的嫡女寵成這副不知天高地厚的脾氣。你這做爹的偏心，衍哥兒如今也是怕了，不敢信你的話了。」

顧忠青有苦難言，口裡跟吃了黃連似的，苦到嗓子眼都是澀的，艱難開口。「衍哥兒，我這個做爹的對不起你，可你祖母總是一心疼你的。你就非要鬧得一家子不得安寧不成？」

顧衍語氣軟了些。「雖是分家，我也說過，只是為了自保而已。只是分出去住，該孝順祖母、父親的，一樣都不會少。就算父親怪我，我也不得不為自己自私一回。」

這話給了顧忠青些許錯覺，彷彿長子仍是把自己當成父親來尊敬的，只是胡氏和顧瑤母女傷了他的心，如他所言，為求自保，不得不出此下策。

顧忠青徹底給繞了進去，彷彿不答應，就是要逼著長子去死，逼著長子把這事給捅到衙門去，畢竟他是為了自保，情理上說得過去。

如果答應，長子雖分出去了，但還是會惦記著他這個父親，好歹還保留了些父子情分。女兒也不必受牢獄之苦，更不必鬧得家宅不寧。

左邊是抽噎著的妻女，右邊是態度堅定的長子，還有大太爺幾個在一旁看著，顧忠青終於垂下頭，啞著嗓子開口。「行。」

他滿臉頹唐，有氣無力道：「分家吧……分吧。」

接下來的事情便順理成章了起來。正常的分家，自然是要費不少力氣，可顧衍直接表了態，他不爭，這便好處理了許多。

在大太爺等人的見證下，顧忠青在分家書上簽了字，只是出於顧家顏面的考慮，並沒按照一般分家的程序拿到衙門去公證，只是一式三份，一份交由顧忠青收著、一份交給顧衍，最後一份則由見證人大太爺收好。

盛京這樣做的人家，其實也不少，分家書的效力沒變，只是沒去官府那裡報備而已。

分家是在顧家祠堂裡分的，一切都塵埃落定之後，眾人才從祠堂出來。

胡氏和顧瑤一個是繼母、一個是小輩，只得在祠堂外等著，一見顧忠青出來，胡氏便靠上去問情況。

顧忠青本就不耐煩胡氏母女鬧出這麼多事，沒好氣道：「還能如何？衍哥兒是我顧家嫡長子，該他的東西，自然要分給他！」

顧忠青心煩，直接拋下一句「我去琴姨娘那裡」，拂袖就離開。來到琴姨娘這裡，聽著妾室的嬌聲軟語，他的心情才好轉了些。

「老爺，別生氣了，大少爺心裡還是有您的。」琴姨娘柔聲勸道。

顧忠青聞言心下感動，握住琴姨娘的手。「還是妳貼心。」

琴姨娘含笑點頭，將男人哄得高高興興，心中卻輕蔑想著：指望顧忠青有什麼用？還不如指望大少爺。大少爺雖然分了出去，卻是讓人過來傳了話，日後會推薦她的酉兒去書院。只要兒子日後能有出息，能擺脫顧家，能像大少爺那樣過日子，她這個做姨娘的，一輩子的心願都了結了。而這些，若是指望顧忠青，顧忠青永遠給不了她，正院那頭絕不會允許庶子出頭，胡氏對他們恨之入骨，巴不得庶子、庶女都去死。

分家這事容易，可真要搬出去，也還是過了數日，堪堪趕在了過年前才搬完。

顧衍本來還怕祖母心裡不舒服，想推遲到年後，結果老太太心寬得很，大大方方道：「這有什麼？祖母到時候到你那裡去過年不就好了？」

老太太不擔心自己，反倒還反過來替孫兒擔憂，道：「我倒無所謂，只怕你一個人孤零零在外頭，不然我幫你去姜家遞個話，先讓姜丫頭替你操持操持？你要是不好意思開口，祖母替你說。」

顧衍搖頭，顧老太太頓時急了。「這都訂親了，有什麼可避嫌的？你要是不好意思，就說是我老太太的主意！」

顧衍垂眸笑了下，語氣中帶著一絲愉悅，仍是搖頭。「祖母，不必了。綿綿知道我分家，已經主動提了說過年時來陪我。連我那宅子，綿綿也出了不少力。」

「啊——」顧老太太頓時喜孜孜的。「那敢情好！等大年三十啊，我也去你那宅子，咱們也熱熱鬧鬧的過個年。」

「好，那祖母記得一定要來。」顧衍滿口答應下來，辭別祖母，又去了顧忠青那裡一趟走過場，然後便搬出了顧府。

進了新宅子，新宅子裡的大小什物都是齊全的，一應佈置也很妥當，既舒服順手，看上去又透著一股大方，尺度拿捏得很妥當。

顧嬤嬤見了沒忍住直接誇出口。「姜姑娘實在用心。本以為她年紀輕，未必懂得這些，沒想到令老奴大開眼界了。」

按理說都是府裡頭嬌養出來的小姐，佈置宅子這事，一般都是主母的活兒。可姜錦魚有心幫忙，顧嬤嬤便很開心了，她原本都想好，即便看到一個不怎麼樣的院子，也得吹出朵花來。哪曉得，倒是給了她一個驚喜。

顧衍唇邊帶笑，雖沒說什麼，但看得出心情不錯，他沒去別處，直接去了書房。

在殿試之前，念書占據了他人生絕大部分時間，臥室只是個休息的地方，書房才是他最常去的。這一點，在所有讀書人身上都是一樣的，不僅他，與他相熟的前好友、現大舅子姜宣也是如此。

所以，顧衍才其他地方不看，直奔書房。

推門而入，書房的佈置很清雅大氣，雪白的宣紙鋪在書桌上，一應的筆墨紙硯都擺得整整齊齊，連提前送來的書卷，都已經在書架上擺好了。

顧衍看得心頭微動，面上已帶了笑意，順手加了清水，磨了些濃淡相宜的墨汁，撩開袖子，在宣紙上隨意寫了幾個字。字跡並不像平日裡的嚴謹端肅，反倒帶了些草書的韻味，端的是龍飛鳳舞，看得出寫字人的心情很不錯。

擱下手頭的筆，顧衍起身，在屋內轉了一圈，越發覺得書房的佈置處處合他的意，尤其是桌上那一盆植栽，看不出是什麼品種，葉片肥嫩、植株小巧，甚至看不出莖葉，一簇簇擁在一起取暖似的，看上去委實有幾分嬌小野趣，也不知綿綿從哪裡弄來的小玩意兒。

又按著平日的習慣，推開窗戶，入目便是一片空地，雖是寒冬，但仍能看到地上星星點點的綠意。

空氣中的風微微帶了絲濕潤，守門的大爺會看天氣，邊關門便感嘆道：「今年過年怕是要下雪。這雪好啊，瑞雪兆豐年，好兆頭啊！」

到了年二十九那一日，姜錦魚還未起床，便覺得外邊萬籟俱寂，起身綰頭髮，推開窗戶，便看到外頭的雪下得好大，連窗沿上都堆了不少。

今日定是出不了門了，姜錦魚搓搓手，簡單綰了個髻。她打算今日便在屋裡這樣消磨時間，穿得簡單，面上更是沒有塗脂抹粉，就這麼素面朝天在屋裡繡嫁衣。

屋裡火盆燒得旺，不過怕燒壞了屋子裡的東西，火盆都是放在外間的。今年家裡因爹爹升了官，朝廷發的俸祿又多了不少，以往輪不上的冰敬、炭敬，也送到府裡來了。火盆內銀絲炭燒得正旺，不像一般的炭那樣煙多。

這時，小桃搓著手從外間進來，小臉凍得紅撲撲的，肩上還帶了雪，進門就跺了跺腳。

小姑娘臉紅紅的，悄聲道：「小姐，顧公子給家裡送了一車炭來。這會兒正在院子口等著，夫人說了，讓我領您過去見一見面。」

說罷，又一臉嚴肅補充道：「夫人說了，只許說一刻鐘的話。」

姜錦魚聞言便放下手裡的活兒，也沒如何打扮，只在外頭披了件披風，便抬步出去了。

推開門，只見顧衍站在風雪地裡，北風襲向他的衣袖，風雪颳得衣袍獵獵作響，他原本修長的身形在風雪中越發挺拔，如松如竹。

他彷彿是有些出神，直到看見寒風中那一抹嬌弱翩翩的女子身形，冷峻的面上，乍然帶了暖意。

走到跟前，姜錦魚微微踮著腳，有些吃力地替顧衍拍落肩上的雪，他高了她甚多，踮著腳頗為吃力。

偏偏一向對她呵護有加的顧衍突然愣怔了，沒彎下腰方便姜錦魚動作，反而是片刻後，伸出大掌，牢牢托住女孩兒纖細嬌弱的腰肢。

不防被男人這樣一碰，姜錦魚嚇得腰一軟，險些站不住了，拍雪的動作微微一頓，抿著嘴兒繼續。

等費了好大勁兒弄乾淨了，姜錦魚的鼻尖上，沁了一層薄薄的汗，北風一吹，泛著些許的紅，被帶毛的披風一襯，小臉圓圓，顧衍看在眼裡，覺得實在可憐又可愛。

他拉著姜錦魚的手，到屋簷下暫避風雪。

北風襲面而來，風聲呼號得越響，襯得兩人不言不語，越顯寂靜。

顧衍忽的打量了一眼姜錦魚的打扮，眸中流露出一絲欣賞。「紅裳襯妳。」

這話倒是沒有半分作假的，姜錦魚肌膚白，又細膩，一雙圓眸黑白分明，黑得發亮，垂著眉眼時，泛著無辜的勁兒，著紅裳時，眉目如畫，端的是討喜的模樣。

兩人沒說上幾句話，遠遠守著的小桃便坐不住了，她本就得了何氏的吩咐，眼神一錯不錯的盯著這邊。

雖說顧衍品行家中人都信得過，偏偏小桃就是個死心眼，主子吩咐的事，半點折扣都不打。且小丫鬟心裡還有小算盤，覺得自家小姐這樣花容月貌，難保未來姑爺一時忍不住呢？

小桃掐著時間，一刻鐘一到，便迫不及待奔了過來，還知道給兩人留了些顏面，委婉道：「小姐，天冷，顧公子也還要回去呢。」

見身邊人這樣防著顧衍，好歹也是個探花郎，放在外頭不知多少姑娘明裡暗裡暗送秋波，偏生到了自家，被當成淫賊防著了。

姜錦魚不禁抿著嘴兒偷笑。

她生得模樣好，便是帶著一絲揶揄的笑，也不致讓人覺得心裡不舒服，顧衍都有些意外，他知道自己是喜歡姜錦魚的，否則也不會大費周章，把人給劃到自己的範圍內，只是對於自己這樣縱容的態度，還是有些意外。

顧衍稍加思索，開口道：「明日祖母也要來我府裡，屆時我來接妳？」

姜錦魚答應下來，北風吹落她耳畔撩起的一縷髮絲，彷彿是被那一縷髮絲勾著似的，顧衍的視線跟著落在女孩兒玉白軟嫩的耳垂上，眼神稍稍一頓，臉上旋即帶了笑。

小桃就在一邊站著，不知道為什麼感覺自己這麼多餘？是錯覺嗎？

年三十，清晨，便有孩童在巷中玩鬧嬉戲，來回奔跑，彼此追逐。

府中上下人人臉上都帶著笑意，小桃和錢嬤嬤並肩推門進來，臉上皆是濃濃喜意。

姜錦魚還在榻上，昨夜沒注意，一時睡得遲了，睡得朦朧之際，被錢嬤嬤輕輕推搡著喚醒，聽她在耳邊柔聲道：「姑娘，該起了。」

姜錦魚腦子還有些木，坐在榻上任人施為，她若是沒醒透，便是這副樣子。

錢嬤嬤和小桃俱是見怪不怪，一個擰了溫帕子來，替她擦臉，另一個則索利將衣衫取來，裡一層、外一層替她穿上。

待穿戴整齊的時候，姜錦魚也徹底醒了，臉上微微露出薄紅，終於意識到自己的失態，輕咳了一句，故作無事般整理袖子。

錢嬤嬤看在眼裡，心底不由生出一絲柔軟來，外人自是覺得姑娘貌美花容、性子柔順，嬌嬌養出來的小姐。唯獨府裡人才知道，何氏是個實打實的嚴母，姑娘自然也比尋常同齡姑娘懂事，這樣的迷糊情狀，也就她與小桃這等貼身伺候的，才難得能見到一回。

在屋裡用了早膳，丫鬟剛收拾了，便聽到前廳來人，道是顧衍來了。

姜錦魚恰好收拾好了，便抬步出去，行至前廳，顧衍已在廳中，阿兄姜宣伴在左右。

兩人既是同窗，又是多年好友，如今更是沾親帶故，相談甚歡。

不過姜錦魚進來後，姜宣還是很明顯的察覺到了，自己這位好同窗、好妹婿的注意力，一下子凝聚到了妹妹身上，這樣直白的情緒，即便是他與顧衍相交多年，也是難得一見。

失笑搖頭，姜宣道：「綿綿既然來了，我便不留你了。只是，申時前需得把人送回。」

顧衍笑著答應，隨後便帶人出了府。

馬車一路搖晃，不過幾刻鐘的工夫，便到了顧衍落榻之處，離姜家相距不遠的顧家。

姜錦魚正起身，棉簾便被從旁掀開了一角，斜伸進來一隻手。

姜錦魚下車的動作微微一頓，繼而伸出手搭著，一手提著裙襬，下了馬車。

正這時，早已等不住的顧老太太，聽見動靜，便急急趕來了，未語先笑，面容慈祥，朝著院子外站著的姜錦魚招手。「快進來，外頭冷，別凍著了。」

姜錦魚上前去，由著老太太一把握住她的手，面上笑道：「綿綿給老太太拜年了。」

顧老太太欣喜不已，越看兩人，越覺得郎才女貌，實在是難得的相配，喜道：「好，好。」

寒暄罷，他們便被迎進屋。

入座後，氣氛難得的融洽，顧老太太是個和藹的老人，且很講道理，並不愛插手小輩們的事情，只是愛拉著姜錦魚說話，問道：「聽說妳家裡阿兄年後便要成婚了？那可是好事，安寧縣主我見過一回，是個好脾性的。」

姜錦魚笑答：「我母親也盼著縣主早早來，好有人能陪著說說話。」

顧老太太正等著這一句呢，唉聲嘆氣道：「莫說妳母親盼著縣主了，妳那一大家子人住在一起，親親熱熱的，好不熱鬧。只可憐我的衍哥兒了，形單影隻的，幸好還有妳。有了妳，祖母才放心啊。」

姜錦魚起先是笑著聽著，等聽到後來，面上便慢慢浮起了紅暈，不過她還是一雙笑眼望著老太太，盈盈笑意，竟看得老太太止住了話，不捨得往下說。

若這是自己嫡親的孫女，她也捨不得早早嫁人去。也莫怪何氏不肯應允，將心比心，老太太倒是沒話可說了。

第四十章

年節饌食豐盛，今日又算主家喬遷之喜，府裡廚娘自是大費周章，做出了一桌子的珍饈美食。

姜錦魚骨子裡是個挑嘴的，偏偏這顧府的廚子，手藝意外合她的胃口，讓她面上雖仍端著，可眸子裡卻是流露出了一絲愉悅來。

熱騰騰的魚餅、澆了鮮香的湯頭，放在跟前香氣撲鼻而來，姜錦魚克制著食慾，挾了一塊，便沒好意思伸第二筷子了，可眼神卻還時不時瞅一下。

真的很香，入口帶著魚肉的彈滑，一口咬下，唇齒間還能咬到菌菇，口感層次更豐富。

顧衍自是看見了，眸中微微帶了笑意，挾了一塊魚餅，送到姜錦魚面前的玉白小碗裡。

不出意外的，小姑娘抬頭望過來，面上頓時紅了，可眼神卻還故作鎮定著。

底下的小動作，顧老太太看在眼裡，喜在心頭，嘴上一句話沒說，可心裡卻是比吃了靈丹妙藥還舒服。

用罷午膳，顧老太太拂手道：「不必陪著我了，人老了，吃完便犯睏，我去歇歇，你們年輕人，合該一塊兒說說話，賞賞雪。」

說罷，就讓嬤嬤扶著走了。

剩下姜錦魚和顧衍，兩人對視一眼，終是顧衍主動伸出了手，含笑道：「帶妳去個地方。」

這府裡上上下下都是姜錦魚佈置的，她自然清楚是什麼樣，可顧衍這麼說，倒是激起她的好奇心。

顧衍行在前，姜錦魚隨他身後跟著，繞來繞去，竟是繞去了廚房的方向。

姜錦魚心中尋思，難不成方才她貪嘴的形象太深入人心了，所以男人帶她來「偷吃」？真要這樣，那真是丟人丟到家了。

進了廚房，廚房居然一個人也沒有，姜錦魚略一思量，猜到是提前將人遣走了。

姜錦魚跟著走，直到顧衍在燒火的灶臺邊停下了，正納悶著的時候，灶膛底下傳出一聲極輕的貓叫。

那貓叫聲很輕，姜錦魚一瞬間，還以為是自己的錯覺。

等看到灶膛邊上探出來的小貓腦袋，頓時喜出望外，雙眼直直盯著那邊，連呼吸都放輕了，驚喜地道：「是貓？」

顧衍稍稍讓開了些，方便姜錦魚蹲下仔細看，見她眼睛亮亮的，猶如林中小鹿，眼睛圓亮，明顯欣喜得不像話了，才開口慢慢道：「嗯，廚娘前幾日發現的，找人看過，應是滿月的貓崽。大約是這幾日下雪，母貓便把幼崽叼來，藏在爐膛下了。」

廚房的爐膛開了左中右三個方形洞，平日裡只用中間那個，殘餘熱量的灰落在中間，左右兩側便恰好借了中間的熱量，十分溫暖。還是眼瞅著要過年了，三個灶都得用上，廚娘清灰的時候才發現居然藏了一窩奶貓崽子。

姜錦魚伸手輕輕摸了摸最外的那一隻，是隻純黑的，迷迷糊糊睜著雙琥珀似的貓眼，方才的那聲貓叫，便是這小傢伙發出來的。

這時，裡頭一隻橘毛的幼貓，翻了個身。這橘貓比同胞的幼崽胖了一圈，一下子從黑貓身上滾了出來。

黑色的那隻頓時不樂意了，搖了搖腦袋，一個猛撲，抱住橘毛那隻的腦袋，後腿一個勁兒猛踹，小模樣凶得很。

姜錦魚趕忙伸手把兩隻分開，只見橘毛的那隻委實好脾氣，毛肚皮一鼓一鼓的，睡得香著呢，絲毫沒跟壞脾氣的兄弟計較。

軟乎乎一團，幼貓的毛都是炸開的，因此摸上去比看上去還要小一些，姜錦魚一時沒忍住，也不嫌髒，直接把橘毛的那隻揣進懷裡了。

小橘貓也不「認生」，伸伸前爪，撓撓耳朵，然後扭頭繼續睡。

顧衍見一人一貓的樣子，莫名有些相似，忍不住輕笑，隨後道：「妳若是喜歡，便帶回去養。剩下的幾隻，等開春了，我再替牠們找好人家送去。」

話剛說完，便見姜錦魚驚喜回頭，雙眼盛滿了濃濃的笑意和期待，仰著臉，抿著嘴跟他確認。「我真的能帶回去啊？」

「妳喜歡，自然可以。」

其實年前便可把這些幼崽送出去，不過那時顧嬤嬤稟告其他事情時，順口提了一句廚房裡有貓崽，他心血來潮到廚房看了一眼，便開口留下了。

養寵物這種事情，頗有些看緣分，這隻小橘貓又乖又愛睡，也樂意親近人，姜錦魚想也沒想，直接便打算要這隻了。

顧衍自然無二話，兩人起身要走的時候，方才還在揍兄弟的那一隻黑色的，不知從哪兒來的勁，一爪子勾住了姜錦魚的裙襬，一個沒留神，整隻貓兒都懸空了。

姜錦魚一驚，怕摔了牠，趕忙蹲下身，哪知黑色小貓卻張牙舞爪喵了起來。

姜錦魚沒明白黑色小貓這敵意從何而來，直到見牠直瞪瞪盯著自己懷裡打鼾的小橘，才反應過來，雖方才還打打鬧鬧的，可畢竟是一母同胞的兄弟，這是見她要帶走小橘貓，著急了呢。

懷裡這隻傻乎乎，小呆瓜似的，黑色小貓倒是機靈又大膽，再一想，既是要養了，一隻、兩隻也無妨，兩隻還真好作伴。

這麼一想，姜錦魚便伸手把黑色小貓也揣進懷裡了，笑咪咪道：「你也跟我回家吧。」

於是，兩隻貓兒都被姜錦魚帶回了姜家。

顧衍送她回去後，見了見準丈人和丈母娘，便告辭了。

而姜錦魚一回到自己的院子，進門便被圍住了。

她院子裡小丫頭多，平日無事的時候便嘰嘰喳喳的，何氏雖然重規矩，但到底也不是那等不通人情的人，並不多管制。且姜錦魚平素也不發火，小丫鬟們都大著膽子湊上來，妳一言我一語問：「小姐，這貓兒好小啊，顧公子送的啊？顧公子待您真好！」

「這隻小橘貓居然還在打鼾，怎麼這麼蠢……」有小丫鬟伸手摸，貓沒摸著，險些被黑色小貓給撓了。「這隻黑色的好凶啊……怎麼把小橘貓看得這麼緊，都不讓碰的！不會是他媳婦吧？」

姜錦魚聽得失笑，什麼媳婦，明明是一母同胞的兄弟。

開春後，天氣一下子暖和了起來。

姜家也開始忙碌了起來，姜宣的親事要籌備，何氏忙得不行，好在陛下賜婚後，便不必再訂親，否則只怕還有得折騰。

姜錦魚心疼娘，也陪著幫忙籌備，忙了一個多月，總算趕在四月前準備好了。

姜宣和安寧縣主的婚事，定在四月中。

四月十五那一日，安寧縣主由宮中出發，途經宣武、乘風數道宮門，送親隊伍一路把縣主從宮內送到姜家。

何氏忙著前廳的事情，姜錦魚作為小姑子，自然是陪著新嫁娘。新娘子臉皮薄，有時餓了、渴了不好意思開口，初來乍到，心裡定是忐忑不安，有人陪著，總是能好些。

姜錦魚進門，便見喜床上坐著位清麗佳人，雙十年華，正是女兒家最嬌美的時候，嫁衣披身、眉目含羞，正微微低著頭。

大約是聽到有人進來，矜持抬眼，一雙明亮的眼眸，便與姜錦魚對視上了，姜錦魚率先開口喊人。「嫂嫂。」

安寧縣主心下微動，知道這便是自己的小姑子了，都說姑嫂之間最難相處，但見初次見面的小姑子笑盈盈的，她心裡不自覺安心了些，也含笑道：「小姑子。」

兩人初次見面，本也沒那麼多的話，卻看安寧縣主的神色，彷彿是怕冷落了她，拚命想找話題，姜錦魚不想為難新娘子，便主動找話題。「嫂嫂可餓了？阿兄那裡大約還有一會兒，我喚廚房送些熱食來，讓嫂嫂墊墊胃？」

這話雖是問，可姜錦魚也沒等著安寧縣主回，直接吩咐身邊的小桃，讓她去廚房拿菜。

安寧縣主雖住在宮裡，外人聽了覺得定是金枝玉葉，可實際上個中滋味，也只有她自己才清楚。就譬如出嫁這一日，宮中上下皆忙碌，可御膳房也只是敷衍的往她宮裡送些吃食，甚至還不如從前。

如今看小姑子一上來便替自己叫了吃食，心下便覺得小姑子實在是個體貼人，頓時也生出了親近之心。

趁著上菜的空檔，不光是姜錦魚打量安寧縣主，安寧縣主亦含著笑，默不作聲將自己這小姑子上下看了一番。

她在宮裡便知道，自己相公下頭尚有弟妹一雙，小叔子年幼，可這小姑子卻是只比她小了幾歲，且在家中十分受寵，非但婆婆、公公疼，連相公也是一口一個妹妹，她當時還怕與小姑子處不好關係，奶嬤嬤亦勸她年輕姑娘家氣性大，讓她進了門後讓著些，等小姑子出嫁就好了。

如今見到了真人，她才明白為何小姑子在家中如此受寵？

容色姝麗、肌膚白皙細膩、瓊鼻朱唇，尤為顯眼的，是那雙眼，時時含著笑意，說話時總笑盈盈的望著妳，連她這麼個初見的嫂嫂，都覺得格外的親切喜歡。加之言行舉止，處處為她著想，自己才見她第一次，便覺體貼，想必公婆更是愛女更甚。

廚房送了吃食過來，安寧縣主用了幾口，略略墊墊肚子，便不肯再用了。

心知女子愛美，且今日又是新婚夜，姜錦魚也沒多勸，只是讓人又送了碟不容易掉渣的糕點上來，在屋裡放著。

姑嫂二人略話了幾句家常，就聽見外頭傳來聲響，怕是前廳的酒喝罷，新郎總算被放回來了。

可這靠近的聲響不小，約莫是來賓跟著來鬧洞房了。

這場合便不適合姜錦魚這個未出閣的女子多留，安寧縣主忙道：「小姑子快避一避，莫讓人衝撞，我一人無礙。」

姜錦魚對新嫂子笑了笑，便趕在鬧洞房的賓客來之前，離開了新房。

今日家中熱鬧，來往都是人，即便是在自家院子裡，指不定要有人醉了酒瞎闖，姜錦魚思量之下，便去了正院。

此時的正院十分熱鬧，鬧洞房的賓客雖走了一撥，可剩下的人也不少，女客這邊，還是由何氏陪著。

姜錦魚過去，找到自己的座位入座，同桌的夫人們便笑咪咪打趣了起來，對何氏道：「妳家姑娘喜事將近了吧？我可真羨慕妳，平日裡見妳不慌不忙的，這一下子倒是把我們都比過去了。妳家小兒子還小，妳這些年總算可以鬆快鬆快了。不像我，我家裡還有兩個兒子呢，快把我愁死了！」

這夫人說話十分幽默風趣，逗得同桌其他人皆是大笑。

作為被打趣，且還是個未出嫁的姑娘的姜錦魚，唯一的反應，只能是低著頭，裝害羞。

雖然到了現在，提起她的婚事，她已經不像以前那樣害羞了。

已婚婦人們的話題頗為多樣，若是八卦哪裡傳得最快，那定是婦人堆裡，這才一刻鐘，話題就變成了某某家郎君要跟某某家姑娘訂親了，日子就定在某月某日，細節詳盡，讓人不得不信服。

正這時，遠處坐著的商雲兒，趁著自家娘親不注意，蹭到了姜錦魚的身邊，癟嘴小聲抱怨著。「妳怎麼都不出來找我玩啊？上回見妳還是過年前，我們好長時間沒見了……」

姜錦魚忍著笑，安撫不高興的小姑娘。「我家裡忙啊，妳看我新嫂嫂要進門，我娘忙裡忙外，我這個女兒哪裡好做個甩手掌櫃？」

商雲兒就是抱怨一下，見自己心中的好朋友跟自己解釋，隨即又高興了，跟小孩兒似的寬宏大量道：「那我不怪妳了，妳不要自責了。下個月是我生日，妳一定要來啊！那時候妳總不忙了吧？」

姜錦魚一口答應下來，她也有點理解商雲兒的想法，大約是一直沒什麼姐妹，就只能眼巴巴盼著她這個唯一的朋友了。

聽到姜錦魚答應了，商雲兒喜孜孜的，眉開眼笑。

姜錦魚答應了去商雲兒的生辰宴，哪曉得天有不測風雲，商雲兒的生辰宴直接沒辦成。

五月上旬的時候，宮裡的太后病逝了，早幾年前，太后的身子便不大好，這事朝野內外都知道，因此這事倒也不算突然。

太后是當今聖上的親母，母子感情深厚，老太后這一去，聖上就直接罷朝了，聽宮內傳出來的消息，似乎受了打擊，連太醫都頻繁出入延福殿。

聖上這樣悲痛，擺明要大辦喪事，朝中百官自然不敢操持喜事，生怕惹陛下不喜。

這事與姜錦魚沒多大關係，但與何氏卻是有關係，她身上有誥命，按規矩要跟著進宮給太后哭靈。

五月天漸漸暖和起來，不過宮裡似乎也有顧慮，沒如何折騰，雖按著陛下的意思大肆操辦，可也沒耽擱太久。

誥命夫人們進宮哭了七日的靈，頭七一過，陛下一道聖旨便下來了，這位生時顯赫，死亦享盡尊榮的皇太后的謚號為孝端正敬仁敦惠聖皇太后，徽號端聖皇太后，由陛下親自扶棺，葬入皇陵。

整個五月都是忙碌且雜亂的，一直到六月，天熱了些，姜錦魚才開始有時間繼續繡嫁衣。

何氏來她屋裡看她，見她嫁衣繡了大半，不由得道：「端聖皇太后這一崩，只怕盛京這一年都沒有人家敢操辦喜事了。有些還未來得及議親的，如今暗地裡也是急得很。」

宮中有喪事，不說百姓能不能辦喜事，至少官員是不敢冒險的，雖說陛下沒讓官員要跟著一起守孝，可在陛下面前喜孜孜辦喜事，那未免心太大了些。

偌大一個盛京，適婚年齡的小娘子和郎君不少，真就這麼耽擱下來，那也確實該著急。

姜錦魚抬頭笑笑。「著急也無用，今歲下半年必是不能操辦了，不過明年應當放寬了不少，雖說不能大張旗鼓辦婚事，可私底下走動走動，陛下寬宏大量，未必會放在心上。」

外人的事情，何氏自然不會操心，說到底她的一雙兒女都十分幸運，半點兒沒有被這事給影響，長子已經娶了縣主進門，女兒本來也是要留到明年的。不過是婚期從上半年挪到了下半年而已，並無太大妨礙。

接下來的一年便漸漸順利起來了，當然這是對姜家而言。

先是阿兄姜宣跟未婚夫顧衍一同升了官。

當今聖上本就偏愛重用科舉士子，尤其是寒門士子，姜家雖然有個吏部做官的姜仲行，可在這豪門顯貴遍地的盛京，卻實打實算得上「寒門」。顧家雖好上一些，畢竟在盛京經營了這麼些年，還是有些勢力。可顧衍因著繼母排擠的關係而搬出了顧家，這是人盡皆知的「秘密」，連聖上都關心過。

所以，姜宣和顧衍能入周文帝的眼，並非什麼稀奇事，反倒是眾人眼中的尋常事。

再一件好事便是阿弟姜硯，這孩子讀書一直不大顯眼，比起連中三元的兄長姜宣差了許多，但家裡人也沒有太過逼著，畢竟讀書這事，委實要看天賦。

結果姜硯卻莫名其妙入了大將軍的眼，被收做關門弟子了。

平西大將軍魏津膝下沒兒子，就兩個女兒，因此收了姜硯後，頗有些把他當兒子的態度，嚴厲的時候很嚴厲，可護短的時候，那也是真護短。

朝中有個御史不知是腦子犯了什麼病，知道平西大將軍收了姜硯做關門弟子後，跑去陛下那裡告狀，說魏津與文臣勾結，結黨營私，其心可誅。

然後魏津便上門把那御史痛斥一頓，罵得那御史好幾日不敢出門，然後又去陛下跟前磕頭，說自己認罰，隨便陛下如何嚴懲，但自己那小徒弟不過是個孩子，切勿牽連於他。

魏津是周文帝難得放心的幾個武將之一，可惜他膝下並無兒子接任其位，周文帝本來還擔心魏津一退，自己還要再覓人選繼任。因此得知魏津收了個關門弟子的時候，心裡是很高興的，覺得魏津不愧為良將，居然如此懂他的心意。

若魏津收的是什麼侯府、王府，或是其他武將家中的子弟，周文帝興許還要警惕。偏偏他選的是姜家的子弟，姜家寒門出身，別看眼下好像起來了些，可那是因為姜家兩輩連著出了人才，這樣的人家，只能走純臣一路，最好拿捏。

魏津這一請罪，周文帝就順勢而為，隨便給他找了個不輕不重的罪名，罰了三個月的俸祿，外加閉門思過一個月。

周文帝這話往外頭一放，朝中都是人精，自然知道陛下這還是站在平西大將軍這一邊的，連那原本怒氣沖沖的御史，也頓時偃旗息鼓了。

第四十一章

這一齣委實把姜府上下給嚇壞了，好在最後有驚無險，姜家三個男丁，反而陰差陽錯的，全都在陛下那裡掛了名，這也算是因禍得福。

姜家根基淺，本就沒打算參與什麼黨羽爭鬥，連結親都是聽皇上的，宮裡給賜了個縣主，便感恩戴德的把縣主娶進門。

同朝為官的兩個人，姜仲行是一心一意為陛下辦事，姜宣更是如此。姜仲行閱歷多，是看透自家最好的出路便是跟著陛下走，才一心一意忠君，還算有著私心。可姜宣卻不是，他還年輕，對周文帝有一種天然的忠君愛國的赤忱，恰好也是這一點入了周文帝的眼。

外人不知，可姜宣自己是知道的，陛下待他是十分寬容，愛才之心溢於言表。

過了五月，端聖皇太后的喪期一過，盛京那些還有未婚小娘子和郎君的府裡，也慢慢開始走動起來了，著急的已經開始籌備訂親的事宜。

七月的時候，商雲兒訂親了，訂親那一日，姜錦魚還特意去了。

商雲兒定的這人家乃孟家，算是門當戶對的，對方是武將人家出身，在家中是長子，自己也領著差事，聽聞是個好脾氣的，且孟家與商家還有點親戚關係，親上加親。

只是對方是家中長子，按著商雲兒的性子，跟沈穩搭不上邊，不大適合做長嫂，等真正成了親，過起日子來，兩人只怕是還需要磨合。

不過就眼下而言，商家顯然對這門親事很是滿意，商夫人在外待客，見到姜錦魚，還特意過來，十分照顧她。「雲兒那丫頭在後院呢，她脾氣不好，有時候還犯糊塗，難得有妳這樣懂事且聰慧的願意同她來往。今兒人多，說話不方便，下回再請妳來府裡。前院鬧騰，要不讓丫鬟送妳去後院吧，妳們姐妹倆一塊兒說說話。」

姜錦魚從善如流，含笑答應下來。

商夫人喜上心頭，越看姜錦魚，越是覺得自家女兒蠢歸蠢，能交到姜家這姑娘做朋友，倒也算難得聰明了一回。

閨中密友，往後做了別家婦，這感情難道還能斷了不成？

且姜錦魚家中父兄皆那樣爭氣，連幼弟的前程都不容小覷，她自己的親事也那樣好，嫁的是探花郎，她腦子又清醒得很，往後啊，差不了。

自家閨女若能有姜錦魚一半聰慧，她也不必替她操這樣的心了，不知能省多少心。

商夫人經歷不少，見過的事也不少，一般人還真入不了她的眼。

商夫人含笑盈盈，姜錦魚打過招呼，便跟著丫鬟去了後院，見到了今日訂親的主角。

見到商雲兒哭喪著的那張臉時，姜錦魚一時沒忍住，搖頭無奈道：「今日是妳的大喜日子，怎的這副臉色？」

見到姜錦魚，商雲兒驚喜得不行，驚喜過後，又喪氣道：「我娘讓妳來的吧？」

「怎麼了？」抬手驅散伺候的下人，姜錦魚捏了把小姐妹的臉蛋，托腮含笑問道。

商雲兒鼓了鼓腮幫子，見屋裡沒人了，才鼓起勇氣道：「我不喜歡孟旭……妳不知道，他長得好魁梧，我一見他就害怕。而且你不知道他這人有多古板，我還沒進門呢，他見我的第一面，居然說我進門就是長嫂，得把家裡撐起來，他主外、我主內，連那些弟妹們的親事，都要我來操持。還要我孝順婆婆，若是跟婆婆有矛盾了，不許當面頂嘴，受了委屈先忍著，等他回來處置……這都是些什麼啊！」

商雲兒絮絮叨叨把那孟旭說了一通，說到最後，深深嘆了口氣。「哎，看來我的好日子快要到頭了！」

說罷，眼角瞥見自己的好姐妹還在笑，頓時委屈道：「妳也不安慰安慰我……」

姜錦魚忙抱住她的肩，柔聲勸她。「妳也不必發愁，妳這親事是妳娘親自相中的，她難道捨得將妳往火坑裡推？我看妳那未婚夫，不過是把醜話說在前頭罷了，這樣的人，不藏掖著，直爽正派，相處起來反倒還輕省些。」

商雲兒自己瞎琢磨好幾日，也沒處傾訴，聽姜錦魚給她這麼一分析，心裡也安心了不少，忐忑仍是忐忑，但至少不像剛開始那樣抵觸這門親事了。

盛京八月格外炎熱，然而等過了九月，天氣便轉涼了。微風徐徐，實在是個操辦喜事的好時候。

此時姜府內上上下下皆忙碌，可人人面上都帶著笑。

今日是府裡唯一的小姐出嫁的日子，大家都知道，自家小姐嫁得好，夫君乃是年少有為的探花郎，自然個個都笑臉盈盈的。

姜錦魚在梳妝鏡前坐著，這時小桃推門進來，領著個婆子進來，面上帶笑道：「姑娘，馮嬤嬤來了。」

馮嬤嬤是盛京小有名氣的喜娘，她生來手巧，梳髮上妝皆是巧手，且最難得是，這馮嬤嬤自己也是個福氣人，家中四代同堂，和睦安寧，盛京中的嬌小姐們出嫁，除了那些從宮裡請了嬤嬤當喜娘的，其他的便都愛找馮嬤嬤。

馮嬤嬤打扮得索利乾淨，面上帶著喜洋洋的笑意，身材微胖，看著很是福氣相。

姜錦魚微微點頭，面帶真誠的笑意道：「馮嬤嬤，今日要麻煩妳了。」

馮嬤嬤頓時心生好感，她在這一行幹久了，見過的新嫁娘不少，大多也是待她客客氣氣的，可真像面前新娘這樣的，面上笑著，眼裡也沒有半分輕視，一句話就讓人打心底裡舒服的，卻是少見。

「小姐客氣了。您放心，今兒是您的喜日子，我呀，保准讓您漂漂亮亮的出嫁。」說著，便打開自己帶來的一套行頭，先道：「先給您開面。興許有些疼，小姐您忍著些。」

說罷，等姜錦魚點頭了，馮嬤嬤才取細棉繩，纏在指尖，兩手三指將那繩綳緊了，就那麼上上下下飛快的動作著。

姜錦魚只感覺到微微的刺痛，很快便見馮嬤嬤收回了手，笑呵呵道：「小姐臉嫩，天生麗質，倒讓我省了不少工夫。」

旁人聽了這話，興許以為她是奉承，可她是真心實意的，姑娘家保養得好不好，湊得這麼近，一眼就看出來了。至少在她幾十年的經歷中，或精緻、或清麗的見過不少，可肌膚這樣嬌嫩，簡直可以用一句吹彈可破、冰肌玉骨來形容的，卻是不大常見。

奉承罷，又取出一罐面霜來，略透明的膏狀，掀開蓋子便聞到一股淡淡的藥味。

「嬤嬤這藥可是用的茯苓、荷葉？」

馮嬤嬤稍稍有些驚訝。「小姐還懂藥理？這藥霜啊，確實加了茯苓、荷葉，還添了其餘幾味藥材，乃是我幹這行十幾年，自己琢磨出來的。開面後，面上容易發紅，有時還會癢，用了我這藥霜啊，不說膚如玉脂啊，那也是有奇效的。」

這藥方是別人用來吃飯的手藝，姜錦魚只是好奇，自然不會再多問，笑笑後，便由著馮嬤嬤在自己面上厚塗了一層藥霜。

約莫數了一刻鐘，丫鬟送上溫水來，姜錦魚起身淨面後，又坐回了梳妝鏡前。

接下來，馮嬤嬤便沒怎麼說話了，埋頭忙著手上的事，抹粉、修眉、畫眉、貼花鈿、塗唇脂……一套動作這麼折騰下來，大約費了一個時辰。

雖說費時長，可效果也是很明顯的。

等馮嬤嬤收好尾，往旁邊退開一步，露出姜錦魚的臉後，小桃等丫鬟皆是看得睜大了眼，有個年紀小些的丫鬟更誇張些，直接「哇」的一聲，惹得眾人都跟著回過神來。

小桃朝馮嬤嬤豎起大拇指。「難怪人人都請您來，您老這手藝啊，當真是一絕！」

馮嬤嬤心下微微得意，也仔細端詳著新娘，連自己也被狠狠驚豔了一把，險些不敢相信，自己居然也有這種手藝，難不成自己這手藝突飛猛進了？這天仙似的人兒，居然真是自己打扮出來的？

姜錦魚給小桃一個眼神，小桃便趕忙拿了喜錢出來，先給馮嬤嬤塞了一封。

馮嬤嬤到底是靠手藝吃飯的人，喜錢一拿到手裡，手指那麼一撚，便知道今日這一趟沒白來，也顧不上琢磨那些有的沒的了，一通吉祥話不要錢似的往外說。

這時，遠遠傳來了炮仗的聲響。

眾人一下子反應過來，這是花轎臨門了。

盛京的規矩，花轎臨門，女方家便要放炮仗迎轎，可迎轎歸迎轎，卻不是真的輕易就讓進門的。放過炮仗，便要虛掩大門，這又稱作「攔轎門」。

這花轎上門了，雖然知道還得等上許久，唱彩禮、喝起嫁酒、催妝……後頭還有得折騰，可一聽到這噼哩啪啦的炮仗聲，屋裡人都不免有點著急了。

都到臨門一腳了，姜錦魚自己卻是不像丫鬟們那樣著急，昨夜倒是忐忑了些時候，可今早上一睜眼，便整個心都安定下來。

有時候就是這樣，事到臨頭，反倒不慌了，反正怕也沒用，總歸要嫁。

收拾了。

小桃等丫鬟手忙腳亂了一瞬，看自家姑娘還沈穩坐著，也跟著平靜下來，井井有條繼續

辰時剛過，何氏便過來了，她今日是新丈母娘，其實很忙，忙得腳不沾地，可再忙，她也想親自過來看看自家閨女。

進了門，何氏還未張口，眼眶就先濕了。

跟著來的錢嬤嬤把食盒往桌上放，忙招手讓屋裡一干人等跟著自己出去。

下人出去後，屋裡便只剩下母女倆訴衷腸了。

「娘……」姜錦魚先喚了一句，就是這麼一句娘，徹底把何氏的眼淚給勾出來了。

「妳這孩子，我一來，妳就惹我哭！我哭就算了，妳可千萬得忍著，妝花了，可要讓姑爺看笑話了。」何氏想訓幾句，可到底不忍心，說到一半又心軟了。

抹了抹眼淚，何氏便把食盒裡的湯圓取了出來。「先吃點墊墊肚子，今日妳必是一路折騰，姑爺府裡也沒個長輩，只怕還要亂些，更沒人顧得上妳。」

姜錦魚含著笑往口裡送，笑咪咪道：「還是娘惦記我。」

吃罷湯圓，母女倆坐著說話，何氏第一次嫁女兒，真是操碎了心，千般囑咐、萬般叮嚀，總覺得還有漏下，又把昨夜那些話拿出來說了一遍，最後才道。

「都說女兒貼心，養女兒好，可嫁女兒的苦，誰又知道？我嫁給妳爹的時候，妳姥姥送

我出門也直哭，我當時年輕，還想說兩個村子也隔得不遠啊，想回娘家還不容易，娘怎麼哭得這樣厲害？」何氏說著，伸手疼愛得替女兒理了理耳後的碎髮。「等我有了妳，我才弄明白，為何世間嫁女都免不了要哭？」

姜錦魚抬眼看娘，軟聲道：「是因為捨不得嗎？」

何氏笑了笑。「我如珠似寶疼著的，好不容易養大了的嬌嬌女兒，要離開家，去做別人家的媳婦了。我明知道，等著妳的是人間疾苦、福禍離合……為人婦、為人媳，甚至日後為人母，這條路很難。可我不能攔著妳，唯一能做的，就是送妳走。」

姜錦魚聽得半懂不懂，即使二次為人，此時也並未瞭解娘的這句話，她到底還沒做過母親，很難理解這種複雜的想法，只是看到娘掉眼淚，她也跟著心裡酸酸的。

何氏雖哭，可仍是個堅韌性子，等到姜錦魚的嫂子安寧縣主來的時候，已經止住了眼淚，恢復了平素的端莊穩重。

安寧縣主進門，直道自己有些事情拿不定主意，想請婆婆去作主。

姜錦魚看嫂子話中小心翼翼，似乎是怕婆婆不高興，忙道：「娘，您去吧，我這兒都好好的，您別掛心我。」

何氏這才起身，隨著兒媳婦出去了。

屋內沒安靜多久，姜錦魚又聽到了敲門聲，沒等她起身，就見門直接開了，在門口站著的正是自家阿爹。

「阿爹？」姜錦魚起身將人迎進門，拉著他坐下。

姜仲行坐下後，好半晌沒捨得說話，只是一雙眼黏在女兒身上，不捨之情溢於言表，比起兩個兒子，他向來就偏愛女兒些，眼下更是恨不得把兒子嫁出去，將女兒留在家裡算了。

方才何氏在的時候，姜錦魚還忍住了眼淚，可平日最疼自己的爹爹一來，她就忍不住濕了眼眶，她小心翼翼擦了眼淚，生怕把妝給弄花了，佯裝嗔怒笑道：「爹爹一來便惹我哭，若是哭花了妝，小心女兒就砸在您手裡了。」

姜仲行吹鬍子瞪眼。「顧衍他敢？砸我手裡就砸我手裡，我巴不得！」

父女倆說過笑，氣氛又有些沈悶了，姜仲行微微嘆氣，實在做不出笑臉來，隱隱含著一絲失落道：「彷彿還是昨日發生的事情，妳三叔給我書院遞話，說妳娘生了個閨女，我當時便樂得不行，又怕妳奶不喜歡妳，讓妳娘跟妳受了委屈，顧不上其他，眼巴巴一路趕回去，進門還挨了妳奶一頓訓。可當時進了門，見著妳，我一下子便覺得值了，別說被訓，就是挨頓揍，我也得回來。

「妳那時真的好小，綿綿軟軟的一團，妳娘問我給妳取什麼小名，我當時腦子裡頓時冒出來綿綿兩個字，覺得天底下再沒有比我女兒更嬌貴綿軟的嬌娃兒了。

「姑娘家都跟娘親，可妳不一樣，妳打小便嘴甜，家裡跟誰都親，家裡誰都喜歡妳。我當時就想啊，我真是天底下最幸福的爹爹了，每回書院念書再累，一回家，看見妳，軟乎乎一雙小手還沒多大力氣呢，便孝順得不行，又是捶背、又是倒水的，我心裡啊，就跟吃了蜜一樣甜。那時妳娘還怪我太寵妳了，可如今想起來，大約是那時候就知道了，我的貼心女兒，一長大便要被別家的臭小子給搶走了，我也就能寵個這麼幾年。」

姜錦魚聽得眼淚撲簌簌掉下來，語氣哽咽喊了句：「爹，您幹麼總惹我哭啊！娘瞧見了，又要說您了。」

姜仲行失笑，想伸手摸摸女兒的臉，想了想，還是拍了拍姜錦魚的肩膀。「行，爹爹錯了。爹是偷溜來瞧妳的，顧家那小子還被妳阿兄堵在門外呢。我啊，就來看看我們綿綿。」

說罷，起身轉身要走，臨走還是轉頭，鄭重道：「妳雖嫁了，可一輩子都是我姜家的女兒，他若欺妳、騙妳，妳都別怕，有我呢。等我跟妳娘不在了，還有妳阿兄、阿弟呢。別怕啊，千萬別一個人偷偷扛著。」

看女兒咬唇點點頭，姜仲行才轉頭推門出去，出了門，在門口呆呆站了片刻，才調整好情緒，面上帶上溫和的笑意，朝外走去。

他今日嫁女兒，得高高興興的。

外邊，姜家象徵性地攔了攔轎子，便讓顧家的迎親隊伍進來了。

接下來便是唱聘禮和唱嫁妝，這是成親的重頭戲之一。親事辦得鄭重不鄭重，新郎家中敞亮不敞亮，新媳婦家大氣不大氣，端看這聘禮和嫁妝唱得響不響。

大家擠在門口聽，便見顧家管事先唱的聘禮，厚厚的禮單拿出來，一樣樣的唱，這管事聲音洪亮且悠長，足足喊了一刻鐘都不帶歇的。

管事唱罷，看熱鬧的眾人心裡很詫異，本以為顧家分了家，顧家這聘禮興許就要薄上幾分，結果居然比前幾日娶媳婦的宗室還要厚上幾分。

然後有些看重錢財的人家還在心裡琢磨呢，若是顧家嫁女娶婦都是按照這樣規格的嫁妝聘禮，那嫁個庶女過去，倒是不算虧了本哩！

看著來賓略帶羨慕的神色，姜家下人們越發挺起了胸膛，心裡美滋滋的，自家小姐嫁得好，他們面上也跟著有光不是？

唱罷聘禮，便輪到唱嫁妝。

姜家起家沒幾年，也就是姜仲行去了益縣後，才開始積累了些底子。但何氏是個心裡有盤算的婦人，且又只有這麼一個獨生的女兒，在嫁妝上自是不會小氣。

且得知姪女出嫁，遠在老家的姜四郎特意寄了一車子的添妝來，還夾了銀票。

故而姜錦魚的嫁妝也很不錯，雖比不得那些高門貴女的十里紅妝，可也讓在座的賓客們咋舌不已了。

這一番折騰下來，已是巳時末了，離「起嫁酒」只有一刻鐘。

看夠熱鬧的眾人，被姜家下人們引入席，酒水、饌食接連而上，嫁女正午擺酒，這便是起嫁酒了，又叫「開門酒」。

而此時的姜錦魚，一切也已經收拾妥當，等著前頭筵席一散，這邊便要準備出門了。

第四十二章

約莫過了一個時辰，小桃便急匆匆開門進來了，笑吟吟道：「姑爺來接人了。」

外頭果然傳來了腳步聲夾雜著說話聲，姜錦魚此時心裡倒是一點都不緊張了，還不忘提醒小桃，等會兒別落下什麼。

和催上花轎的顧家人一起來的，還有何氏，她親自端了饌食過來，推門而入。

何氏坐下，在屋內陪著女兒，屋外是顧家那些旁支的郎君們作著催妝詩。

男方家中郎君作催妝詩催妝，女方兄弟則要回詩，甚至出難題刁難，兩、三輪下來，顧家旁支幾個兄弟們皆退開了，由顧衍親自來作。

見新郎官上陣，按規矩女方族中兄弟便見好就收，姜宣也沒如何刁難妹夫，一輪詩作罷，便拱手朝旁邊讓開了。

顧家眾人都覺得安心不少，本來他們就是來陪兄長娶嫂嫂的，結果嫂嫂來頭不小，有個狀元郎出身的親兄長，這可把他們給折騰壞了，昨夜還抓耳撓腮做了不少準備。

顧衍正要上門敲門，突然旁邊衝過來個小胖墩，張開雙手，氣呼呼堵在門外。

小胖墩還岔開腿站著，一本正經對旁邊的兄長生氣道：「阿兄你太沒用了！他們都快把阿姐搶走了！」

見他圓圓臉蛋板著，又得知他是新娘子的幼弟，眾人都忍不住哄笑起來，逗他：「那你攔著不讓你阿姐嫁，日後你養她啊？」

姜石頭扠腰仰著下巴。「我自己的阿姐，我自己養！不用別人養！」

說罷，還不忘抬著下巴，神色很是不滿，瞪了一眼要搶走自家阿姐的男人，嚴肅抖了抖肥下巴道：「也不用你養！」

話剛說完，威風還沒抖夠，小胖墩就懸空了，雙腿在空中撲騰著，努力掙扎著往回看，不滿道：「爹，你幹麼啊？他們來搶阿姐了！」

姜仲行把蠢兒子往旁邊一放，拍拍腦袋。「你姐沒嫁，還有我養著。你姐嫁人了，那是你姐夫養著，怎麼也輪不到你來養，人小鬼大，躲一邊去。」

喜娘見狀，笑咪咪道：「這就叫，好事多磨。大舅子攔了門，小舅子也來攔，我們新娘子好福氣。有個當了狀元郎的阿兄，還有個日後當大將軍的阿弟，咱們新郎官可要小心咯！」

眾人皆哄笑起來，然而面上雖是笑著，心裡還真把喜娘這話給琢磨了一番，居然覺得這話還真有幾分道理。

顧衍這媳婦娶得值啊！

催妝後，這門便開得容易了許多，此時姜錦魚的蓋頭還是未蓋的，需得吃了上轎飯，才能蓋蓋頭、上花轎。

因此陪同催妝的眾人，便同樣能夠一睹新娘子的容貌，只見新婦一襲紅衣，眉心一枚花鈿，細眉若柳葉溫婉繾綣，桃花眼多情柔轉，肌膚勝雪，一點紅唇更勝雪中紅梅，亮得晃眼。

真真是應了那句「新婦梳妝罷，蛾眉點絳唇」。

有人看了不禁在心裡感慨：顧衍真當是好福氣！

姜錦魚自然知曉眾人都在看她，可她也沒做羞澀之態，大大方方的坐著，恪守禮節，微微低垂眉眼，唇帶淺笑。

這時便有喜婆在一邊提醒吃上轎飯。

何氏親自執了箸，挾了寓意多子多福的五穀飯送過去。

姜錦魚張嘴嚥下那一口五穀飯，隨後在喜婆的一番唱誦中，由小桃和秋霞扶著，雙膝跪地，叩首跪母，以謝母恩。

禮罷，便到了上花轎的時候。

蓋上紅蓋頭，姜錦魚由阿兄姜宣揹著，一路出了她度過了整個少女年華的小院子，走過正院、長廊，越過門檻，坐上花轎。

真的坐在花轎上的時候，姜錦魚才意識到，自己是真的要出嫁了。

她今日踏出這個門之後，往後再要回來，便是客人了。

炮仗聲噼哩啪啦作響，姜錦魚手裡揣著個吉祥果，等到花轎晃晃悠悠起來的時候，抬頭看向小窗，秋風正好捲起喜簾，翻出一條窄窄的縫隙。

一對燕子飛過，被炮仗驚得飛回屋簷下，似是被驚著了，身形略大的雄燕，展開雙翅，牢牢將雌燕遮住。

花轎到了顧家，姜錦魚下花轎，由喜婆揹著進了喜堂，在吵嚷聲中拜過天地，便被送入了正院的新房。

進了洞房，隨著眾人出去後，姜錦魚總算輕鬆了不少，一天這麼鬧騰下來，她能躲著偷一會兒懶，還是很不錯的。

旁邊有幾個姑娘陪著，沒等她問，其中一個十三、四歲的姑娘便主動介紹自己。「堂嫂，我是顧湘。妳餓不餓？先吃點東西墊墊肚子吧。」

其餘幾個也帶著笑上前來，但一個個自我介紹完，姜錦魚也只記了個大概。

顧湘幾個都是旁支的姑娘，顧家本來也不是什麼大家族，旁支家裡的日子過得與百姓沒多大區別，只是稍微寬裕些。因而被入朝為官的堂兄請來陪嫂嫂，都很是受寵若驚，生怕把人給怠慢了。

姜錦魚也感覺到這些小姑娘的拘謹，心裡並不大意外，各府的情況不同，即便是親戚，也不一定親近。

不過她今日也很累了，並沒力氣同她們打好關係，只是略笑談幾句，說了幾句話，讓顧湘等人不那麼拘謹。

她是新媳婦，實在沒必要剛進門就把自己擺得太低，尤其這些只是堂妹，她若是表現得太嫩，隨便在場的哪個透出去一、兩句，便會有自以為是的親戚上門打秋風來了。

姜錦魚心裡有成算，對著上來的膳食，也只是略用了些清淡的。

顧湘幾人本以為堂嫂剛進門，新婦免不了怕生羞澀，她們陪著說幾句話，指不定便能把關係給拉近不少，可哪知道姜錦魚雖是新媳婦，卻不像一般的新媳婦那樣無措，頓時心裡那點小九九都沒了，說起話來都不敢過分，只挑著吉利話來說。

姜錦魚坐得住，可有人便坐不住了。

突然推門進來個婦人，一進門便笑咪咪的寒暄著，可嘴上又自稱伯母，擺明是要擺長輩的架子。

顧湘見了來人，忙湊到姜錦魚耳邊提醒她。「堂嫂，這是二伯母。」

顧家旁支的大伯、二伯等人很多，姜錦魚一個新進門的媳婦怎麼會認識，偏生這伯母一進門便等著看她笑話，也不自我介紹，擺明了來者不善，姜錦魚如何會真的拿她當長輩敬著？只是態度不輕不重的，喊了句「二伯母」。

這二伯母也有那麼點驚訝，本來是打著滅滅小媳婦的威風來著，哪曉得新婦壓根兒不理睬她這一招，不動聲色便把她給頂了回去。

想了想，眼珠子一轉，笑咪咪望著一邊站著的秋霞道：「姪媳婦，妳這丫鬟生得真好，我二郎身邊有個小子還沒成家，前頭剛好給我磕了頭，讓我幫忙說個媳婦。這可真是巧了不是，姪媳婦？」

秋霞心裡一慌，可面上還是鎮定，一句話沒吭聲。

姜錦魚哪裡會讓自己的丫鬟隨隨便便的嫁人，更何況這個二伯母也不是誠心求娶，不過是藉著這話，來試探她會不會退讓，當即也客客氣氣道：「二伯母說笑了，姪媳婦才剛進門，手裡就這麼幾個得用的丫鬟，您都給我要走了，我這兒可沒人使喚了。這事啊，您若是愁，我替您介紹個媒人，這說媒啊，還得找個正經媒人才成。」

二伯母也不是傻子，聽了這話，自然明白新媳婦不是好拿捏的，只能笑呵呵道：「妳的話也有道理，還是年輕人有主意。」

二伯母吃了癟，心裡有氣，但知道顧衍不是個好脾氣的，不敢胡亂發火，眼見長輩的架子擺不了，也坐不住了，片刻後便找個理由出去了。

顧湘幾個看在眼裡，見新嫂子不過幾句話，便讓二伯母這麼個長輩鎩羽而歸，吃了癟不說，還不敢擺長輩架子，頓時心裡都有了計較，對著姜錦魚也越發尊重起來。

堂兄日後前程不可限量，堂嫂又是個有主意的，對著長輩也沒吃虧，單看這一點，她們就得敬著這新嫂嫂，指不定自己日後還有事情求到堂嫂跟前呢！

等前廳的筵席散了，一群人又跟著來到新房「鬧」。

不過來賓基本都是顧家旁支的人，再來便是顧衍讀書時的同窗，都很有分寸，前者是因為知道未來說不定還要仰仗顧衍，後者則都是些讀書人，不會鬧得過分。

姜錦魚蓋著喜帕，看不清帕子外的情景，只從喜帕底下瞥見了許多雙鞋，男女樣式的都有。而最前面的，則最為眼熟，因為那雙鞋是她親手做的，當時訂親時候的訂親禮，之前一直未曾見顧衍穿過，沒想到是特意留到了今日來穿。

心中微微一絲喜意，便聽得屋內眾人皆慫恿玩笑著，玩笑聲中，一桿如意秤伸到面前，包金的前段微微往上一挑，喜帕便被挑走了。

姜錦魚微微抬起頭，目光直直落在手持如意秤的顧衍身上，男人身量修長挺拔，一身喜服更是顯得溫潤如玉，周身的冷淡都被瓦解了不少，也難怪方才那些同窗們敢開他玩笑。

這時，喜婆又提醒，兩人該喝合巹酒。

一個匏瓜一分為二瓢，尾柄以紅色的細棉繩相連，瓢中盛過半酒，被小心奉上來。

兩人共飲合巹酒，酒水味淡，但入口仍是有分辛辣，尤其是姜錦魚今日沒吃什麼，幾乎是空腹飲酒，酒一下肚，便上了臉，臉龐微微熱了起來。

圍觀眾人見新娘醉態甚美，未婚男子們皆是心神嚮往，也琢磨著自己是不是該娶妻了。

還在遐思之中，忽然感覺身上一涼，回過神後，便看見方才還好脾氣的顧衍顧探花郎，此時面上雖還是帶著笑，但這笑，莫名的就跟刀子似的，看得人身上發顫。

「呵呵，呵呵，春宵一刻值千金，我等就不打擾顧兄了！」

見顧衍的同窗們都走了，顧家旁支的兄弟和婦孺們也不敢繼續留著，他們倒是想多留，可顧衍是個什麼性子？連繼母都鎮不住他，家中有讀書人的人家，都還指望著日後顧衍拉他們一把，自然不敢得罪，也都很識趣的笑著出去了。

喜婆見狀，還是第一次這麼省事，很乾脆的把祝詞唱完，往床上撒了一把花生棗子，寓意「落地開花」、「早生貴子」，然後便樂呵呵出去了。

喜婆一走，小桃和秋霞兩個極有眼色，直接把熱水往屋裡一放，悄悄就往外一退，把門關上。

眾人走得太快了，姜錦魚回過神來，見顧衍還在跟前站著，便含笑對他伸手。「拉我一把，頭上這鳳冠太重了，壓得我頭皮疼，我得把它卸了。」

顧衍見新婚妻子向自己軟綿綿的笑，心裡也是一熱，空蕩蕩了許久的心，彷彿一下子被填滿了。

同樣是娶妻，對於旁人而已，僅僅只是娶妻、延續血脈。對他而言，卻完全是不同。

自小喪母，父親雖在，但與不在也無甚區別，至於繼母、繼弟妹，只是住在同一個府上的陌生人而已，連話都很少說。儘管祖母向著他，也得顧及家中其他人，無法多麼周全。他第一次感受到一個真正的家，是在姜家，第一次給他溫暖感覺的人，是那時候的小綿綿，心腸很好的胖丫頭。

當然，如今她成了他的妻，是他從今以後一輩子所有為之付出的存在，亦是唯一讓他覺得心安的人。

緩緩伸出手去，等到那隻細膩白皙的手搭在自己的掌心時，顧衍心底微微一顫，繼而大大方方的合攏了手，將妻子的手握在掌中。

姜錦魚抬眼看了一眼，有一點羞澀，但嘴上沒說什麼，畢竟兩人是夫妻了，總不能連牽個手都大驚小怪的。

把沈甸甸的鳳冠給卸了，又用溫熱的帕子淨了面，她整個人才感覺舒服了不少。

成親可真是件體力活，饒是姜錦魚平素也不是個嬌氣的人，今日也被折騰得不行，剛想開口說說話呢，忽然察覺顧衍看向自己的目光，黝黑的眼眸中，彷彿帶了火。

還沒來得及張嘴說什麼，便見男人托腮笑望著道：「娘子，不早了，歇了吧。」

很明顯，這個歇，不是姜錦魚期望的那個「歇」，而是一種更累的「歇」。

「呃？」姜錦魚張張嘴，剛想打個商量，便見男人壓了上來，虛虛壓著，唇邊帶了笑意，眼神莫名讓人有幾分緊張。

姜錦魚閉了閉眼，認命了，累便累吧，躲是躲不過的。

男人這回是真的壓了上來，濕熱的吻落在她的眉眼、鼻尖、額頭……姜錦魚有一種被人珍惜珍愛的感覺，漸漸的，有些抵觸的心防一點點融化，迷迷糊糊的時候，只來得及紅著臉，搭在男人胸前的手輕輕推了一下，輕聲說一句。

「滅燭。」

新婚次日，姜錦魚睡得迷迷糊糊，覺得眼皮微微有些癢，下意識側身蹭了蹭，嚶嚀了幾句，然後便覺得有濕燙的吻落在耳側。

姜錦魚被擾得睡不著，軟綿綿推了一把，嗓子還啞著，睜眼控訴。「你不要鬧！」

顧衍失笑，妻子發起脾氣也溫溫順順的，像隻沒被順毛的貓兒，於是低低應了一句。「不鬧妳。不過很遲了，該用早膳了。」

昨夜把人折騰了那麼久，翻來覆去的，他自然是精神奕奕，可妻子卻是累壞了。他雖是心疼，可不用早膳也不行，於是，便把人給鬧醒了。

他自己不覺得是鬧，但凡是個男人，新婚妻子嬌嬌地窩在懷裡，能忍得住的，都要讚一句好定力。他不過親幾下，實在是情不自禁罷了。

看了看窗外的天色，姜錦魚懶洋洋「嗯」了一聲，夫妻二人皆起身穿了衣裳。

等用了早膳，顧衍還要膩著，姜錦魚卻是有正事要做了，嚴肅道：「不成，雖是新婚，時時膩在一起，也白白讓人看了笑話去。夫君去書房看書，等會兒再一起用午膳。」

他娶媳婦就是為了黏在一起，而且府裡哪有人敢說閒話？

顧衍不樂意，姜錦魚只能再哄他，又許諾道：「下午陪你嘛！」

顧衍面上還是不怎麼樂意，姜錦魚無法，湊過去，青天白日的，踮著腳親了他一下，軟綿綿撒嬌。「好嘛！夫君！」

顧衍終於鬆口了，去了書房。

見姑爺走了，小桃和秋霞兩個才敢進來，方才姑爺黏自家小姐那個勁兒，弄得兩個丫鬟都跟著不好意思了。

姑爺好歹也是才華橫溢的探花郎，他們面前那樣穩重清冷的一個人，怎麼到了自家小姐這裡，就黏糊糊的，連眼神都是暖暖的。就好似，只有小姐在他跟前才是人，而她們在姑爺跟前，跟外頭一棵樹、一根草，沒什麼區別。

姜錦魚哪知道貼身丫鬟想得這麼多，吩咐道：「去把府裡的大、小管事、丫鬟、婆子們叫到正院來，我認認臉。昨兒準備的賞錢也拿出來，等會兒記得給，別落下了誰。」

「管事們一早就在院裡等著了呢。」小桃道。

姜錦魚一愣，管事來拜見新主子，這也是規矩，不過也不排除府裡有那等二主子似的下人，明面上是個下人，可架子比主子還高，她今日非要把顧衍哄走，親自見一見管事，也是這個理由，得一開始就把威望給立起來。

但是，貌似這個威望不用她自己立了？

「那我出去見見他們。」

姜錦魚理了理袖子，收拾妥當後，帶著小桃和秋霞兩個出了門，在院子裡見了府裡大大小小的管事。

顧府主子不多，因此下人也相對不多，不過也滿滿當當站了好幾排，數一數，約莫有三十幾個。

為首的是府裡跟著出來的管事，以前跟著老太太伺候的，顧衍分家之後，便被老太太給了顧衍，被顧家賜了家姓，單名一個忠。

忠管事站出來，先拱手行了禮，然後便把一併帶來的名冊奉上來，態度很是謙卑。「夫人，這是府裡下人的名冊，上下共計三十五名。」

姜錦魚接了名冊，略略翻看一遍，大約就把府裡的下人給摸明白了。

顧府這裡，除開忠管事，另外還有兩個小管事。顧全平日跟著主子出入，負責打點前院的大小事。顧順則管著後院的事，連帶廚房、採買、灑掃這些事情，都歸他管著。

再底下的下人便多了，大多數是小廝跟婆子，灑掃、廚房的人比較多。

大概弄了個清楚，姜錦魚就發現一件不對勁的事，抬眼道：「忠叔，你是祖母跟前伺候的老人了，我喊你一聲忠叔，也不為過。有件事，我想問問你。」

忠管事受寵若驚，當即道：「不敢，夫人儘管問，奴才必知無不言，言無不盡。」

姜錦魚便直接問：「這府裡怎的沒有丫鬟？是這名冊上沒有，還是府裡的確沒有？若是沒有，那平日裡給客人奉茶的，都是誰？」

第四十三章

忠管事表情怪怪的，不過還是毫無隱瞞。「府裡的確沒有買丫鬟。平日裡大人的同僚上門，皆是由廚房的朱婆子奉茶的。至於大人書房，都是由書僮奉茶。」

說罷，那朱婆子就站了出來。

姜錦魚看了一眼那負責奉茶的朱婆子，是個十分魁梧的婦人，收拾得很乾淨，畢竟是在廚房幹活的，但是……全盛京也沒有哪個府裡，是讓廚房燒火的婆子給客人奉茶的吧？

她是該誇顧衍潔身自好，還是該為顧衍那些同僚、同窗掬一把同情淚？

姜錦魚收回視線，平靜的「嗯」了一聲，又挨個兒把府裡的下人認了一遍，發了賞錢，讓他們都下去了。

見過家裡的僕人，就大約到了午時一刻，想起早晨把人哄出門時說的話，姜錦魚便也沒回臥房，直接去了一趟廚房。

廚房的廚娘婆子們見狀，紛紛上來問：「夫人可是有什麼吩咐？」

姜錦魚微微對她們笑，道：「妳們自去做事吧，不必圍著我。」

廚娘、婆子們這才散去，不過饒是這樣，等看到姜錦魚親自下廚，做了道色香味俱全的糖醋排骨，還順便做了個豆腐鯽魚湯時，掌勺的廚娘還是惴惴不安的上來問：「怎好讓夫人您親自下廚？若是奴婢的手藝不合夫人的口味，夫人儘管說，奴婢這就學。」

姜錦魚一回頭，便瞧見廚娘徬徨的神色，當即一笑。「怎麼會，妳的手藝很好。我不過今日有空，閒來無事下廚而已。嗯，妳再看著添幾個菜，等會兒讓人一起送到前院去。」

說罷，看廚房裡人人都不大自在的樣子，似乎因為她在而拘束，便也抬步出了廚房。

去了一趟廚房，身上自然沾了些油煙味，姜錦魚回到屋裡，換了身乾淨衣裳，剛出來，便聽到小桃說廚房已經把菜給送過來了。

帶上菜，她便直接往前院的書房去了。

本想著書房好歹算是機密重地，顧衍又是官員，興許有時會在書房存放些公務，或是私人信件等，自己不好隨隨便便進去。

但她剛準備跟守著書房的書僮說一聲，讓人把顧衍給請出來，卻還未來得及開口，書僮就興沖沖上來相迎。

「夫人來了啊！您快請進。」

書僮說完，迫不及待把門給拉開了，彷彿是怕她在門口站得久，怠慢了她。

姜錦魚無奈，對他點點頭便進了書房，好在進門還是外間，裡面才是顧衍獨處的地方。

示意小桃把食盒放下，等她出去了，姜錦魚才走到裡間的門邊，輕輕敲了敲門，輕咳開口道：「夫君，我來陪你用午膳。」

說罷，還在想著自己要不要避一避，畢竟書房重地，兩人雖是夫妻，可這樣隨隨便便的進來並不妥當。且雖這麼進來不是她的本意，可夫君並不知情，兩人若是因此生了嫌隙，便不大好了。

正想著，裡間門便被拉開了，姜錦魚下意識循著聲響抬頭，兩人剛好直直注視著彼此，姜錦魚本來沒覺得有什麼，可被顧衍直勾勾的眼神看得有幾分不自在，面上也微微泛起了熱意。

壓住面上燙熱，姜錦魚先柔聲開口。「我們去側間用吧。這裡畢竟是書房，我本不該隨意進的。」

顧衍倒是全然無所謂，絲毫不介意道：「沒事，是我吩咐的，就在書房用吧。妳是我的妻子，府裡哪裡妳都可以隨意去。」

姜錦魚心下感動，面上的笑亦越發濃了幾分，答應下來。

不過雖然答應了，可姜錦魚也打算以後不亂闖，顧衍信任她，給予她這樣的權力和信重，她更不能隨意行事，更該把府裡的規矩給立起來，讓顧衍無後顧之憂。

很多時候，人與人之間的關係都是相互的，單方面的付出，總有一天會覺得累。

姜錦魚回到桌前，將食盒中的菜一樣樣取出來，食盒有些沈，底下放了小爐子，半紅的幾塊炭。把菜都取了出來，正打算把食盒拎到一邊放著。

卻見一直坐著的顧衍忽然起身，提起食盒放到了一邊。

夫妻二人同桌用膳，姜錦魚偶爾抬手替顧衍布菜，本來也是初次，不免有些手生，怕挾了顧衍不喜的菜，不過看對方吃得很開心，似乎很合胃口，便也放心了。

顧衍其實很享受妻子為自己布菜，不過享受歸享受，還是不捨得妻子受累，便也覷著空隙，往姜錦魚碗裡挾菜。

這樣夫妻兩個彼此布菜，看起來倒是有些傻傻的。

吃到腹中微撐，顧衍才捨得放下筷子，托腮抬眼看向對面盈盈而笑的妻子，啟唇道：「這道排骨做得很好，我很喜歡。」

自己用心做的菜，得到讚美，姜錦魚自然高興，邊抬手收拾桌子，邊道：「夫君喜歡就好，下次再給你做。我手拙，做菜手藝不大好，也就這幾樣拿得出手，還怕你吃了幾回就要厭了。」

顧衍卻是笑。「吃不厭。不過等我饞妳的手藝時，妳再做吧。若是讓丈人知道，妳要是日日為我洗手作羹湯，只怕要氣得連門都不讓我上了。」

想起顧衍口中那情景，姜錦魚忍不住一笑，剛笑罷，就又聽顧衍雲淡風輕說了一句。「而且，我也捨不得。」

姜錦魚發現，自從兩人成婚起，顧衍說話便毫不收斂了，同他計較還顯得自己小氣，而且這話她聽了，心裡也是欣喜的。

她耳朵發燙，面上卻佯裝無恙，撇開這事道：「過幾日，我想給家裡添幾個丫鬟。你前院這兒伺候的人也少了些，給你弄個端茶的丫鬟過來，總不好總讓書僮代勞這事。」

顧衍抬手給兩人倒了兩杯茶水，漫不經心道：「府裡的事情，妳作主就行。不過前院這兒還是不要丫鬟了，端茶倒水等事，讓小廝來就好。我本就喜靜，人多了反倒吵鬧。」

姜錦魚信以為真，還以為顧衍是真的怕丫鬟吵鬧，便認真的解釋。「我定然會調教好了，再送來你這兒。前院來客，讓個小廝上茶，到底笨手笨腳的。你若是嫌吵鬧，我給挑個安靜懂事的，保證不讓她吵著你。」

顧衍無奈看了一眼認真勸說的妻子，失笑道：「呆不呆，哪有妳這樣非要往自家相公身邊塞女人的？」

姜錦魚一怔，才反應過來他剛才喜靜的話只是託詞，心裡登時有點說不上來的喜意，嘴上倒還低聲說了一句。「什麼塞女人啊！只是丫鬟……好啦，那你不喜歡的話，就聽你的，挑個小廝到前院來伺候。」

方才還固執得很，現在便鬆口了，這模樣顧衍看了覺得十分可愛，眼中漸漸柔軟起來。

「比起苦惱這個，夫人應該煩的是回門禮吧？家裡沒有長輩，這些事都得妳親自來。」

家中沒有長輩，既是好事，又是壞事，但總體而言，還是好事。

頂上有個長輩，做新媳婦的，晨昏定省是免不了的。再一個，一家子用膳的時候，新媳婦得站著做規矩，少說也得站一年。若是碰上了磨人的婆婆，站上兩、三年，那也是可能的。

少了長輩，很多事情要姜錦魚自己拿主意，但她還是覺得這樣更好。只要夫妻齊心，和和睦睦過日子，有沒有長輩撐著，其實並無多少影響。

姜錦魚覺得無所謂，顧衍倒覺得有些委屈了妻子，怕她覺得心裡沒底，攬著姜錦魚的肩膀柔聲道：「妳也不必怕，家裡下人要有不聽話的，妳不用來與我說，直接一句話攆出去，攆了再買便是。家裡就我們二人，我就沒設什麼私庫，我這些年的積蓄都在後院的公庫裡，鑰匙、帳簿都在妳手裡，那些銀子妳不必替我省，隨意花用便是。再一個便是親戚走動，妳也不用太過憂慮，如今妳相公在顧家算是出息的，現在只有旁人捧著妳、奉承妳的時候。」

聽了顧衍的話，姜錦魚一下子笑了出來，眉眼彎彎仰頭道：「夫君這是教我如何仗勢欺人嗎？」

顧衍一怔，也跟著笑出聲來。「仗自家夫君的勢，欺旁人家的人，倒也無妨。總好過傻乎乎被人欺了去。」

見顧衍神色也不像方才那樣嚴肅了，姜錦魚這才笑盈盈道：「不用擔心我，咱們雖是分了家出來的，家中沒個長輩幫襯，可我覺得這樣也很好啊。管家我可以學著管，親戚我也可以慢慢結識，日子總歸是一天天過出來的。家裡眼下雖然只有我們兩個，可咱們一心一意過日子，未必就比那些家裡有長輩幫襯的人差。相公說，我這話可有道理？」

顧衍本是安撫妻子來著，結果反過來被妻子給安慰了，心頭說不上來的滋味。

他自小喪母，什麼事情都是獨自撐著。譬如念書，顧軒和顧酉有繼母、姨娘盯著，而他卻是府裡人人巴不得他念不好書，省得他與繼弟爭。

再像府裡沒有長輩這事，顧衍自己不覺得有半分委屈，有生父和繼母那樣的長輩，還不如沒有。可他卻生怕委屈了姜錦魚，她本就比自己年輕，他護著她、疼著她，多少還有些先前把她當妹妹護著的影子。

所以聽到姜錦魚反過來勸慰他，故意要寶逗他的時候，顧衍心裡真正的第一次感覺到，被人心心念念惦記著，是什麼樣的滋味。

他忽然就明白了，為什麼古訓中會有這麼一句：成家為先，立業在後。

成了家，家中有妻，有那麼一個人心心念念、滿心滿眼都是你，你怎麼捨得讓她跟著你吃苦？怎麼捨得看她失望神色？怎麼捨得她屈居人下？

顧衍收回雜亂的思緒，唇邊露出一抹清淺的笑意，含笑點頭道：「夫人說什麼都有道理。」

兩人坐著說了好一會兒的話，姜錦魚還得準備明日去顧府的事宜，便與顧衍說了一聲，帶著小桃走了。

小桃面上帶著一絲羞意，時不時抬頭看一眼前面的姜錦魚，等回了正院，姜錦魚才發覺小桃總是悄悄盯著自己看，遂眨著眼問她。「怎麼今日總盯著我看？」

小桃一個沒忍住，嘿嘿直笑，捂著嘴道：「奴婢就是替小姐高興。」

姜錦魚無奈，撐頷好笑道：「又打聽了什麼，跑來打趣妳主子了？」

小桃笑嘻嘻的，把門掩上才道：「方才奴婢在外頭候著伺候的時候，書僮小哥特意跑來和奴婢說，原本前院是有丫鬟的，是老太太送來的，哪曉得頭一回進屋送茶，就被姑爺給打發走了。」

這天底下少有男子不偷腥的，偏偏讓自家小姐給碰上了，小桃也是一心替自家小姐樂呢。

姑爺和小姐感情這樣深，等日後有了小主子，那才叫只羨鴛鴦不羨仙呢！

次日，姜錦魚他們便要去顧府，給長輩們磕頭。

作為新婦，這是姜錦魚在顧家第一次正式的露面，所以她心裡本來多多少少有些緊張。但昨日夫妻倆也算是交心談了一回，姜錦魚安心了不少。

受些刁難，興許是有的，畢竟相公跟繼母不合，公爹又是不可靠的，唯獨祖母那裡是一心念著他們好的。不過就像相公所說，顧家再看他們不順眼，也不敢如何，誰讓眼下相公是整個顧家最有出息的。

三十年河東，三十年河西。

顧衍早已不是當初那個不得不避繼母鋒芒的稚兒，如今反倒是胡氏幾個，對他避之唯恐不及。

就似今日，得知繼子要帶著新婦上門，胡氏雖心裡萬般不滿，可也不敢作怪，不得不早早起來，與琴姨娘一同操持好家中諸事。

繼子剛帶著新婦進門，胡氏便徹底沒了笑臉。

嬤嬤們把熱茶奉上來，按規矩，新婦要給公婆敬茶。

姜錦魚也沒作新婦羞答答模樣，大大方方端了茶水，先給公公顧忠青敬茶。「公公，請喝茶。」

顧忠青其實感觸頗深，他既因為長子出色而感到驕傲，又因為自己與長子之間的疏離生分而覺得沒面子，糾結的心態之下，其實他不止一次想過，若得了探花郎的是次子顧軒，他是不是不用像現在這樣思緒複雜？

伸手接過茶杯，顧忠青雖不可靠，卻也不會為難兒媳婦，接過茶便飲了一口，然後蓋上杯蓋，勉勵了幾句，就把準備好的紅包遞了過去。

姜錦魚雙手接過，旋即又給胡氏敬茶。

同樣是喝茶，胡氏喝得就是心不甘情不願了，她沒把顧衍當成兒子，自然也不會把姜錦魚當成自己的兒媳婦，連樣子也懶得做，直接接過茶，也沒喝，就把紅包一遞，一句話都懶得說。

胡氏雖不真誠，姜錦魚倒不覺得委屈或是畏懼，大大方方起身，彷彿沒看見胡氏對自己的不滿似的。

敬了茶，顧忠青便覺得留下也沒什麼話可說，正準備要走。

姜錦魚見公公打算走，便笑盈盈提了件事。

她話一說完，胡氏的臉都黑了。「妳說妳想給葉氏磕頭？」

她不把顧衍當兒子，是她自己樂意，可看到姜錦魚不把她當婆婆捧著，那又是另一回事了。

胡氏直接就冷笑出聲了。「我看大郎媳婦，妳還是不要生事才好。」

姜錦魚伸手按住旁邊相公的手，示意他不要開口，面上笑得一派溫婉無害。「這怎麼能算是生事呢？為人媳，去給婆婆磕頭，那是應當的，這是規矩。兒媳若是不提，那才真的是不懂事呢！」

顧忠青聽了這話，覺得也有幾分道理，而且他也不喜歡胡氏那種提到原配便翻臉的反應，不禁嫌棄她不懂事、上不了檯面，還不如剛進門的新婦有規矩。

先是皺眉瞪了胡氏一眼，顧忠青才點著頭，對顧衍道：「也好，你娘若是知道你娶了妻，泉下有知，應當也會為你高興的。」

顧忠青這話一說，胡氏便跟被打了一巴掌似的，顏面盡失，臉色難看得不得了。

等顧忠青走了，胡氏才咬牙起身，恨恨瞪了一眼多事的繼子和大兒媳，扭頭走出好遠，還不忘咬牙切齒咒罵。

公婆都走了，姜錦魚才轉頭笑咪咪對著顧衍道：「相公，我們去給婆婆磕頭啊。」

顧衍沈默了一瞬，看著面前那張盈盈的笑臉，觸及她眸中的暖意，終於揚起唇，點頭。

「好。」

葉氏的牌位同樣被存放在宗祠，興許因為家中有了新人，不招顧忠青待見的原配夫人便受了冷落，連牌位都落了層灰。

姜錦魚走到跟前，一眼便看見了那厚厚的灰，微微皺起眉頭。

倒是顧衍彷彿不覺得意外似的，走近跟前，隨手拂了拂上面的灰，但心裡沒有多大的觸動。

說實話，生母在他的記憶裡，幾乎是個很難讓人把她與母親兩個字畫上等號的存在。她心心念念的，只有一個顧忠青，而他顧衍，雖與她同吃同住，但她卻吝於給予一點溫情。

顧衍有的時候甚至會想，有這樣一個自私自利的生父，一個視自己親子為無物的母親，他天性冷淡涼薄，再正常不過。

胡氏那樣蠢壞的人，也知道虎毒不食子，一心一意為了顧軒謀劃算計。而他的生母，若是能挽回生父的一顆心，讓她用親子的命去換，恐怕她連遲疑都不會有。

姜錦魚沒注意到顧衍淡漠的神色，從袖中取了繡帕，輕輕擦拂掉表面的灰，把一切都收拾妥當了，雪白的帕子也沾了污漬。

姜錦魚捏著髒帕子，一時之間無處放，想了想，正準備往袖子裡塞，卻從旁邊伸出一隻手來，將髒帕子取了過去。

將帕子收好，顧衍神色淡淡的，姜錦魚側頭看他，沒從他的表情中看出一絲悲痛或是其他的情緒，明明顧衍平日裡在外人面前，也是這副模樣，但姜錦魚莫名就察覺到了一絲的異樣。

她抬手捉住了顧衍的袖子，仰著臉問他。「相公，你不開心？」

顧衍神色一滯，倒也沒瞞著，坦然道：「不過是想起了一些往事。」

姜錦魚神色微微透出些凝重來，面上帶了擔憂，有點想問又不敢問的感覺。

顧衍本不欲多言，畢竟只是幼時對慈母的希冀和期待而已，他那時年幼，所以才會幻想，長大了，其實便也看淡了許多。天底下未必每一對母子，都是母慈子孝，有血緣卻生疏的，也並不稀奇。

可看妻子這樣替自己擔憂，他心裡倒是暖洋洋的，用隻言片語將舊事說了幾句，末了又道：「其實現在想起來，她對我未必有多深的感情，恐怕在她看來，我唯一值得她多看一眼的，便是我的身分，我是她與她愛的男子曾經感情的遺留物。」

第四十四章

顧衍語氣中透著輕巧，態度隨意得彷彿是在說旁人的事情。

可姜錦魚卻真的是心疼壞了，拽住男人的袖子，不滿道：「你才不是什麼遺留物！你是活生生的人。」

說罷，又有點賭氣道：「婆婆這樣是不對的，她不該把公公花心的錯，怪到你的身上！你那時那樣小，你才是最無辜的。」

顧衍還是第一次被人這樣維護，好像天底下誰都會錯，唯獨在她眼裡，他最無辜最可憐。清淺一笑，伸手摸摸妻子的頭。「在先人牌位前說這樣的話，也不怕先人怪罪？都過去了，我自己都不在意那些了，妳也不必替我打抱不平。可能我生來便親緣淡薄……」

姜錦魚平日最不愛聽這些，這種妄自菲薄的話，她聽了便生氣，可這話從自家相公口裡說出來，姜錦魚又格外護短起來，氣惱道：「才不是，都說了不是你的緣故。你那時候還那樣小，你又不懂事，公婆他們才是大人，是長輩，怪誰都行，就是不許怪你。你也不許說這些了！再說，我就不高興了。」

她一生氣，便翻來覆去就是那句「不是你的錯」，再說不出其他。

顧衍卻忍不住笑了，連聲道：「夫人說得都對，我不那般說了。」

姜錦魚這才又高興起來，只是本來以為相公跟婆婆關係親近，才特意主動說要來敬茶的，被這麼一打斷，也沒興致了。

不過斯人已逝，死者為大，姜錦魚雖嘴上強硬了些，可還是規規矩矩對著葉氏的牌位磕了個頭，想了想，心裡還是有些不舒服，便閉著眼，在心裡對著牌位道：相公是個很好的人，念書勤勉、人品貴重、端方自持、謙謙君子。比那顧忠青不知好了多少倍，這便叫麻雀窩裡出了個金玉鳳凰，祖墳冒青煙。婆婆您泉下有知，便安心吧……

在心裡念叨完，姜錦魚才覺得舒服不少，彷彿為當年被生母冷落、生父無視的小顧衍，出了一口惡氣似的。

妳看看，妳愛著的男人在妳死後左擁右抱、另娶新人，連妳的牌位都落了一層厚厚的灰，在宗祠之中無人問津。可被妳忽視冷落的親生兒子，卻是唯一帶給妳榮耀，唯一會撣去妳牌位上塵土的人。

姜錦魚起身拍了拍膝蓋上的灰，她眉眼彎彎，回頭笑盈盈對著顧衍伸手，笑咪咪道：「好了，我們回家吧。」

說著，皺皺鼻子，打了個小小的噴嚏，捂著鼻子道：「這裡灰好大，還是我們府裡最好。」

顧衍微微一怔，卻見妻子已經等得不耐煩了，直接牽起他的手，一邊拉著他往外走，一邊絮絮叨叨道：「今兒出門時，聽到外頭有小販叫賣蓮藕。這時節的蓮藕脆甜，用半截豬大骨熬上半日，再撒幾粒黑枸杞，最是養人。等會兒讓廚房做一個，另外再配幾個小炒時蔬吧。昨晚上似乎聽你咳嗽了，再讓廚房燜個冰糖雪梨，雪梨熬得綿爛，一勺子能挖到底，甜絲絲的。我小時候最愛吃了……」

妻子暖暖的聲音在耳邊絮絮叨叨的，雖說的只是些瑣碎小事，卻讓他覺得異常溫暖。

顧衍由著妻子牽著自己，未有任何掙扎，唇邊不知何時掛上了輕快的笑意，方才在祠堂中那些過去的沈重回憶，彷彿一下子都離他遠去了。

他忽然覺得很慶幸，天底下有那麼多的夫妻，琴瑟纏綿有、彼此怨恨亦有。而他顧衍何其有幸，能遇上姜錦魚？

只要她在自己身旁，就像觸手可及的暖爐，驅散寒冷的同時，還帶來只屬於他的光。

新婚第三日，便是新婦回門的日子。

姜錦魚早早起來，一番收拾，與顧衍一起回了娘家。

剛到門口，便見到了守在門口的石叔，姜錦魚含笑喚他。「石叔，我回來了。」

石叔平日裡那樣冷硬的一個人，忽然一下眼眶都濕了，忙「欸」了一聲，雙手將他們二人往裡迎。「小姐、姑爺回來了，夫人跟老爺都盼著呢，一大早便讓我親自來這兒守著，怕那些小子們偷懶，悄悄關了門去躲懶。」

聽著石叔熟悉的念叨，姜錦魚覺得萬般的親近，笑道：「他們哪裡敢？石叔你就跟爹一樣，太操心了。你都是家裡的管事了，還讓你來守門，這哪裡合適呀？」

石叔樂呵呵道：「合適！甭管姑娘您哪天回來，石叔保證都給您開門！」說著，悄悄道：「姑娘，我家那口子知道您今兒跟姑爺要來，三更天就起了，買了好多的菜，光是牛肉就秤了三斤，說是您最愛吃醬牛肉，得給您做上，讓您回去捎上。我就說她，姑爺待您好，您在府裡什麼吃不上，哪還會少那幾口醬牛肉呢？」

姜錦魚聽了只一個勁兒的傻笑，回頭對陪在身側的顧衍眨眨眼，彷彿在說：怎麼走到哪裡，都有人說你待我好？連家裡人都被收買了！

顧衍今日是新女婿，自是穿得十分體面，一襲青色長袍，劍眉星眸，薄唇輕抿，與平日裡一樣，十足的清冷。唯獨視線對上姜錦魚時，才會稍稍暖上幾分，掀唇笑望她。

這男人生得太好看了，幸好是自家相公！

姜錦魚抿著嘴兒笑，面上神色，跟家裡的黑貓玄玉在他兄弟橘貓琥珀的食盆裡偷食得逞，得意洋洋的勁兒一般無二。

石叔還在一個勁兒的念叨，完全沒發覺旁邊兩人的眉來眼去。「我家那口子還給做了芋頭餃子、藕圓湯、板栗雞，都是小姐素日裡愛吃的。」

姜錦魚笑咪咪接話。「我正饞錢嬤嬤的手藝呢。雖說府裡的廚子手藝也很不錯，可到底不如嬤嬤瞭解我的口味。這醬牛肉啊，我是得捎些回去，解解饞也好。」

石叔剛剛雖口上嫌棄自家老婆子多事，可一聽姜錦魚這話，心裡卻也是美滋滋的。

來。

一路談話，等進了門，見到爹娘，姜錦魚眼眶都濕了，話還未說出口，兩行淚便落了下來。

姜仲行第一個反應過來，氣得不行，瞪著顧衍就訓他。「是不是你欺負綿綿了？怎麼綿綿一見我跟她娘，便哭成這個樣子了？」

顧衍無辜得很，可他也心疼媳婦呢，才進門便掉了淚，可見也是真的想家了。

何氏懶得理睬旁邊翁婿兩人，好氣又好笑道：「我看姑爺非但沒欺負了妳，反倒把妳養得更嬌了。」

自家娘這樣「大義滅親」，姜錦魚頓時哭笑不得，這眼淚掛在眼睫上，半掉不掉的，嗔道：「娘！」

顧衍見丈母娘訓妻子，忙幫著姜錦魚說話。「岳母，綿綿在家裡很是賢慧，小婿還要感激岳母、岳父捨得，讓小婿得了這樣的賢內助。」

姜仲行也是個疼女兒的，立刻附和道：「就是，我看女婿這話沒錯！咱家綿綿是個多麼乖巧的性子，我這個做爹的最清楚！妳可不能冤枉了綿綿。她定是想咱們才掉淚的。」

何氏沒想到自己不過隨口說一句，一個、兩個都跳出來幫忙，又見女兒哭得嬌滴滴的，多多少少也憶起她兒時嬌憨態，總算給了一回面子，道：「好了，快別哭了。我看妳如今是找著靠山了，我連說妳一句都說不得了。」

幾人被引進屋，丫鬟進來上了茶水，一堆下人便都退了出去。

眾人寒暄幾句，姜錦魚忽然眼尖的發現，嫂嫂安寧縣主面上連脂粉唇脂都未塗，女子看重容色，無緣無故素面迎客，其中必然有緣由。

安寧縣主被小姑子看得臉上一紅，沒想到小姑子這樣眼尖細心，微微低下了頭，可面上卻是帶著喜意。

何氏這時恰好說到兒媳婦身上，道：「妳出嫁那一日，妳嫂嫂為妳忙了一天。臨到晚上時候，我發現妳嫂子她臉色不大好，便請了大夫來瞧，沒承想竟是喜訊。」

姜錦魚面帶喜意，笑盈盈道：「恭喜阿兄、恭喜縣主嫂嫂了。」

說起來，阿兄的年紀不算小，他的同齡人，許多都膝下有子了，因此嫂嫂這一胎，來得真是及時。

姜錦魚也替兄嫂二人高興，自從安寧縣主做了姜家婦，她也與她相處了一年多。日久見人心，她知道嫂嫂身上沒有縣主的刁蠻習性，反倒是一心為著姜家、為著阿兄考慮。

午膳是留在姜家用的，也許是回到了熟悉的娘家，姜錦魚的心情都不自覺放鬆了許多，連帶著午膳都多用了些。

臨到下午要走的時候，一家子都有些不捨，姜錦魚自己也是一步三回頭。

還是何氏硬著心腸，看不過眼家中個個都哭喪著臉，道：「行了，兩家隔得這樣近，妳若是惦記我們了，走兩步路就回來了。」

話剛說完，姜硯先不給娘面子了，猛撲上去抱住阿姐的腰，嚷嚷著：「阿姐別走！石頭不讓妳走！」

比起姜宣，姜硯跟姜錦魚相處時間更久，兩人的感情也頗深，那一日姜錦魚出嫁的時候，就數姜硯最不樂意。

但他這會兒年紀稍長，又跟了個大將軍師父練武，自認是個小男子漢了，不像以前那樣哭哭啼啼的，但固執起來，幾人拉都拉不開。

何氏勸了又勸，無果，黑著臉道：「你再鬧，從明日開始，便讓你跟著你阿兄念書！」

姜石頭天不怕地不怕，獨獨怕一個，那就是念書，他倒也不是腦子笨，純粹是看到書就心煩，加上還是跟阿兄念，一聽娘的話，心裡頓時有點怵了。

姜宣乘機將弟弟抱開，正色道：「不許鬧你阿姐。」

姜錦魚也被弄得哭笑不得，看家裡人一個個虎視眈眈盯著阿弟，彷彿生怕一個沒看牢，又賴上她了。

「你若是想阿姐了，就來阿姐跟姐夫家。」

姜硯一聽，眼睛亮了，中氣十足道：「我明天就來！」

從姜家出來，姜錦魚不由得有些失落，面上也露出了幾分難過。

顧衍看在眼中，自然明白，正猶豫著是否要開口安慰，他旁邊的姜錦魚倒是一下子從情緒裡走出來了，指著大道邊一棵墜墜結著果的柿子樹道：「忽然想吃柿餅了。」

本來還只是想，等說出口，姜錦魚還真的饞起來了，興致勃勃拉著顧衍要回家。「回去做柿餅。不知道府裡廚娘會不會弄，不會也沒關係，我會噢！我小時候跟著奶做過，先削皮，再用細棉繩穿好，這幾日天晴，曬個半來個月，柿子表面就會有層厚厚的白霜了，裡面摸著卻還是軟軟的，又甜又香。還可以剁成泥煎柿子餅吃！」

顧衍將安慰的話吞了回去，本來有些擔憂的情緒，也一下子煙消雲散了。

妻子無論什麼時候，都是高高興興的，面上笑盈盈，就算不高興，也是一瞬間的情緒，很少會過夜。

跟這樣的人生活在一起，其實是一件特別幸福的事情，就好像，每天的日子都有滋味，每天都是不一樣的，都有值得期待的東西。

譬如冰糖雪梨，又譬如一塊小小的柿子餅。

大周的婚嫁不算很長，攏共加起來，也就七日。

七日之後，顧衍便又每日去翰林院上值。

這一屆的前三名，全都被周文帝安排在了翰林院，姜宣為翰林院修撰，顧衍同另外那位榜眼則任翰林院編修。

這也是為何天下學子孜孜不倦，一心一意要通過科舉入仕途的緣故。

似姜宣，殿試被指為「狀元郎」，賜進士及第，直接便封授翰林院修撰，從六品。榜眼和探花略遜色些，但也有正七品的官職，這還只是起點。只要不是本人太無能，或是一上來便不討君王青睞，他們最差也能混到三品。而最好的，入閣拜相更不在話下。

要知道，有的官員，可能一輩子，做到六品，就算是到頂了。

除開每日必去翰林院應卯之外，顧衍等人還要輪流去替周文帝整理奏摺。

明面上是整理奏摺，實際上哪敢真讓他們整理？小黃門早就整理得整整齊齊了，他們去，不過是將重要的奏摺挑選出來，事關民生大計的、事關百官朝廷的……至於那些純粹從地方遞上來阿諛奉承的奏摺，則直接篩下去，壓根兒沒機會遞到君王的手裡。

除此之外，周文帝偶爾還會問他們幾句，這時候便是考驗他們功底的時候，不說對答如流，至少也要說出些可行之策來，否則惹得帝王不喜，只怕下次便沒了機會面聖了。

顧衍到翰林院，便先去掌院學士處銷假。

掌院學士姓章，是個風趣的老才子，年輕時才名遠揚，不過他生性不喜爭權奪勢，反倒樂意留在翰林院這清水衙門，主持論撰文史之事，樂在其中。

章大人樂呵呵捋著鬍子道：「我觀你與以往甚異，可見成家真乃修身之本。不過你回來得正是時候，院裡新編纂一本大典，正缺人手。你與姜修撰同窗多年，自是默契十足，你二人便接手了這事吧。」

老頭脾氣挺好，可使喚起人的時候，那也是毫不手軟的。

本就是工作內容，顧衍也沒推，直接答應了下來。

等出了門，便又見與他同科而進的榜眼的常隨匆匆跑來，道：「顧大人，鄭修撰今日告假，陛下點了您替鄭大人的值。」

顧衍一聽，也無二話，點點頭。

進了養心殿的西側間，有小太監隨即迎上來。「顧大人，這便是今日所有的摺子。那小的就先告退了。」

一回生，二回熟。周文帝素來極愛喚親近的臣子幹這些，顧衍都已經熟門熟路，翻看摺子，一眼掃到底，便知道這摺子要不要往帝王跟前遞。

一刻鐘不到，他這邊剛收尾，便見小太監過來道：「顧大人，陛下請您過去。」

不緊不慢放好最後一本摺子，顧衍朝那小太監點點頭，便有安排好的太監抱著摺子，跟在他身後，一道面聖。

周文帝是個相當勤勉的皇帝，平素並不愛往後宮跑，一年有過半日子都住在養心殿，也很愛在此處召見臣子。因此守門的小太監一見顧衍，便笑呵呵過來，套近乎道：「有些日子沒見著大人了。聽說大人府上近來有喜事，小的在這裡給大人道一聲喜。」

若是這太監套的是旁的近乎，顧衍興許不會理會，不過他說的是自己新婚的事情，顧衍便好聲好氣道了句「多謝」。

那太監本來就是隨口套近乎，原本也沒想著得什麼回應，畢竟似他這樣的閹人，說句難聽些的，若不是伺候陛下，只怕那些大人們見他們一眼，都覺得髒了眼睛。

倒是這探花郎顧大人，來了好幾回，也不見有輕蔑之色。當然，也不似那等阿諛奉承之輩，在人前好話一堆，人後又是一口一個「閹奴」的，他也沒少見，最是瞧不上。

得了一句謝，太監心裡挺高興，笑呵呵把人送了進去。

顧衍進門，剛行了禮，周文帝便喊他起來，招手道：「有些時日未見你了。此番你成婚，朕也沒賞賜什麼，你可有什麼想要的？只管說。」

顧衍大大方方道：「既是沾了娶妻的光，那微臣便替內子求一誥命吧。」

周文帝本來瞇著眼等著他的回應，想著顧衍會如何回答，卻沒料到他這麼乾脆。

一般臣子聽到他說這話，無非兩種反應，一種是雖然很想要這恩賜，但心中畏懼於他，故而一再推辭；另一種則覺得機會難得，乾脆大著膽子提要求，能得最好，不能得也不吃虧。

這兩種，周文帝都不喜歡，前者心思太複雜，且複雜得很俗氣；後者又太愚昧了。

周文帝微微睜了眼，仔仔細細打量著這位自己欽點的探花郎，旋即含笑道：「你倒是疼你夫人。既如此，朕允了。」

顧衍落落大方行禮謝恩，面上毫無異色。

周文帝心情忽然好了不少，君臣相對，周文帝時不時還會拿摺子來「為難」一下顧衍。

好在顧衍確有真才實學，對答如流、姿態從容，即便是農事、兵事都能說上幾句，讓周文帝聽得都不由連連點頭，捋著鬍子道：「本以為你科舉出身，重史策、輕實務，沒想到連農事你都能說上些，且不流於俗套，倒是朕小瞧了你了。」

顧衍則回道：「微臣治學，本就是為了入仕。世間確有治學大儒，但微臣自知才識淺薄，絕非治學之才。故而念書之餘，亦學些雜務。」

第四十五章

周文帝樂得鬍子直抖，大笑道：「你這話在朕面前說說也罷，可別去外頭說。你是朕欽點的探花郎，你若是學識淺薄，那些落在你後頭的，豈不是可自稱目不識丁了？」

不過他雖這麼說，但顯然對顧衍的回答很是滿意。

新科前三甲，是他欽點的人才，授官之後，自然多方關注。

狀元姜宣乃治學之才，初入翰林院，便被翰林院的掌院章老頭看重，連編纂大典這樣的活兒，都有意讓姜宣主持。

至於那榜眼，治學方面雖比不得姜宣，但勝在各方面均衡，待在翰林院也挺合適。

倒是顧衍，從一開始，他就覺得，顧衍與翰林院彷彿不是很合拍，總有些彆扭，只是總也想不出緣由。倒是今日他自己這麼一說，才讓周文帝頓悟了。

敢情顧衍壓根兒不是治學的人才，他以科舉入仕，目的很明確，就是為官，不說為蒼生、為百姓，但至少是個實幹的官員。

倒是……倒是有點兒像他那老丈人！

周文帝摸著鬍子在心裡琢磨，顧衍則大大方方的，自在得很。

這時門外的小太監弓著腰進來了，小心翼翼道：「陛下，太子殿下來了。」

周文帝回神，直接道：「讓人進來。」說罷，才看到還在殿中的顧衍。

顧衍剛要告退，周文帝倒是滿不在意道：「無事，你留著便是。朕這裡還有本摺子，還想聽聽你的想法。」

「是。」顧衍答道，然後便瞧見了還是個小團子的太子殿下。

太子殿下名頭聽上去很風光，但實際上，也不過兩歲不到，奶膘都還未褪去，一張肉乎乎的小臉，自然毫無威嚴可言。

周文帝親近嫡子，這是朝野皆知的事情，前頭雖然也有兩個兒子，但唯獨這一個，會時不時喊到養心殿來。

太子殿下被教得很好，進來便還要學著行禮，雖短手短腳的，且冬日衣著厚實，顯得笨拙，但與一般的孩童比起來，的確是聰慧不少。

太子殿下奶聲奶氣喚了句：「父皇。」然後扭頭看到還在殿中的顧衍，眨眨眼睛，居然有模有樣的道：「你是何人？」

太子早慧，這一點顧衍絲毫不意外，周文帝在嫡子身上費了多少心血，若是毫無建樹，只怕這位太子殿下，也不會似如今這樣有聖寵。

顧衍答道：「微臣顧衍，見過太子殿下。」

微臣兩個字，對太子殿下而言還太複雜，不過他見多了行禮的人，倒也不怯場，還有模有樣的讓顧衍不用多禮。

周文帝看了太子的表現，心下十分滿意，抱著他道：「這是父皇給你選的能臣。」

太子殿下似懂非懂點點頭，不過顯然也明白顧衍是需要重視的人，便繃著小臉對著顧衍點頭。

本來顧衍對這種小蘿蔔頭觀感一般，不喜歡也不厭惡，不過自從成婚之後，生子的事情也偶有聽人提起，對著幼兒也漸漸的多了幾分寬容。

因此對著太子殿下，顧衍倒很是溫和，回話的語氣也帶上幾分柔和。

從養心殿出來，回到翰林院，便直接去了修撰大典的院落。

姜宣見他來，忙求救似的招手道：「你總算來了，快來幫我翻一翻，我記得聖人這句話，我在哪本典籍中彷彿看過，今日死活也想不起來了！」

顧衍搖頭過去，幫忙翻看著。

這一忙便忙到了點卯時候，兩人相攜出了翰林院，並肩而走時，才顧得上話幾句家常。

姜宣道：「下個月是我娘生辰，記得帶著綿綿來。禮就別送得太重了，都是自家人，來吃頓飯便是。」

大舅子發話，為人妹婿的自然無二話，一口答應下來。

等兩府的馬車來了，兩人便分道揚鑣，這頭顧衍回到家中時，天色已經有點暗了。

這季節晝短夜長，剛過酉時便有些昏暗。

前頭書僮提著燈籠，照亮面前的小徑，快到正院的時候，顧衍忽然抬起頭看了看。只見正院那片盈盈燈火，一片通明，暖光照得正院溫暖如春。彷彿那裡是另一方小天地似的，未有秋冬，只餘春夏。不管外頭如何，只要回到那裡，便把外頭的一切爭端算計謀劃，全都置之門外一般，彷彿與世隔絕的桃花源。

顧衍進門，小桃和秋霞等人忙去廚房喊菜。

姜錦魚親自替他脫了外頭的披風，推他去裡間洗把臉。「熱水備好了，去洗洗臉，等會兒便用膳了。」

顧衍擦乾臉，正準備出來，卻從斜邊伸出一隻手來，突襲似的襲向他的臉，綿軟無骨的手在他面上一頓搓，然後他不出意外的嗅到了一股淡淡的桂花香。

看妻子一副得逞的小模樣，顧衍無奈道：「我是男子，臉粗糙些又何妨？」

姜錦魚懶得與他這「糙漢」多說，平日裡多貴的胭脂、水粉、香膏都一直讓人往府裡送，彷彿要拿胭脂、水粉把她淹了，結果讓他用一用防止皴裂的香膏，倒像是要了他的命，也不知道是不是男子都是這副德行。

收回手，姜錦魚拍拍手，拿帕子擦乾淨手，態度極其自然道：「該用膳了。」

面對這麼明顯的置若罔聞，顧衍除了笑笑，他還能如何？

外間用了晚膳，下人收拾好了，便退了出去，只留下夫妻兩個獨處。

正院伺候的幾個丫鬟都知道，大人和夫人感情好，如膠似漆的，她們自己都覺得在裡頭待著，太難為情了。

反正她們就在外頭守著，主子有什麼吩咐，還不是一句話的事情，何必去礙主子的眼？

屋內，顧衍時不時小啜一口，白瓷的茶杯裡不是他以前喝的洞庭碧螺春，而是養胃的烏龍茶。

府裡上上下下這些大小事情，自打他娶了妻，他便直接撒手不管了，導致如今喝杯茶，都得聽姜錦魚的，碧螺春不讓喝，下人便不敢上這茶了，只眼巴巴泡了烏龍來。

不過他自己甘之如飴，茶而已，喝什麼都無所謂，難得的是妻子的這一份心意。

放下茶杯，顧衍道：「今日舅兄道，下月是岳母的生辰。」

姜錦魚自然知道母親的生日，抬起頭，擱下白日看到一半的遊記，兩人就著生辰禮的事情討論了會兒。而後，姜錦魚突然想起白日裡收的帖子，便取出來道：「今兒府上收了個帖子，是壽王府上送來的，說他家哥兒周歲，請我去。」

若是一般的帖子，她不會特意拿出來問，但王府的帖子，她就有點拿不定主意了。不去，太得罪人了。去吧，他們又跟王府沒打過交道，這無端端一個帖子遞過來，也挺稀奇。

顧衍自然不可能認識壽王妃，不過他與壽王倒還有過一面之緣。

那日他為陛下整理摺子時，壽王正被陛下喊來訓話。

這位壽王殿下是先皇的小兒子，當今登基的時候，壽王還未大婚，又是個貪色享樂的主兒，壓根兒談不上是個威脅。周文帝對這麼個毫無威脅的弟弟，自然不需要處處提防，反倒還有點兄長教導弟弟的心思。

當初見壽王因為件小事被訓得抬不起頭，反觀陛下，倒像是心滿意足了，想給自己找個臺階下，生怕把弟弟給罵跑，顯得不仁厚了。

於是顧衍便拿了本摺子去請示陛下，本是為了給陛下一個臺階下，卻誤打誤撞入了壽王的眼，臨走的時候，還特意對他使眼色，彷彿是在感激他剛剛出手相助。

想起數月前那一齣，顧衍便道：「沒事，既然遞了帖子來，那便去吧。」

見顧衍都沒說什麼了，姜錦魚便沒了顧慮，滿心打算著要給壽王世子什麼周歲禮，想著想著，突然道：「對了，今兒我去瞧祖母，她老人家似乎有些咳嗽，問了祖母身邊的嬤嬤，說是大夫沒讓用藥，正食補著。我想著，怕是入冬了，夜裡涼，祖母又體弱，一時受了寒。正好新送來了床絲衾，摸起來又軟和、又舒服，還很保暖，明日我便喊人送祖母那裡去。」

祖母是府裡唯一一個待顧衍好的人，姜錦魚自然也十分用心孝敬她老人家，時不時去府裡探望她老人家。

顧衍自是答應，還道：「庫裡還有老山蔘與燕窩，也一併送去。」

「嗯。」姜錦魚把這事給記在心上，生怕明日一起來就忘了，又特意把小桃喊進來，吩咐她先把補品跟絲衾準備好。

然後轉頭才道：「雖說祖母在府裡不短吃、不短喝，可咱們做小輩的，送去孝敬老人家，總能讓老太太高興高興。」

顧衍聽了，心下感動，說實話，他為什麼一開始便直接把府裡大大小小的事情，連同自己多年積蓄，都交到妻子手裡，如今連鋪子的進項都不經手，便是因為姜錦魚給他的感覺，就是那種你待她好，她便數十倍、數百倍的還你，掏心掏肺的那一種。

待在妻子身邊時，他總能覺得很溫暖，很安心。

次日，姜錦魚就特意喊人，把絲衾跟補品一併包了送到顧府府上去。

吩咐完，又去庫房走了一圈，好不容易挑好了，是個金鑲玉的犀角雕刻杯，這玩意兒寓意吉祥，且做工看著也精緻，價值不菲，連尖尖的角兒都被磨得圓潤無比。

只一樣不好，這東西除了做擺設，其他方面派不上什麼用場。不過拿去做周歲禮，倒是很合適，總歸是給孩子的禮，別緻些、難得些，總是好的。

她又吩咐小桃跟秋霞兩個，再選些額外的小禮，這周歲禮便算是備好了。

壽王府小世子生辰那一日，姜錦魚捎著禮上門了。

登門一見，只覺不愧是宗室，且壽王又是當今陛下為數不多親近的弟弟，故而壽王府顯得門庭若市。

不過饒是如此忙碌，可王府上下顯得很是規整，見她來了，便有嬤嬤上來接待她，然後又讓小婢子引她進門。不管旁的如何，至少從禮節上，是沒有怠慢她這個小官夫人的。

來到堂屋，沒等多久，便聽有人道：「王妃帶著小世子來了。」

回頭一看，果然見壽王妃懷中抱了個哥兒，虎頭虎腦的小傢伙正蹬著小手、小腳，看上去很是壯實。

抱著小世子的壽王妃亦是生得花容月貌，能當王妃的人，自然不可能是什麼庸脂俗粉。

壽王妃上來便很客氣，謝過眾人來參加小世子的周歲宴，然後便是小世子的抓周禮。

一看壽王妃親自把小世子放到鋪了紅錦緞的地上，眾人都被虎頭虎腦的小世子給吸引了視線，跟著他在一堆印章、典籍、金玉……等物件中來來回回的爬。

小世子伸手拿起印章看看，引得眾人都跟著緊張起來時，小傢伙樂呵呵把印章丟開了，又爬去另一邊。

姜錦魚看到爬向他們這邊的小世子，圓頭圓腦的，很是活潑可愛，也有幾分喜歡。

「啊呀、啊呀！」

小世子居然好巧不巧，一屁股坐在姜錦魚腳邊的錦緞上，癟嘴朝她伸手討抱抱了。

姜錦魚微微一怔，正不知道如何是好，卻見壽王妃倒是渾不在意，還笑吟吟道：「看來我兒與顧夫人十分投緣。」

這時便有湊趣的夫人道：「小世子定是把顧夫人錯認成您了。只看王妃與顧夫人的長相，還真有三分相似。」

她這話一說，眾人細細一打量，還真的發現，兩人眉眼的確有幾分相似。不過氣質上有些不一樣，王妃是高貴端莊，姜錦魚瞧著則要嬌美纖細些。

可兩人沒有什麼親戚關係，只是巧合，連壽王妃自己，都仔仔細細打量了姜錦魚一眼，含笑道：「還真有幾分相似。」

她本就是得了壽王的囑咐，知道壽王欣賞顧修撰，才會特意給顧衍這位新夫人遞帖子的。自然一開始便有親近的意思，否則外人隨意打趣說她與哪個相似，她雖不會當面翻臉，可也不會這樣給面子，還應和幾句。

正說著，被眾人忽視的小世子不樂意了，隨手拿了小弓箭，抱在懷裡，就固執著朝姜錦魚伸手。

壽王妃失笑道：「顧夫人快抱抱他吧，省得在這周歲宴上還要鬧騰起來，真不讓人省心的小傢伙。」

壽王妃都這麼說，姜錦魚自然只好彎腰抱起小世子，不知道她有小孩緣的緣故，還是真讓那夫人說對了，小世子將她當作王妃了，總之小世子在她懷裡乖得不行。

可明明是來做客的，抱著人家王府的小世子，這算個什麼事？

好在壽王妃沒讓她為難，讓小世子過了癮，便喊乳母把孩子抱過去了。

姜錦魚鬆了口氣，上回抱孩子，還是抱自家阿弟的，但那也是好久之前的事情了，忽然讓她抱小世子，還有點手生。

她面上如釋重負的表情，被壽王妃看了個正著，惹得她直笑道：「真是難為妳了。顧夫人剛成親，只怕還沒抱過這樣小的孩子。不過練練手也好，指不定就好事將近了。」

成了親生了子的婦人，打趣起人來，那叫一個讓人臉紅。

姜錦魚臉一紅，羞澀起來，倒不似出閣的婦人，又想到她也才剛嫁作人婦，壽王妃不由想起了自己剛進王府的時候，感同身受，又多了幾分親近，還攔著不讓官夫人們打趣姜錦魚了。

「快別說了，人可是我請來的，妳們把人給打趣惱了，我可不依。」

諸位官夫人道：「剛說顧夫人與王妃有三分相似，王妃這就把人當妹妹護上了……」

壽王妃笑道：「那又如何，誰讓顧夫人與我像呢？我一見她便喜歡，妳們可不許打趣她了！」

眾人說說笑笑，待周歲宴過後，各家夫人們也陸陸續續告辭了。

姜錦魚正準備走，就見有個丫鬟進來，到壽王妃身側，附耳說了幾句話，似乎是在稟告什麼。

然後就見壽王妃似笑非笑朝自己望了過來，姜錦魚正不知發生了什麼，卻見壽王妃淺笑道：「顧夫人稍留步，王爺湊巧請顧大人來府上做客，兩人此時正在前廳說話。若是沒什麼急事，便等等顧大人？」

姜錦魚兩頰薄紅，硬著頭皮答應下來，愣是等到前廳有人來傳話，才與壽王妃告辭。

到了王府正門內院，便瞧見顧衍站在那裡，見她來了，還回首朝她招手。

姜錦魚走到近前，眼裡帶了些欣喜，並伸手替顧衍打理了下披風的繫繩。「府衙的事情忙完了？」

「嗯。」顧衍微微抬著下頷，由著妻子給自己重新綁了繫繩，隨後才自然的牽著妻子的手，慢悠悠道：「今日不忙，路上恰好遇見了壽王，便順便來接妳回家。方才路上瞧見了有賣黃豆糕的，給妳捎了些……」

兩人彼此惦記的感覺，當然是很好的。

姜錦魚笑得眉眼彎彎，含笑道：「我最喜歡吃黃豆糕了，在馬車上嗎？黃豆糕偏甜，回去配上花茶用，最合適。」

兩人有一搭沒一搭聊著，等馬車來了，顧衍便親自扶妻子上馬車，隨後才跟著坐上。

壽王府。

把府裡客人都送走了，壽王妃對身邊的下人道：「妳們也跟著忙了一天了，去歇一歇。」

嬤嬤和貼身丫鬟們都感激道：「多謝王妃體恤。」

等下人們一走，壽王便恰好來了後院。

壽王妃只好放下整理禮單的活兒，伺候壽王脫了外裳，壽王抽空看著禮單，道：「今日來的人不少啊？」

壽王妃含笑道：「是不少。」

壽王又問道：「今日可瞧見顧衍那夫人了？」

壽王妃名門出身，蕙質蘭心，一聽便懂，微笑道：「那日王爺您回來一說，這回府裡有喜事，妾就往顧府遞了帖子。今日一見小顧夫人，我便覺得親切投緣，瞧小顧夫人，年紀雖是小了些，性子卻很好，恬淡溫和，咱家海兒抓周的時候，還湊上去，要人家抱呢！」

壽王聽得呵呵直笑，拊掌道：「這小子也是個愛美人的！我聽人說，顧衍先前一直沒娶妻，便是等著他夫人呢。」

笑罷，又漫不經心，態度彷彿有些隨意道：「王妃若是覺得投緣，閒暇時候可請到府裡來說說話。」

壽王妃一聽，心裡便有了成算，直接一口答應下來。

壽王端了茶水喝一口，瞇著眼睛仰躺在榻上，懶懶散散哼著小曲兒。

他就是這麼稀裡糊塗過日子了，上頭坐的是哥，不比親爹做皇帝那時候隨意，遠了嫌他不親近，近了又怕他心裡有算計。

而陛下只怕也是盼著，最好他能安安生生當個不成器的好弟弟，他也確確實實一直做得很好。可總也怕哪一日做得不好了、親哥不滿意了，到時候總得有個人能替他說說話，求求情吧？

去年這一批新科進士，只要不犯傻，那往後決計是差不了，尤其是狀元姜宣和探花顧衍這般年輕，他那親哥肯定是要重用的！

他自己不敢去親近他們，但讓王妃親近親近，倒是無妨的。

別看他這個壽王走出去挺威風，陛下唯一親近的弟弟，聽起來多體面啊！可實際上，真說起來，其實也就是那樣而已。

壽王眯著眼想，可轉念想到被流放的兄弟們，又想開了。

怎麼說，活得窩囊是窩囊了點，可至少他還好好活著，吃穿用度上，親哥也從沒苛待過，逢年過節總是忘不了賞賜，還有個大胖兒子。

窩囊就窩囊吧，沒事兒！

第四十六章

下半年的日子過得很快，興許是天冷的緣故，筵席、聚會都少了不少。

姜錦魚平素便待在家裡，領著正院的小丫鬟們，做些繡活，或是摟著又胖了不止一圈的琥珀順毛。

玄玉是個獨性子，除了偶爾心情好時，讓姜錦魚這個主子抱個一刻鐘之外，誰都不搭理，高冷得不行。

姜錦魚抱著圓滾滾的琥珀，手揣著貓肚子下捂著，另一隻手則翻看著年末各個鋪子送來的帳本。

今年各個鋪子的進項都很不錯，尤其是胭脂鋪和首飾鋪子，純利翻了兩倍。

小桃進來瞧見主子看得正是胭脂鋪的帳，便把從外頭聽來的事給說了，道：「今年京中可是熱鬧，聽說各郡州那些世家都送了女郎入京，就等著明年開春，陛下選妃呢。」

難怪胭脂鋪跟首飾鋪子生意這樣好。自家生意走的是精品路線，這做生意，最好賺的便是女人錢，尤其是各府小姐、夫人的錢，那更是好賺。

姜錦魚在那叫做「大學」的地方轉悠過，這話沒少聽，什麼迪奧、香奈兒的，牌子越響，價位定得越高，越是人人追捧。

自從接手了家裡的鋪子，姜錦魚也有意識的往這方面發展，幾個管事都是人精，不過聽她說了幾句，回去便琢磨出一整套的條例規矩來，什麼一對一服務、專門訂製，白銀、黃金會員之類，比她在「大學」混了十來年的人要精通。

讓她不得不感嘆，果真還是術業有專攻。

管事能幹，姜錦魚樂得清閒，沒想到效果很是不錯，如今自家的鋪子在盛京，也算是小有名氣，客人都是些貴人。

選妃三年一選，剛好是明年開春。

那些世家女郎初來乍到，總要添置些胭脂、首飾的，不能讓人小看了去，也難怪自家生意這樣好。

姜錦魚也就是隨便聽一聽，倒是沒把世家女郎入京的事情放在心上，反正這事與她又無甚瓜葛。

沒想到，這事與她還真扯上關係了。

雖說他們與顧家分了家，可朝廷以孝治天下，分家是一回事，但姜錦魚一月至少也會去顧府幾次。去看看祖母，順便跟婆婆請個安，當然，胡氏素來看她不順眼，連面都懶得露，兩人也就是走個過場。

算算日子，又該去走一趟，姜錦魚又收拾了不少補品，直奔顧府去了。

旁的地方也沒去，她直接去祖母那裡，老太太年事已高，不過身子骨一向挺索利的，見她來了，還樂呵呵招呼她坐過去，道：「路上冷不冷？這樣冷的天，妳何苦還特意過來。如今城裡亂糟糟的，萬一讓人衝撞到便不好了。」

老太太也知道，明年開春陛下選妃，如今盛京最多的便是貌美的女郎，各個家世顯赫，這樣的出身，一般脾氣性情總歸有些驕縱。而自家孫媳哪裡都好，就是脾氣軟了些，老太太生怕她被人欺負了去。

姜錦魚含笑給祖母揉肩，道：「祖母放心，不冷。倒是祖母您，上回來聽嬤嬤說您咳嗽，現下可好了？」

「好多了，好多了。」顧老太太樂呵呵道：「妳送來的食補方子很好，妳瞅瞅，我氣色好了不少吧？」

「那我這回帶來的燕窩，您記得讓廚房燉了吃。」

姜錦魚慢聲細語的說。她說話時溫溫柔柔的，老太太特別愛聽，就跟多了個孫女似的，臉上的笑就沒散過。

接著，姜錦魚正思索要不要去胡氏那裡請個安，卻忽然聽到嬤嬤進來傳話，道：「老太太，夫人來了，還領著王姑娘。」

姜錦魚疑惑，卻見老太太嫌麻煩似的表情，卻還是勉為其難點頭道：「請進來吧。」

過沒多久，胡氏進來了，身後跟著個嬌弱的姑娘，模樣生得很不錯，就是看著柔柔弱弱的，不過她一開口，姜錦魚就不覺得她柔弱了。

小姑娘朝著老太太問安之後，便笑吟吟道：「這位姐姐倒是沒見過？」

姜錦魚聽得挑眉，她分明綰婦人髮髻，上來卻喊姐姐，裝模作樣也要有個底線吧？

不等她開口，胡氏先替她解釋了。「哦，寧丫頭妳有所不知，這是我長子媳婦。他們夫妻倆住在外頭，平素不大來府裡，妳來盛京時日尚短，不認識也正常。」

這兩人一唱一和的，說話倒是好聽得很，一個不認識她，一個說她不來府裡，這意思是說她不孝順，不來給婆婆請安？

姜錦魚盈盈一笑，彎著眉眼道：「前幾日給婆婆請安，倒是沒瞧著王姑娘呢。府裡何時多了個美若天仙的小娘子，娘怎麼也不給我引薦？難不成是怕兒媳吃醋嗎？」

胡氏想到上次隨口打發了姜錦魚的事情，想說人不孝順，也確實說不出口。

胡氏尷尬一笑，把這話題給帶過去了，又笑咪咪道：「寧丫頭這回是來參選的，借住在咱們家中。瞧這孩子生得眉清目秀的，我一看便覺得喜歡……」

姜錦魚聽了這話，再看王寧一臉倨傲，彷彿已經入宮得了盛寵般，便笑笑沒作聲。

別說王寧眼下還沒入宮，就是入了宮，這麼個蠢樣子，真能受寵？

好歹也是個世家女，怎麼會這樣沒腦子？

姜錦魚都有些糊塗了，她印象中的世家女郎，不是這樣的啊？怎麼這個王寧如此不同？

胡氏與王寧兩個說說笑笑，儼然成了親母女，姜錦魚在一邊聽得作嘔，面上倒是笑著。

興許是老太太也不樂意聽兩人唱戲，沒多久便說自己乏了，姜錦魚幾人便順勢起身。

出了屋子，姜錦魚同胡氏那是相看兩相厭的，尤其是胡氏，態度冷冷淡淡，眼神帶了嫌惡。「妳若無事，便回去吧。」

姜錦魚也不在意，告辭便走。

走過一條不大有人走的小道時，旁邊卻忽然竄出個人影，嚇得小桃直接就撲上去護主。

被小桃制住的小丫鬟嚷嚷著。「是我家小姐派我來的！妳放開我……」

小桃翻了個白眼，拍著胸脯後怕道：「誰知道妳家小姐是誰？不懂規矩，一聲不吭竄出來，沒把妳當刺客給綁了就算不錯了！」

那丫鬟被鬆開後也不驚慌失措了，略帶著些傲氣的道：「我家小姐是泰郡王氏三小姐，請夫人過去一見。」

姜錦魚抬腿就走，懶得理會。

那丫鬟愣了，連忙追上來道：「我家小姐有請，別走啊！我家小姐有話同夫人說……」

那丫鬟在身邊嚷嚷著，姜錦魚全然沒有理會，直接領著小桃出了顧府，上了馬車。

小桃這才氣惱道：「還自稱世家？剛才那丫鬟規矩還不如我呢！」

姜錦魚也覺得稀奇，不過還是搖頭道：「不用理會。」

世家女郎若真都是這個蠢樣子，只怕死了不知道多少回了。

王寧讓丫鬟來找她，還是背著胡氏，只怕也不像面上那樣同胡氏一門心思親近。

不過不管王寧與胡氏如何，姜錦魚都是不打算插手的。

顧衍回來後，姜錦魚在飯桌上便把這事給說了。家裡多了個惹事精，雖說是胡氏招來的，但怎麼也和他們有些關係。

顧衍聽罷，片刻便猜出了這兩人的心思，道：「只怕繼母是想著，若是那王家女得了聖寵，便能藉著她壓制我。」

如今顧衍官途順暢，族中那些長輩們也有了偏向，今年他又薦了庶弟顧酉進了書院，胡氏這是著急了，病急亂投醫，見了個王寧，便算計上了。

不過聽綿綿所說，王寧也是一肚子小心思，只怕還想著要依靠他的關係，所以才會派人去接近綿綿。只是身邊的丫鬟跟主子一樣蠢，才壞了事，沒辦成。

顧衍隨意搖頭道：「不必理睬她們。選妃之事，陛下雖然鬆了口，但未必會進多少人，就算進了，位分也不會高。皇太后喪期雖過，可陛下還沒心思理睬這些，不過是做做樣子罷了。至於王家女，便是入了後宮，也不足為慮。只是，不知道泰郡王氏怎麼會送這麼個女兒來？」

姜錦魚也忍不住道：「這哪裡是給陛下送妃子，分明是結仇！」

要是王寧有仙人之姿便也罷了，可王寧也就普普通通一個美人，宮中美人如雲，善解人意的解語花更是不少，真要讓王寧這樣個性的受了寵，說句不恭敬的話，除非陛下眼睛不好使了。

反正她是不信，皇上會拋下那些溫柔小意又貌美賢淑的娘娘，去寵王寧這樣沒腦子的人。讓她來挑，她也不可能挑個這麼蠢的。

王寧的事情，姜錦魚一下子就拋諸腦後了，既然連相公都說了不必理會，她更加當沒這麼個人了，專心準備過年的事情。

他們家裡人雖然不多，但兩邊長輩都在，顧家族中的長輩也不少，平日裡走動少可以，可真在過年的時候落下了，那可就不太好了。

王寧急壞了。剛開始知道姜錦魚這麼不給面子的時候，王寧是氣了個好歹，西子捧心在床上躺了好幾日，姜錦魚一個小官夫人，怎麼敢在她面前這樣放肆？可等了幾日還是沒等著姜錦魚上門，王寧就有點著急了。

要不是知道顧家長子在陛下跟前說得上話，她何必住到顧府來，哪怕王氏和顧家有交情，那也不必住過來啊！

等開春就要參選，她若是不提前打點好，沒選上，回去後豈不是要被堂姐妹們嘲笑？王寧越想越著急，氣得都上火了，偏生她這回帶來的丫鬟都沒什麼大用，以往在府裡還好，出了門就成了個廢物！

王寧越想越氣，只覺得自打離開了泰郡便諸事不順。

她在顧家等了半來個月，終於忍不住了，自己眼巴巴找上門來了。性情高傲的王家女，自然不肯低頭，即便是找上門來，那也是威風凜凜，彷彿不是來求人，而是來找事。

守門的小廝一看來者不善，把門給結結實實堵住了，心道：這是哪裡來的母老虎？這凶巴巴找上門來，他可不敢隨隨便便讓人進門，真要進了這門，衝撞了夫人，那憑著自家大人重視夫人的態度，他可得挨板子了！

小廝把門給堵住了，扭頭就讓人去傳話，好聲好氣拖時間。「小姐瞧著眼生，可否告知哪個府裡來的？」

王寧哪裡受過這樣的氣？只是冷哼了一句，抬著下巴高傲道：「我是來找你家夫人的，還不給我讓開！」

小廝心道：妳說找我家夫人，我家夫人就要見妳啊？真以為自己是什麼公主不成，就是夫人娘家那位縣主嫂嫂來，哪回不是客客氣氣的？

於是他面上倒是笑咪咪的，什麼都說好，就是不讓人進門。

王寧被堵得一肚子氣，可真要讓她跟個下人當街吵起來，這來來往往的人，她也做不出這樣沒面子的事情，只好耐著性子等著。

可越等就越是一肚子的火，她堂堂泰郡王氏的女郎，見一個小官夫人而已，居然要她巴巴在這門口等著？這要是在泰郡的時候，她早就翻臉了！

再看那小廝一副油鹽不進的樣子，面上笑呵呵的，但只要一談到讓她進門，就咬死不鬆口，還真是狗眼看人低！

可見這姜氏就是個沒規矩的，小門小戶出來的，果真就是沒規矩、沒體統，也難怪做人兒媳的，居然被婆婆那樣厭惡！

王寧本就對姜錦魚沒什麼好印象，如今被堵在這門口，更覺顏面全無，恨得牙癢癢，心裡早把姜家上上下下都罵了個遍，最後還不忘來一句：泥腿子出身就是泥腿子出身！

王寧心裡這話剛落地，一輛牛車剛好經過，那牛不知道是怎麼了，忽然停下了腳步，不管那牛車主人怎麼拉，老牛愣是不動彈。

趕車老頭「吆喝」了幾句，鞭子也輕輕抽了幾下，老牛一動不動，結結實實堵在跟著王寧來的馬車旁邊。

王寧捏著鼻子，一臉厭惡道：「臭死了。盡是些泥腿子！」

她身邊的小丫鬟見狀忙道：「小姐，奴婢扶您上馬車等吧。免得污了您的眼。」

說罷，小丫鬟伸手扶住王寧，扶著她上馬車。

王寧一隻腳剛要踩上踏板，方才一動不動的老牛忽然動了。

牛肚子一鼓一脹，隨著一陣咕嚕嚕的排氣聲，「啪嗒」一坨濕軟的排泄物落地，一陣惡臭蔓延開來。

眾人看著王寧繡鞋上那一堆牛屎，傻眼了。

排了「毒氣」順便卸下一肚子貨的老牛舒坦了，美滋滋甩了甩尾巴，「哞」了一聲，似乎是在催促主人可以走了。

隨著這一聲「哞」，王寧才反應過來，吃驚得眼珠子都快掉出來了，直直瞪著自己繡鞋及裙邊上的牛屎，嘴唇張張合合，一句話都說不出來。

牛車的主人匆匆忙忙下來，先是訓斥了一頓甩著尾巴的老牛，然後小心翼翼道歉。「這位小姐，真是對不住啊。您看要多少銀子，老頭我賠給您，實在是對不住、對不住……」

王寧顫顫巍巍，把自己的腳從一堆牛屎裡面「拔」出來，真的是拔，因為牛屎又濕又重，壓在她的鞋面上，沈甸甸的，彷彿還有髒水順著鞋面滲進去了。

被嚇得目瞪口呆的小丫鬟忙伸手去扶，只是那牛屎味道太致命了，小丫鬟也忍不住屏住呼吸，頭拚命往後縮。

牛車主人還想多說幾句，王寧已經接受不了這打擊，兩眼一翻，軟綿綿的身子倒在丫鬟身上。

目睹全程的小廝都傻眼了，這報應也來得太快了一點吧？

王寧在自家府外出了這樣的事情，還當眾暈過去，姜錦魚不好視而不見，便派了顧嬤嬤出來。

顧嬤嬤安撫了那個被嚇得半死的牛車主人，又讓人把牛屎打掃乾淨，然後才皺著鼻子，讓王寧的丫鬟把王寧扶進屋子。
王寧這一暈，純粹是被刺激的，連大夫都不用找，等她的丫鬟替她換了身衣裳後，便幽幽轉醒了。
她睜開眼，腦子一時沒轉過來，還問丫鬟：「這是哪兒啊？」
丫鬟剛剛替王寧換了沾了牛屎的臭鞋子，還來不及打理自己，見主子醒了，忙去斟茶過來。「小姐喝茶。」
茶杯遞到一半，想起自己剛剛還沒淨手，剛想縮回手，王寧已經咕嚕嚕喝了兩口。
丫鬟有點心虛，忙轉移話題道：「小姐，咱們這是在顧府呢。剛剛……嗯，剛剛顧夫人請您進來的。」
王寧只是暈糊塗了，還沒真把那坨臭牛屎給忘了，被丫鬟這麼一提，剛剛那惡臭難聞的記憶湧上心頭，氣得咬牙切齒，拍得床榻直響。「讓人去把那頭牛給我宰了！還有那些看到的人，讓他們管好自己的嘴，要是敢傳出去，我要他們好看！」
小丫鬟一遲疑，王寧就一個杯子摔了過去。「還不去傳話！」
小丫鬟無奈，只能小跑出去給自家護衛傳話，護衛聽了小姐的吩咐，覺得匪夷所思，但知道王寧的性子，也只能硬著頭皮照著吩咐辦，抓著來來往往的人，挨個兒「威脅」一番。
於是，本來大家只是知道，有人倒楣被牛屎濺了一身，現在被王氏護衛拎著一頓警告，都知道得更詳細了。

噢，那倒楣蛋姓王。

而此時還毫無所知的王寧，氣了半天，總算緩過勁來，深吸一口氣道：「走，跟我去會會姜氏！」

說完，王寧風風火火出了客房，剛出門就被顧嬤嬤給堵住了。

顧嬤嬤客客氣氣的。「夫人說了，王小姐若是醒來，不必特意過去道謝。今日小姐受了驚，還是早些回府裡歇息，免得受累了。」

王寧眉頭一皺，下巴微抬，擺出來還是很有些氣勢，只是一想到她剛剛還被牛屎給嚇暈了，這氣勢落在知情人眼裡，就有點不倫不類了。

「這就是貴府的待客之道？客人來訪，就讓個嬤嬤隨意打發了，我真心實意來拜訪貴府夫人，卻不知府上竟是這樣的規矩。」

顧嬤嬤也不怕她，客客氣氣道：「貴客上門，府裡自然掃塵以待。只是王小姐，奴婢未曾瞧見貴府的帖子，難不成是貴府哪個沒長眼睛的奴才忘了送了？」

王寧啞口無言，要遞帖子這規矩，她當然知道，可是她今天就是來找事的，壓根兒沒帶什麼帖子。

顧嬤嬤微笑。「您看，王小姐若是有意找我家夫人說說話，那找個日子遞了帖子來，也好讓府上有個準備。今日不湊巧，小姐又受了驚，還是早些回去吧。」

第四十七章

王寧倒是想發脾氣，可是顧嬤嬤從頭到尾恭恭敬敬，臉上還笑咪咪的，她發脾氣都找不到由頭，只能壓著怒火，跟著顧嬤嬤走。

從客房的院子出來，要經過一座橋，王寧一行人打從橋上經過的時候，恰好顧衍回府了。

顧衍從前門進，王寧一行人從前門出。

還在橋上時，王寧便老遠望見了那清俊的男人，身穿紅色官袍，似乎是剛匆匆歸來，腳步微急，離得太遠，看不清樣貌，但驚鴻一瞥就印象深刻。

等下了橋，王寧還想看個仔細，那清俊男子早已不見了人影。

她想問，可顧嬤嬤精明得很，王寧哪裡能從她嘴裡掏出什麼東西？問了半天，半句都沒問出來。

懷著失落的心情，王寧踏上了回顧府的馬車，也沒顧得上看起來欲言又止的護衛們，自己方才隨口吩咐的一句話，更是早就拋諸腦後了。

見顧嬤嬤帶著人離開，顧衍才從假山後，往斜邁了一步，繼續帶著隨從往前走。

他一進正院，便聽到正院裡的嬉笑聲，擰著的眉心微微放鬆，擺手示意隨從退下，抬步進了院子。

一見到男主人，嬉笑著的丫鬟們都收了聲，小桃帶著幾人都退了下去。

姜錦魚見他還穿著官袍，忙去裡頭拿出一身常服來，伸手遞衣裳時，察覺到顧衍手上微涼，忙把自己揣著的暖爐遞過去，有些責怪道：「怎麼又沒穿披風？再過幾日都要下雪了，你也要多注意自己的身子。」

然後急匆匆推他進裡屋換衣裳，又匆忙跑去吩咐小桃。

「去廚房要碗薑湯來。今晚吃熱鍋子，弄點羊肉，配菜要廚房弄些豆芽、豆腐、白菜……泡壺菊花茶，記得添些枸杞……」

顧衍在裡間換衣，外間妻子柔柔的聲音他聽得很是清楚，唇邊不知何時帶上了絲笑意。換好常服出來，坐下後便瞧見，姜錦魚沒像以往那樣，手裡拿著本遊記，反而是抱著一隻靴子忙碌。

「怎麼想起做靴子了？府裡不是有繡娘嗎？」顧衍微微皺眉，不太喜歡她做這些，既傷神又費眼。

可姜錦魚做慣了的，以往在家裡也給阿爹和阿兄做的，忙碌間隨口道：「過幾日怕要下雪，你大清早便要出門，免不了要踩雪。我替你做幾雙，讓書僮帶著，免得你在外頭濕了鞋子，沒得換。」

這話顧衍聽了心裡暖暖的，可面上還是道：「做起來費神，讓繡娘做吧。」

姜錦魚縫好最後一針，不在意道：「鞋面、鞋底都是下人弄的，我不過在裡面多墊一層棉絮罷了，談不上費神不費神的。我給你做大了些，到時候天冷可以再套一層羅襪，你來試試看，穿著暖和不暖和。」

顧衍這才沒再說什麼，起身過來試鞋子，腳一塞進去，便覺得底下又軟又暖，不像一般的靴那樣硬邦邦的，細細一看，底下果然縫了層棉花，針腳又細又密。

他唇邊帶出笑來。「很暖和。」

姜錦魚也眉眼彎彎一笑，催促他把鞋子脫下來，又把懷裡窩著的琥珀塞過去，笑吟吟道：「乖琥珀給你爹爹暖暖手。」

琥珀是個好性子，明明是隻公貓，性子卻是無欲無求，比母貓還軟，睡得好好的，忽然被撈起來折騰也不鬧，在陌生的懷裡蹭蹭腦袋，繼續睡。

這是他兒子？

顧衍哭笑不得看著懷裡的肥貓。

下了幾場雪，馬上就要到了年關。

雖然家裡人不多，但好歹是兩人成親後的第一個年，姜錦魚格外重視，早早便操持了個遍，臨到了過年那幾日，倒是難得的空閒了下來。

大約是今日起早了些，人也有些懶懶的，姜錦魚懶洋洋窩在軟榻上，一邊翻看著新送來的遊記。
年前書坊的管事來了一趟，書坊管事見胭脂鋪和首飾鋪子都越發興旺，生怕自己被別人給比下去，於是請兩個老朋友吃飯，從兩人口中套了話，得知那些新鮮點子都是府裡的新夫人給出的，馬上就巴巴跑來了。
面對滿眼期待的書坊管事，姜錦魚也是哭笑不得。胭脂、水粉與首飾、髮飾，皆是女子常用的物品，她身為女子，說出一番道理來，倒也說得過去。可書坊全是筆墨紙硯，要不便是四書五經、典籍藏本，她哪裡說得出什麼好法子來？
可書坊管事卻挺委屈，語氣懇求道：「今年年末送帳本來的時候，我心裡可真是不好受。書坊的位置地段最好，偏偏這純利不高，我也是絞盡腦汁，都想不出什麼新鮮點子。夫人一句話，便讓其餘鋪子翻了兩倍，還請夫人指點一二。」
姜錦魚無奈，只好努力回憶了一下，道：「這書坊經營之事，我知道的寥寥無幾。據我所知，市面上大多書坊賣的皆是差不多的典籍，價位也相差不多。對買書人而言，在這間鋪子和另一間鋪子買，其實沒有太多選擇的意義。可能只是順路，便隨意挑了一家買。」
見書坊管事一個勁兒的點頭，姜錦魚又接著道：「若是能夠做出特色來，譬如我最近看的這套遊記，乃是蒼鄖先生的新作。但書坊若是只賣這一本，與其他的書坊也無甚差別，若是能夠趁著蒼鄖先生新作的熱度，出售先生一系列的舊作，統一裝幀和印刷，既能吸引蒼鄖先生新作的讀者，同時對於那些讀過先生舊作的人而言，也可做收藏用。

「除此之外，還可以加上一些與遊記相關的贈品，譬如寫了先生詩作的摺扇。若是那些兒女情長的話本，還可以改用綢扇、羽扇……當然，我也只是紙上談兵而已，真要落實這些，也還需要考量。」

她一席話，徹底打開了書坊管事的思路。

本來經營鋪子這事上，管事、掌櫃們自然是經驗豐富，只是一直沿用舊有的經營方式，思路被限制得比較死。

姜錦魚雖然沒什麼經驗，但勝在見識過的東西不少，在那「大學」見到的人與事開了她的眼界。對於管事們，她有時隨意的幾句話，便猶如一把鑰匙，一下子將他們腦海中的鎖給打開了。

書坊管事回去後，姜錦魚也不知道他是如何折騰的，成效一時半會兒也沒辦法見到。不過顯然書坊管事很是感激，大約是覺得受益匪淺，還特意搜羅了一套新遊記，親自送到府裡來。

姜錦魚現在正在翻的，便是他新送來的。

只是，平素裡翻看很是有趣的遊記，今日倒是顯得有些催人昏昏欲睡，壯闊的山河湖海、奇特的各地風俗，連帶著作者有趣的見聞，都激不起她的興趣，她看得反倒是連著打了好幾個哈欠，眼皮子都越來越重了。

小桃進來換熱茶，見狀便小心翼翼上來道：「夫人若是睏了，便躺下歇一會兒吧。」今日本來便要去那頭的顧家用晚膳，等大人回來便要動身了，只是看自家主子困倦的模樣，小桃就忍不住擔心起來。

在自己府裡還好，可真到了那頭去，大人與府裡的太太又不親，主子做兒媳婦的，萬一還要立規矩，到時候別說睡一會兒了，就是歇歇腳，都得找時間。

相比較小桃的擔憂，姜錦魚自己倒是覺得還好，她認為自己就只是犯睏，身體上沒什麼不舒服的，便把遊記放到一邊，困倦道：「那我睡一會兒吧，等會兒相公回來了，便喊我起來。不去榻上了，在這裡小憩一會兒就好。」

說罷，還沒如何呢，便沈沈陷入了睡眠之中。

昏昏入睡之際，姜錦魚還在想，大約是這個月真的累著了……

小桃見狀，取了狐裘過來，替主子蓋好，然後悄無聲息掩了門出去了，還對秋霞招手。

秋霞過去。「小桃姐姐，可是有什麼吩咐？」

小桃壓低聲音囑咐道：「夫人在裡頭歇一會兒，妳守在這裡，別讓人吵著夫人了。」

秋霞趕忙點頭答應下來。

姜錦魚一覺睡醒，那股睏意徹底過去，整個人都清醒起來了。

這時顧衍還沒回來，她乾脆起身，喊秋霞和小桃進來，替她略收拾一下，補了補妝容。

她這邊剛收拾好，便聽到顧嬤嬤進來說：「大人回來了。」

姜錦魚揚起笑。「正好，我也收拾好了，去前廳吧。」說著，轉頭吩咐道：「小桃，把那件新做的鶴氅帶上，縫了毛領的那件。」

等她們不緊不慢到了前廳的時候，顧衍剛好一盞茶下肚，見妻子過來，起身走到近前，旁若無人牽著她的手。「等久了？」

「沒有，剛剛還睡了會兒，剛醒，你就回來了。」姜錦魚眉眼笑得彎彎的，邊說，邊把鶴氅遞過去，示意顧衍披上。「給你新做的。」

顧衍從善如流，順從的披上大氅。純黑的氅面，上面繡了一隻仙氣十足的白鶴，紅喙處一點鮮紅，在黑色氅面與白色仙鶴的襯托下，十分顯眼。

顧衍身姿本就修長，身著鶴氅，氣勢更盛，搭上一臉漠色，比起溫文儒雅的翰林文官，倒更像大權在握的權臣。

姜錦魚倒沒這感覺，甭管顧衍在外頭如何威風凜凜，在她面前時，總是溫聲帶笑的。

顧嬤嬤見兩人都只是笑，沒再說話了，才走到近前，道：「馬車都準備好了，在府外等著。」

顧衍頷首，牽著妻子往前走，姜錦魚邊走還邊側頭向顧嬤嬤問：「給祖母帶的禮都帶上了吧？還有給府裡其他人的，出發前記得再看一遍，別落下什麼。」

顧嬤嬤答道：「都檢查過了，沒落下什麼。」

姜錦魚這才放下心，上了馬車，順順利利便到了顧宅。

路上有積雪，不過馬車一路倒還算是穩當。

下了馬車，進了顧宅，兩人便分開了。

姜錦魚被嬤嬤引著，去了祖母的院子，進門便聽到裡面挺熱鬧的，不像她平日來時那樣冷冷清清的。

引她過來的嬤嬤也沒進去通報，直接掀了簾子，一邊對姜錦魚道：「老太太方才吩咐了，您來便不必通報，讓奴婢直接領您進去。」

說罷，微微抬了聲音，笑道：「老太太，少夫人來了。」

顧老太太興奮道：「衍哥兒媳婦來了？快過來。」

等姜錦魚走近了，跟屋裡人都打了招呼，老太太又是一頓噓寒問暖，握著她的手。「外頭冷吧？快上熱茶來，妳喝些暖暖身子。」

丫鬟似乎早有準備，忙就送了熱茶上來，暖呼呼的茶水一下肚，姜錦魚整個人都舒服了不少，也才有工夫打量屋裡的人。

只見除開顧瑤和胡氏，還有個王寧也在屋裡坐著。

胡氏是一如既往不喜她，早早撇開頭去。

倒是一邊的王寧，見了姜錦魚，便想起自己那日在顧府門外是如何丟臉的，尤其是這事莫名其妙還傳開了，不少參選的世家女郎，都知道了她這醜事，便越發覺得是姜錦魚私下做了什麼，便看她十分不順眼。

本就是年前的家宴，一家子自然是講究熱熱鬧鬧的，非但姜錦魚他們來了府裡，連族裡那些叔伯、兄弟們也帶著親眷來了。

坐沒多久，便陸陸續續有嬸嬸、伯母們帶著自家姑娘，過來給老太太請安，順便坐下說說話，敘敘舊。

顧家族裡，說話最有分量的老太太，如今便是顧老太太了。早先是兒子出息，如今又來了個更出息的孫子，老太太在族裡也越發受眾人推崇。

快到開宴的時候，人都已經到齊了，姜錦魚還遇到了新婚那日陪著她的顧湘幾人，便主動與她們點了點頭。

顧湘幾個很高興，連忙湊上來與她說話，她們都是些嘴甜的小姑娘，且性子不惹人厭，姜錦魚倒是挺樂意與她們說幾句。

開宴後，眾人都相繼入座。因著是家宴，來的人很多，男女便不同席。

姜錦魚自是與胡氏、顧瑤等人一桌，她們位於女席的次桌，主桌也只有族內的長輩們有資格坐，而同桌的都是族裡親戚關係輩分比較近的，譬如那時陪她的顧湘等人，其中唯獨王寧是個例外，也不知胡氏是如何安排的，總之便是讓王寧坐在了這一桌。

眾人都多多少少知道，王寧是來參選的，倒也不願意得罪她，客客氣氣的，只是也不見得如何親熱。

與其去捧一個不知道前途如何的外人，顧家族人還更樂意與自己族內出息的人處好關係，畢竟只有自家人才會幫襯自家人，外人再如何好，哪裡指望得上？

因此，王寧雖然坐著，可與她說話的人卻是少之又少。倒是姜錦魚這裡，與她搭話的人很多，甚至比與胡氏搭話的人還多。

從前家宴，哪一回胡氏不是眾人關注的中心？那些堂嫂、弟妹，哪一個不是笑呵呵巴結著她？

如今被最討厭的繼子媳婦給搶了風頭，胡氏臉上難看，卻只能強撐著笑，一副貼心婆婆的神色道：「衍哥兒媳婦啊，你們夫妻倆住在外頭，家裡也沒個長輩幫襯著，老太太私底下沒少擔心。我呢，便想著，給妳送幾個人使喚使喚，又怕妳多想……」

面對胡氏的軟刀子，姜錦魚也含笑客氣道：「您關心我們做小輩的，我們高興還來不及。又怎麼會多想？雖說我們在外頭住著，可夫君同我都惦記著家裡呢。」

這話讓胡氏面上樂呵呵的。「那就好，衍哥兒性子清冷，娶了妳才叫我這做娘的放心了些。那等會兒妳就把人領回去吧，我也省得讓人再跑一趟了。」

姜錦魚微笑答應下來。

她自然知道胡氏心裡定是算計著他們，可眼下只是塞幾個下人過來，她還沒必要當著眾人的面下胡氏面子，這對她的名聲不好，對顧衍也不好。

雖說胡氏是繼母，可繼母，多少也占了個「母」字，面上該有的孝順，姜錦魚從來不會懈怠。她這個兒媳婦表面越孝順，胡氏越不好利用長輩的身分做什麼出格的事。

婆媳倆妳一言我一語，表面上倒是挺親熱的，而同桌的人也都很識趣，見婆媳兩個難得有說有笑的，都沒湊過來。

有些人還納悶，心想：難不成胡氏轉性了？居然還關心起繼子和繼子媳婦來了，這和以前那個把繼子擠對出府的胡氏，相差可不是一、兩點！

眾人心裡都揣著好奇，因此等到筵席要散了，大家也不急著走，都想湊湊熱鬧。

當然，湊熱鬧只是其一，最主要的，還是想看看能不能借著家宴的機會，與姜錦魚搭上關係，日後也好求著辦事。

沒看如今顧衍出息了，連府裡庶出的弟弟都願意抬舉，竟是薦到盛京數一數二的書院去念書。那可是有錢都未必去得了的地方，若不是顧衍是探花郎，書院哪肯收下顧酉？

比起一向不得族人喜歡的胡氏，顯然是年輕的姜錦魚，看來更加好說話。

胡氏看眾人都往姜錦魚身邊湊，臉上的笑都沒了，心裡氣不過，招手喚來嬤嬤，附耳吩咐道：「妳去把春柔和秋婉給我帶來。」

她倒要看看，等那兩個賤蹄子上來之後，姜錦魚還笑不笑得出來！

想到春柔、秋婉二女的容色，胡氏自己先沈了臉，眼中多了幾分厭惡之色。這兩女子是她花了銀子買回來的，本想著找個機會給送到繼子床上去，醉酒下藥都無所謂，只要能勾得繼子沈迷女色，那就再好不過。

哪曉得二女剛到府裡，她還沒計劃好，兒子院裡的嬤嬤倒是悄悄來告狀了，說看見春柔勾搭二少爺，這可把胡氏氣了個好歹，也顧不上謀劃，巴不得早些把人塞到繼子府裡去。

那嬤嬤還有些猶豫，覺得這場合不適合讓二女出來，正想勸上幾句，卻被胡氏不悅的瞪了一眼，也不敢多說什麼，只能唯唯諾諾退下去。

過了會兒，嬤嬤果然領著春柔、秋婉上來了，二女一清純可人，一嫵媚柔美，尤其是那喚作春柔的女子，一把軟甜的聲音，猶如春水一般勾得人心裡直癢癢。

也難怪胡氏一聽春柔勾搭兒子，便坐不住，迫不及待要把人送出府去了。

二女一露面，眾人說說笑笑的聲音都是一頓，目光落在春柔、秋婉身上。

族中一位嬸子呵呵笑道：「這兩個丫頭，這模樣生得也太好了些。三嫂妳也真是捨得啊！」

第四十八章

顧忠青在族中堂兄弟這邊行三，所以族中人多用這序齒來稱呼胡氏。

姜錦魚看到春柔、秋婉，兩女嫋嫋娜娜上來，首先便是向她請安，纖腰猶如柳枝一般，彷彿一折就斷。

左邊的清純些，可聲音卻是甜甜的。「奴婢春柔，拜見夫人。」

右邊的雖生得嫵媚些，可瞧著卻比春柔要沈悶些，低著頭也請安道：「奴婢秋婉，見過夫人。」

姜錦魚細細打量了兩女子的容貌，明白自己這婆婆是要變著法子往自家相公房裡塞人，這送來的可不是簡簡單單的奴婢，壓根兒就是暖床丫頭。

反應過來之後，姜錦魚倒是不如胡氏所想直接便變了臉，說到底，如今一、兩個貌美丫鬟，還真的影響不了她與顧衍之間的感情。若是之前，她不敢保證什麼，可現在，她能夠打包票，別說只是兩個，就是胡氏塞十個來，也不過是多幾個伺候的奴婢罷了。

所以，姜錦魚連一丁點怒氣都沒有，面上依舊笑咪咪的。「還是娘疼我們，連這樣的丫鬟，都捨得給我們使。」

胡氏這下子心裡舒坦了，和顏悅色道：「做娘的，哪裡能不疼你們呢？妳喜歡就好，春柔、秋婉都是乖巧懂事的，尤其是春柔啊，心細得很。」

姜錦魚不緊不慢道：「娘親自調教的人，我自然是信得過的。」

胡氏看姜錦魚還坐得住，心裡打定主意，今日定要看到她變臉，遂朝春柔、秋婉使了個眼色，道：「去給新主子倒茶。妳們兩個日後要好好伺候大少爺和少夫人。」

春柔機靈些，立刻會意上來倒茶，她長相雖清秀，可眉眼間卻是彎彎繞繞多得很，看得出是個有心思的女子。便是倒茶，也不忘嫋嫋娜娜福身，身段柔美，聲音甜膩猶如蜜糖。

姜錦魚到底不是男子，覺得造作，聽得有些起雞皮疙瘩，剛伸手去接茶，忽然頭暈目眩了一下，去接茶杯的手也是一軟。

春柔不知是沒注意到，還是走了神，以為姜錦魚接了茶，便乾脆的一鬆手。

於是，「啪」的一聲，茶杯傾了個徹底，茶杯碎在姜錦魚腳邊，茶水濺在她的裙角上。

胡氏見狀，以為這是姜錦魚耍了手段，面上不由露出得意的神色，嘴上倒是關心了幾句。「這是怎麼了？好好的怎麼把杯子摔了，春柔，妳是不是惹了主子不高興？還不跪下請罪！」

春柔急急忙忙跪下請罪，嫩生生的一截頸子落在眾人眼裡，雪白旖旎。

婆婆給兒子塞房裡人，這本來也沒什麼，不過胡氏是繼母，在這方面本來應該多注意些的，塞女人就塞女人，弄得兒媳婦氣得暈倒，這未免就有點欺負人了。

顧湘幾個與姜錦魚有交情，見狀都圍到姜錦魚的身邊，見她臉色似乎真的有些不對勁，也有些著急道：「嫂子妳沒事吧？要不要請大夫啊？」

胡氏還納悶著，不就是裝病嗎？用得著請大夫？

不過看顧湘幾個喊得挺嚇人的，也怕出事，雖然她心裡倒是巴不得姜錦魚出事，可不能在自家府裡出事啊，否則繼子還不跟她拚命？

胡氏便開口吩咐。「去請大夫來。」

一陣慌亂，大夫沒喊過來，倒是把正廳那邊的顧衍給驚動了。

他比大夫來得還快，走到近前後，看著跪在地上請罪，還不忘抬眼賣弄姿色的春柔，目光厭惡，但也來不及理會她，一掃而過後，便彎下身，靠近妻子。「怎麼了，是不是不舒服？」

姜錦魚現在真是說不出話了，既覺得頭暈目眩，整個人很疲倦，又覺得有點想吐，說不上來是什麼滋味。

顧衍見狀整張臉都冷了下來，一把抱起妻子，直接奔顧老太太的院子去了。

顧衍抱著人進門，倒是把先回來休息的老太太給嚇了一跳，一看是孫媳婦，隨即就急了。「這是怎麼了？快去請大夫！」

這麼一通折騰，姜錦魚倒是緩過勁兒來了，見老太太為自己擔心，忙撐著身子要坐起來，卻又被老太太神色鄭重的給按住了。「還起來做什麼，妳身子不舒服，怎麼不早說？躺著、躺著。」

姜錦魚只好躺下，仰著臉道：「我沒事，剛才可能是屋裡太悶了，所以一下子沒緩過勁來。現下好多了。」

說完，見屋裡沒一個理她的，老太太不說，還是一副擔憂的神色，連一向都寵著她的顧衍，也沒把她這話聽進去，只是淡淡道：「躺著，大夫來了再說。」

過了會兒大夫來了，進門氣喘吁吁的，斷斷續續道：「病……病人在哪裡？」

在眾人的注視下，大夫懸著一顆心把脈，摸著脈象，忍不住犯了老毛病，摸了摸鬍子，「嘖」了一句。

做大夫麼，甭管是大病還是小病，都得往重了說，這樣治好了，就是大夫的本事，治不好也能找個由頭。

能被顧府請來的，自然不會是什麼庸醫，但這點大夫的老毛病還是有的，還沒摸出個什麼來，神色先凝重上了。

姜錦魚本來覺得自己好多了，見大夫這神色，也忍不住納悶。

「大夫，我覺得我好像還好吧？」您這表情，怎麼感覺我得了重病一樣？

當然，祖母和相公都在身邊，這話她可不敢說。

饒是如此，顧老太太也沒忍住，訓了她一句，語氣跟哄孩子似的。「大夫摸脈呢，不許鬧，咱安安靜靜坐著啊。」

大夫捋著鬍子摸了約莫一炷香的時間，又皺著眉頭換了一隻手，嘖了一句，本來想再換一次手的，忽然感覺到一陣冷冷的視線，心裡一抖，收回手。

「不是什麼大毛病，只是胎象還不大穩，也不需用藥，先好生養著、歇著，若是還……」

老大夫絮絮叨叨說到一半，顧老太太打斷了他。「大夫，你是說，我孫媳有孕了？當真？」

老大夫被嚇一跳，摸著鬍子道：「是啊，月分有些淺，但的確是喜脈無疑。」

知道緣由，顧衍心頭懸著的那塊大石，一下子落地了。

然後感覺手掌被什麼輕輕劃過，低頭看過去，見自家妻子也有點懵，仰著臉愣愣的問：「我……有孕了？我都沒感覺啊……」

雖說成婚生子是很自然的事情，但是這孩子來得這麼早，的確是姜錦魚完全沒有意料到的。

顧衍看出妻子的無措，垂眸低低淺笑了一下，伸手替她將鬢髮勾到耳後。「嗯，沒事，我在呢。」

因為姜錦魚診出喜脈，便很快回到府裡，府裡上上下下都是喜形於色。

顧嬤嬤更是直接將姜錦魚當成了琉璃人兒，生怕她會跌著、碰著，甚至一臉擔憂道：

「要不奴婢讓人把屋裡這尖尖角角的都給包上，這地上也得鋪上。」

然後看小桃端了茶進來，連忙湊上去指點她。「不能泡茶，以後這些入口的，可不能胡亂來……」

小桃本來也替主子高興，一看顧嬤嬤這麼緊張，也跟著緊張兮兮起來，一驚一乍道：「啊，不能喝啊，那我這就倒了！」

說罷，兔子似的蹦躂出去了。

姜錦魚看得無奈，想說點什麼，但約莫是自己今日把家裡人都嚇到了，別說顧嬤嬤緊張，就連一向從容的顧衍，也有點不對勁。

「嬤嬤，聽妳的。」姜錦魚不願意讓大家替她擔心，乾脆答應了下來。

顧嬤嬤一聽樂壞了，隨即道：「行，奴婢保准安排得妥妥當當的。今兒天色不早了，明日奴婢再安排人來弄，打攪您休息就不好了。這女子懷了身孕，最是容易疲乏犯睏。現下想起來，夫人您這幾日是常犯睏，只怪我沒注意到這一點！」

說完，又悄悄打量了一眼，方才送夫人回來後便一直留在屋裡的顧衍，想了想，便出去了，不打擾夫妻倆獨處。

顧嬤嬤出去了，姜錦魚才覺得自在了些，鬆了口氣，有點苦惱的對著顧衍道：「相公，我感覺大家是不是太緊張了點？弄得我也跟著有點緊張了。」

這話是真的，剛才在顧府的時候，祖母就很緊張了，還試圖留她在顧府歇一晚上再走，好不容易才勸得老人家鬆口。

一回來，家裡顧嬤嬤更緊張，連帶著小桃、秋霞幾個都被帶得緊張兮兮的。

顧衍失笑，輕輕幫著把姜錦魚頭上的髮飾給卸了，擱到一邊的梳妝檯上。今日家宴的場合正式，姜錦魚戴的首飾偏貴氣，分量上就稍微有點重，顧衍微微皺了下眉，心裡盤算著要去挑些輕便、精緻的首飾回來。

這麼重，壓著頭皮，定是不會好受。

首飾一卸，腦袋就輕了不少，姜錦魚忍不住舒服的喟嘆一聲，然後仰著臉，靠在顧衍的懷裡，順手拿過遊記，看了幾行字，忽然想起了什麼道：「我總看這些不務正業的書，孩子在我肚子裡，是不是也跟著一起看啊？那我是不是該看些四書五經啊？」

話說出口，姜錦魚一張臉都皺了起來，想起四書五經那枯燥乏味的內容，她就犯睏。

但看家裡人都這樣重視孩子，只怕到時候真會有人這麼建議也不一定。而且若是為了孩子好，忍一忍，也不是不行……

顧衍看她真的苦惱上了，面上露出為難的神色，一副「要不咬咬牙，看四書五經」的表情，不由得伸手揉揉妻子的腦袋。「不用，妳愛看遊記，便繼續看就是。只是不能像以前那樣看得著了迷，看半個時辰，便要起身出去走走，歇歇眼睛。至於孩子，若是真的不務正業，不是還有我這個爹爹嗎？」

教妻他不捨得，可教訓兒子，還不是小事一樁？

尚在娘親肚子裡的某小嬰兒還不知道，自己還未出生，自家爹就公然偏心起娘親來了。

姜錦魚本來也正糾結著，一聽不用為難自己鑽研什麼諸子百家，便笑著點頭。「那太好了！」

養胎的日子其實挺無趣，且很是折騰人，不但折騰她，也連帶著折騰府裡上上下下一堆人。

過了三個月之後，姜錦魚便開始很愛犯睏，白日嗜睡得很，晚上有時候又莫名的精神，大半夜還容易餓。

她一餓醒，便忍不住要翻身，一翻身，旁邊的顧衍就跟沒睡似的，一下子便察覺到了，側身去握她放在被窩裡的手，感覺入手是暖的，才問：「怎麼了？睡不著？渴了還是想起夜？」

姜錦魚本來很不好意思，大半夜把人鬧醒了，未免太不體貼了，可她餓得實在有點難受，抿著嘴兒，臉上薄紅。「好像有點餓。」

顧衍聽罷，二話不說起身披衣裳，回身還不忘給姜錦魚壓了壓被角，然後就出去喊人了。

他回來時，帶了碗餃子，白白嫩嫩的，浮在湯裡。

姜錦魚餓狠了，兩口一個，吃得鼻子都冒了汗。等吃完了，才覺得緩過餓勁，漱口歇下。

顧衍也親自滅了燭，窸窸窣窣一陣後，才躺回榻上。

姜錦魚心裡過意不去，軟綿綿湊過去，伸手去勾顧衍的小指，勾到了就輕輕晃他一下。

「我是不是太不懂事了？大半夜把府裡的人都驚動了，其實餓一餓就過去了。」

說著說著，鼻子就有點酸，反正挺委屈，委屈的同時，又有點生自己的氣，感覺自己太沒出息，太不懂事了。

顧衍本來還很享受妻子對著自己撒嬌，聽著聽著，便聽到了點哭腔，心裡跟著一緊，手上不由自主攬過妻子。「夫妻一體，有什麼懂事不懂事的？真讓懷了孕的妻子餓著，熬到天明，那我才是該死。」

「什麼死不死的。」姜錦魚抽抽搭搭的，往相公身上蹭了一下眼淚，臉貼著他的胸膛，有力而沈穩的心跳就在耳側，聽著聽著，心情倒是慢慢平復了下來。

看姜錦魚平復了情緒，顧衍才又溫聲道：「妳懷了身子，本就容易餓、容易累，我照顧妳是應該的。妳方才那一哭，才真是把我嚇了一跳。若是以後我哪裡做不好，惹妳不高興了，妳一定開口跟我說，別憋在心裡生悶氣。妳想打我也好、罵我也好，怎麼舒坦怎麼來。把妳自己氣壞了，那不是得不償失？」

姜錦魚被逗樂了，眼睫上還含著碎淚，嗔怪道：「胡說什麼啊？我做什麼打你、罵你，好像我是什麼母老虎似的。」

顧衍伸手替妻子掖了掖被子，逗她：「哪有這麼溫柔賢慧的母老虎？又是替我生兒育女，又是替我操持家事。」

姜錦魚笑得在被子裡蜷成一團，夫妻倆鬧了一下，才又沈沈睡去。

早上起來，已經沒看見顧衍的身影了，姜錦魚抱著被子聽了一會兒窗外的風聲，小桃和秋霞就踩著時間推門進來了。

「夫人今兒想吃什麼？」小桃邊替主子梳頭髮，邊輕聲細語問。

秋霞在一邊整理床榻，她如今膽子大了些，知道主子性格隨和，只要自己不做什麼壞事，主子一向是不會叱責的，便也跟著笑道：「顧嬤嬤今兒一大早便去集市上，拎回來一籠肥嫩的小母雞，聽說是什麼鄉下土養的烏骨雞。還送了一籃雞蛋來著，夫人想要吃個蛋羹嗎？」

姜錦魚摸摸有些顯懷的肚子，昨晚吃了東西，現在倒也不太餓，不過還是道：「那要個蛋羹吧，再上個小餛飩。嗯，讓廚房添點辣椒醬。」

秋霞應了一句，去廚房傳話了。

小桃邊梳頭髮，邊笑咪咪道：「奴婢聽顧嬤嬤說，酸兒、辣女，難不成夫人這一胎便是個小小姐？那定然跟夫人一樣生得貌美，只怕到時候咱家的門檻都要被踏破了。」

姜錦魚笑道：「若真是個閨女，被妳這麼一誇，只怕都嚇得不敢出來了。還踏破門檻，哪裡就那樣誇張了？」

因為是第一胎，無論是姜錦魚自己，還是府裡其他人，都對胎兒是男是女這一點，不太在意。姜錦魚自己是覺得，兒子閨女都是自己的孩子，沒什麼差別。

真要是個閨女，軟軟甜甜的，一口一個娘親，乖乖的跟個小尾巴似的，那也很可愛。若是個兒子，定然跟相公很像，只怕小小年紀便會端端正正的一本正經，聽說外甥隨舅舅，這孩子的爹是探花郎，舅舅是當朝狀元郎，肩上壓力還真不小。

而且，雖然相公總在她面前說什麼，兒子、女兒都是一樣的，但若真是個閨女，只怕相公也狠不下心當這個嚴父。若是個兒子，又是長子，相公雖然沒說什麼，但對他的期待定是很高的。

想到這裡，姜錦魚忍不住為兒子掬一把同情淚。

用過早膳，姜錦魚隨手拿了昨天做到一半的虎頭鞋繼續縫，這鞋不是給她肚裡的孩子做的，而是給未來的小姪兒或是小姪女做的。

她成婚那時，嫂嫂安寧縣主診出有孕，如今再過兩個月，嫂嫂便要生產了。

做好一雙虎頭鞋，姜錦魚便讓小桃幫著收起來，用了午膳後，正琢磨著下午沒什麼事情的時候，顧湘上門來了。

小姑娘性子挺不錯，不像顧瑤那麼蠢，也是自家人，她挺願意與之親近，畢竟親近外人不如親近自家人。且在族裡，能與親戚處好關係，也是好的。

顧湘是笑盈盈來的，因為上一回在顧家的時候，她算是幫了堂嫂，雖說能做的不多，只是幫著喊個人，可是堂哥顧衍顯然把這事給記下了，上個月便舉薦她弟弟入了一所不錯的學堂，雖比不上顧西去的那書院，可也算是很不錯的去處。

顧湘是個知恩圖報的人，且家裡人也都勸她要與堂嫂處好關係，她自己也覺得感激，知道堂嫂在家裡養胎只怕會悶，便主動上門來作陪了。

顧湘入座後，抬眼打量著對面坐著的堂嫂，見她雖懷著孕，但仍舊與以往的模樣無甚差別，眉眼從容恬淡，面上帶著盈盈的笑意，並不像尋常懷孕婦人那樣憔悴，她心裡不由得升起了羨慕之意。

男子重色，且世人對女子多苛責，別說一般的官宦人家，便是她自己家裡，當初娘親懷了弟弟的時候，診出喜脈的第二日，便給爹送了個丫鬟過去，說好聽是伺候，其實就是暖床丫鬟。

她知道娘心裡定然不願意的，送了那丫鬟過去後，娘在屋裡偷偷掉了眼淚。她那時還小，看到了還問自家奶嬤嬤說：「娘既然不高興，幹麼還要讓那丫鬟去伺候爹爹？」

現下長大了，知道的事情多了，才懂得當初娘的眼淚有多麼苦澀。不願意又如何？除非甘願違背世俗的看法，背上一個妒婦的惡名。

可一個丫鬟又有什麼用？府裡還不是一年接著一年納新人，娘也就是掉一掉眼淚，可該「賢慧大度」的時候，從來都是體體面面把人送過去。

她本以為男子都是如此冷情。

可堂兄卻為了堂嫂，拒絕了春柔、秋婉那樣的美婢，眼裡除了堂嫂，便再無其他人。

對此，她是真的打心底裡羨慕。

第四十九章

「怎麼一直看著我？」姜錦魚見顧湘一直呆呆望著自己，不知道在想什麼，便笑著出聲詢問。

顧湘被這麼一問，回過神來，掩飾一笑，收起心裡那些羨慕，道：「堂嫂臉色看起來不錯，看來小姪兒知道心疼娘。」

姜錦魚也抿唇淺笑。「這孩子的確是挺乖的，不愛折騰人。」

顧湘又想起了什麼，道：「對了，堂嫂可還記得借住的那個王氏女郎？就是那日跟我們同桌用飯那個，叫……叫王寧來著。」

姜錦魚自然還記得，點頭道：「嗯，怎麼了？」

顧湘拋出了令人震驚的消息。「她要與顧軒堂哥訂親了。」

姜錦魚露出驚訝的神色，她完全沒想過顧軒能與王寧扯上什麼關係。雖說王寧與胡氏很親近，可她看得出王寧是個很高傲的人，一心惦記著進宮爭寵，怎麼會看得上顧軒？

不是她瞧不起顧軒，而是顧家家世門第在盛京排不上號，顧軒自己也只是個普通的秀才。以王寧的脾性，怎麼可能願意嫁給顧軒？

可顧湘也不是胡亂搬弄是非的人，她也是確認這消息是真的，才會拿出來說，又解釋道：「本來我也很驚訝，以為是婆子胡亂嚼舌根，還讓她們別胡說八道。可後來從我嬸嬸那兒得知，這事十有八九是真的。王姑娘落選了，後來又與顧軒堂哥接觸了幾次，兩人彼此有意，聽說雙方長輩已經通過信，泰郡王氏那邊也應了這門婚事。」

顧湘話中簡略，並非有所隱瞞，只是她自己也只是從嬸嬸那裡聽來的，但更多的事情，嬸嬸卻是沒同她多說。

譬如泰郡王氏怎麼會同意，把女兒嫁給一個連功名都沒有的秀才？而王寧怎麼會與顧軒有了私情？

顧湘年輕，不會多想什麼，只是把這樁事拿出來一說，可姜錦魚卻是滿心的疑惑。

但是問顧湘也問不出什麼，她便也把心裡的疑問放下了。總歸這是顧家主宅的事情，而胡氏愛找誰做兒媳婦，這事她插不了手，也沒必要插手。

顧湘走後，姜錦魚抽空跟廚房點了晚上的菜，想一想，便讓小桃把顧嬤嬤給請來了。

顧嬤嬤進來的時候滿臉喜孜孜的，自從知道姜錦魚有了身子之後，顧嬤嬤一直如此，做什麼事情都是滿身的力氣，還跑去鄉下跟獵戶訂了什麼野鵪鶉、野鴿子，說是吃了對孕婦好。

「夫人可是有什麼吩咐？」

人到了面前，姜錦魚又覺得也沒什麼可問的，顧軒和王寧如何，王寧和胡氏如何，實際上這些事都不關她的事，便臨時換了句話。「嗯，嬤嬤，近來我夜裡總容易餓，可又怕吃多了，到時候胎兒太大了。」

說起孩子的事情，顧嬤嬤很上心，忙道：「夫人不用擔心這個。您如今是雙身子，一個人吃，兩個人用，比先前吃得多，那是很正常的事情。至於胎兒會不會太大，這事老奴也惦記著，等天再暖一些，夫人平素便可去院子裡逛一逛。這陣子天氣太冷了，凍著了反倒得不償失，所以我先前一直也沒提這事兒。」

姜錦魚聽完也放心了，主要她最近的胃口有點太大了，夜裡餓，白日裡也沒少吃，一日五頓都不止，而且身上還不大長肉。

「那好，您看時間合適了，便來提醒我一句。我年紀輕，事情不如您懂得多，您又是伺候夫君的老人了，往後還要您多提點我。」

顧嬤嬤忙道：「您太客氣。說句踰矩的話，大少爺是我從小看著長大的，我一直心疼著，他打小便是冷冷清清的，如今有了您，才算是有些人氣兒。老奴是一心盼著您與大少爺和和美美的，您既然信任我，我一定把事都辦得穩穩當當的。」

姜錦魚聽了，抿著唇兒笑，倒是顧嬤嬤，看屋裡沒人，壓低了聲音道：「有件事兒，老奴給夫人提個醒。您這前三個月算是過去了，孩子便也是穩穩當當的了。若是大少爺想，只要不太過分，您答應了也無大礙……」

顧嬤嬤說得隱晦，可姜錦魚的臉卻是一下子紅透，面上熱得都要冒煙了。

可顧嬤嬤倒還真的是一心為兩人著想的，苦口婆心道：「如今這世道也不知道是什麼規矩，這妻子懷了身子，還非得逼著人家賢慧大度，往爺們屋裡送丫鬟。要我說，夫妻倆好好的，橫插個人進去，這算是怎麼回事呢？壞了情分不說，這婦人懷身子時，本來就愛多想，這想來想去的，還不想出什麼毛病來？您與少爺感情好，兩個人過得和和美美的，多好的事兒！可萬萬別被人鑽了空子，真要有人在您跟前提這事，您只當沒聽見，也不必往心裡去，更不必心裡悄悄生悶氣。」

顧嬤嬤這樣為他們夫妻考慮，姜錦魚聽了也有些動容，待面上羞意稍稍褪去，便也點頭答應下來。

天氣漸漸變暖，然後漸漸有了初夏的模樣，院子裡的草也變得油綠堅韌。

姜錦魚顯懷得厲害了，五個月的身孕，沈墜墜的，顧嬤嬤心驚膽戰了好些日子，還是沒忍住跑去找了顧衍，把自己的擔憂給說了。

「只怕是雙胞胎，夫人這肚子看著不大像單胎。」

顧衍也沒見過懷了孕的婦人，更不知道五個月該是多大，一聽顧嬤嬤的話，隨即皺眉請了盛京十分有經驗的產婆回來。

那產婆眼睛尖，幾乎是看到姜錦魚的第一眼，便道：「是雙胞胎沒錯。」

顧嬤嬤面上不敢露端倪，私底下卻悄悄拽了那產婆問：「這單胎都不容易生，若是雙胞胎，豈不是更不簡單？我且問妳，妳接生了這麼些年，手裡總有些壓箱底的本事吧？妳說個價，都好商量。」

那產婆也不磨磨蹭蹭，直接道：「老姐姐，妳放一百個心。妳家大人把我找來的時候就說了，我焉能不用心？」

說著，又有點羨慕的嘖了一句。「我可真沒見過哪家男人這麼上心的，妳家夫人這命啊，可真夠讓人羨慕的！」

顧嬤嬤從產婆這兒弄了不少壓箱底的法子，也有了自信，回去見姜錦魚時，當著顧衍和姜錦魚的面，便拍著胸脯道：「夫人您放一百個心！這雙胞胎算什麼稀奇的？老奴從前在鄉下，還見過三胎的呢！三個大胖兒子，一個比一個精神！老奴保准讓您平平安安的！」

本來乍一得知自己懷的是雙胞胎，姜錦魚一開始是有點慌張，可再一看旁邊的相公，沈穩從容，顧嬤嬤又是信心滿滿的的樣子，姜錦魚吊著的心也落了地。

雙胞胎也沒什麼，不就是肚子比尋常人大一點嗎？到現在為止，自己也沒感覺哪裡有什麼不一樣。

再說了，在那叫「大學」的地方待過，講課的老師還說過，有女子一胎生了六個的，這麼一比，其實雙胞胎也不算什麼了。

既然大家都說她命好有福氣，她這些年也確實順風順水的，無論是在家還是出嫁，日子都過得很不錯，那老天爺一定會讓她繼續順順利利下去，到時會平平安安生下孩子的。

這麼想著，姜錦魚也徹底把擔憂給放下了，安安心心養胎。

確認肚子裡是雙胞胎這件事，對姜錦魚倒是沒有太大的影響，但對府裡上上下下就不一樣了。不說別的，就是福嬤嬤從琴姨娘那兒回來支援了，而她身邊伺候的小桃、秋霞等人，直接都被顧嬤嬤給手把手教了好幾天，覺得過關了，才讓她們回來伺候。

而府裡的廚房也忙碌起來了，從早到晚都點著灶子，按顧嬤嬤的話來說，費柴是費了些，可夫人肚子裡有兩個呢，得保證餓了就有東西吃，大不了給廚房伺候的人多些月銀。

日子就這麼慢吞吞過著，這時候，姜錦魚娘家遞了消息過來，說是她嫂子安寧縣主生了，母子平安，生了個小少爺。

姜錦魚過去看了，當然，如今顧衍是不大放心她獨自出門了，但凡她要出門，要不就是親自守著，要不就是吩咐顧嬤嬤和福嬤嬤兩個一起跟著。

今日回娘家，便是顧衍陪著回去的。

女兒、女婿回來，何氏很是高興，又忍不住擔憂道：「妳身子重，派個人來道個喜就行了，還自己跑一趟做什麼？」

姜錦魚笑盈盈的，挽著娘的手，撒嬌道：「我回來看看嫂嫂和小姪兒嘛！再說了，才五個月呢，又不是不能走路了。」

顧衍見狀也怕何氏訓妻子，幫著她說話。「岳母不必擔心，綿綿的身子骨好，每旬大夫都會到府裡診脈，說多走動走動，沒什麼壞處。」

何氏也不是真心訓女兒，可一看自己這才剛開口呢，女婿就護上了，心裡也是好笑，搖頭道：「個個都護著，行！有你陪著綿綿，我也放心。」

說著，姜仲行那邊來了人，說是喊顧衍過去說說話。

顧衍走了，何氏也領著女兒去看孩子，邊走邊操心道：「妳這肚子可比妳嫂子那會兒大多了，妳可得小心些。要不是妳嫂子也剛生，我真想直接搬去女婿府上住個半年，親自照顧妳才安心。妳說妳，家裡也沒個長輩，又是頭一胎……」

姜錦魚自己倒是坦然多了，也不杞人憂天，心態很好。「娘不必擔心，府裡有嬤嬤呢。我自己感覺倒還好，除了容易餓、容易犯睏，跟平時好像也沒多大的區別。」

何氏也不知是該誇她初生牛犢不怕虎，還是誇她心態好了，本來生子便是鬼門關上走一遭，偏偏還是雙胞胎，穩穩當當生下來，那就是有福氣命好。

可真要有個什麼三七二十一的意外，那就……

想到這裡，何氏也不願意往下想了。

進屋時，小寶寶正被乳母抱著去了側間餵奶，倒是安寧縣主，抬頭招呼道：「小姑子回來了？」說著，目光落到她的肚子上，也實打實有些驚訝。

這都快跟她足月生的時候差不多大了。

姜錦魚習慣了大家這種目光了，習以為常頂著嫂子的目光坐下，噓寒問暖了幾句。「嫂子這回可是真的受累了。孩子可取名了？」

提到孩子，安寧縣主一門心思都在這上頭了，含笑道：「取了，相公給取的，叫敬哥兒。」

正說著，喝了奶的敬哥兒就被乳母抱來了，小傢伙臉上還是皺巴巴的、紅紅的，但一雙眼睛倒是黑得發亮，胎髮也很濃密，像隻可愛的小猴子。

何氏偏心女兒，抱了孫兒，就直接往姜錦魚懷裡送，想讓她沾沾喜氣。「來，妳抱抱敬哥兒。」

姜錦魚穩穩當當把孩子給接住了，姜硯小時候她沒少抱，左手托著敬哥兒的後腦，右手輕輕拍著襁褓，哄得小傢伙睡得吐口水泡。

這時，一直密切關注著這邊的安寧縣主，忙道：「敬哥兒睡了，讓乳母抱去屋裡歇著吧。」說著，也發現自己的語氣有點著急，又掩飾了一句道：「別累著小姑子了。」

姜錦魚含笑，示意乳母把孩子抱走，等乳母抱穩了，才鬆開手。

又陪著嫂子說一會兒話，姜錦魚就沒打擾她休息了，何氏也沒久坐，母女倆一塊兒走了。

婆婆和小姑子一走，安寧縣主就有點慌了，方才婆母讓小姑子抱敬哥兒，她想著小姑子一個孕婦，又沒養過孩子，萬一沒抱住，那怎麼辦？

心裡一著急，她就話趕話地讓乳母把孩子抱走了。現在回想起來，自己做得太過明顯了，婆母後來雖說沒板著臉，可笑容卻是淡了很多。

但敬哥兒那麼小，不穩妥點，怎麼行呢？

安寧縣主忍不住問身邊侍候的嬤嬤。「嬤嬤，妳說我剛才是不是錯了？」

那嬤嬤是個人精，主子一問就知道她在說什麼，況且她本就覺得自家主子在府裡未免太低聲下氣了些，道：「小少爺還小，您不放心是應當的。再說了，姑小姐年紀不大，又懷著身子，更不該抱小少爺了。宮裡的老人都說，這孩子也是有運道的，姑小姐肚子裡又是兩個，雙胞胎帶福，衝撞了也不是沒可能的。」

嬤嬤這麼一說，安寧縣主搖擺不定的心思，也有些偏向了她。

出了門，何氏皺著眉，不悅道：「我本以為她是個懂事的，卻沒想到，生了個孩子，反倒不如以前穩重。」

姜錦魚也不願意自家娘跟嫂子起了爭執，那最後裡外不是人的，還是自家兄長，便幫著勸道：「嫂子也是不放心敬哥兒。」

何氏一哂。「我看她是不放心我，不放心妳！我是孩子親祖母，妳是孩子親姑姑，難不成會害敬哥兒不成？罷了，這人啊，私心重些也是有的，她平素裡性子還算沈穩，對妳哥哥也是一心一意的，我也懶得抓著她這些小錯處說什麼，面子上過得去就行了。」

姜錦魚聽完這話，便沒繼續往下勸了。

自家娘自己瞭解，她不是那種很愛管束兒媳婦的人，似自家嫂嫂這樣，雖然私心重了些，做事法子也直接、激進了些，可只要心思還是正的，娘也不會真的計較什麼。

從姜家回來後，日子依舊。

很快，天就開始熱起來了，不過家裡倒還算是涼爽。

夏末的時候，顧軒和王寧正式訂親了，因為王氏久居泰郡，為了方便行事，所以這回訂親禮都是在盛京辦的。

姜錦魚作為嫂子，本來該全程幫襯著，不過胡氏不待見她，自然不樂意她來干涉，加之她身子也越來越重了，不怎麼適合出門，因而整個訂親禮，她都沒露面，只是派嬤嬤上門遞了禮。

不過顧衍還是去了的，他與顧軒不親近，也只是去露了個面就回來了。

入冬之後，在一個夕陽西下的傍晚，姜錦魚本來還在琢磨著晚膳用什麼，擬好菜式之後，剛在想，過幾日便是相公的生辰，自己這回要準備什麼禮物，肚子卻忽然一墜一墜的，跟以往的胎動完全不是一回事。

姜錦魚一下子就反應過來了，抓住小桃的手，鎮定的吩咐她。「去請顧嬤嬤和福嬤嬤過來，就說我怕是要生了。相公沒有回府之前，都聽顧嬤嬤和福嬤嬤的。」

顧嬤嬤和福嬤嬤兩人幾乎是狂奔而來的，見了兩人，姜錦魚心裡也稍稍放心了些，而且肚子也只是一陣陣的疼，並不是特別折騰人。

顧嬤嬤和福嬤嬤有條不紊，兩人一人去把早就選好的穩婆給請來，一人則吩咐廚房燒熱水弄吃的。

接下來真開始疼了，翻來覆去的疼，碾碎了骨頭撕破了皮肉的那種疼。

好在疼是真疼，可快也是真快，從發動到生產，總共也才一個時辰不到的樣子，她就順順利利生完了。

穩婆都忍不住道：「我接生了這麼多回，還是頭一回看到生得這麼順利的，這還是雙胞胎呢！一個時辰就完事了，也忒快了些。」

姜錦魚半睡半醒聽到這句話，迷迷糊糊還在想：這穩婆什麼意思？難不成順利還不是好事嗎？

然後她聽見了嬰兒的啼哭聲，先是哇哇的哭，然後似乎是哭夠了，又開始哼哼唧唧的哭，嫩嫩的，哭得她心都軟成一灘水了。

費力睜開眼睛，看到顧嬤嬤和福嬤嬤都在床前站著，忍不住沙啞著嗓子道：「孩子給我看看……」

顧嬤嬤和福嬤嬤面上都是喜孜孜的，簡直像在大街上撿著了寶貝，聽見夫人的話，便小心翼翼把兩個裹在襁褓裡的小嬰兒放到了榻上。

姜錦魚垂眼去打量兩個小寶寶，臉上皺巴巴、紅通通的，鼻子、眼睛、嘴巴都小小的，也看不出個什麼美醜來，大約小嬰兒都是一個樣。

可顧嬤嬤卻喜孜孜道：「夫人您看，兩位小少爺的鼻子多像大人啊，眼睛像您，胎髮也像您，烏黑濃密，再沒有比這好看的小嬰兒了！」

姜錦魚打量了半天，實在沒看出來兩個醜兮兮的小猴子哪裡像他們爹？哪裡又像她了？不過顧嬤嬤這麼信誓旦旦，那可能還是有一點像吧……

「哪個是大的，哪個是小的？」姜錦魚看了半天，實在沒看出哪個大哪個小。

顧嬤嬤倒是如數家珍答道：「裡頭那個是弟弟，外頭這個是哥哥。老奴親眼看著的，手腕上給繫了紅繩，帶玉珠子的那個是大的，帶金珠子的那個是小的。」

姜錦魚伸手摸了摸，果然兩個都戴了紅繩，看過孩子，精神又開始疲乏了，撐著睡意讓顧嬤嬤和福嬤嬤把孩子照顧好了，便又沈沈睡去了。

第五十章

等到姜錦魚再醒過來的時候，外頭的天都是黑沈沈的，裡裡外外都是靜悄悄的，靜得掉根針在地上，都能聽見動靜。

她剛一有動作，厚棉布做的簾子就被掀開了，顧衍走到跟前，眼裡似乎是帶了血絲。

「什麼時辰了？」她這一覺睡得有點暈，一醒來，還有點懵。

「剛過亥時。」

那不是大半夜了嗎？

姜錦魚忙推他。「你明日還要進宮，我好著呢，你不必在這裡守著，快去歇一歇。」

顧衍「嗯」了聲，嘴上答應得好好的，可腳下就是沒動作，一動不動坐在榻邊，握著妻子的手。「餓了吧？」

說著，就像早就吩咐好似的，小桃和秋霞很快送了吃的進來。

姜錦魚也顧不上什麼吃相不吃相了，傍晚那麼一番折騰，累都要累壞了，吃了一大半，實在用不下了，就把吃剩下的雞湯銀絲麵給推開。

顧衍倒沒說什麼，兩、三口就著姜錦魚吃剩下的吃完，然後又坐回了她身邊。

姜錦魚只覺得他今日有些黏人，但也沒想出什麼理由來，見他不肯走，便道：「看過孩子了嗎？顧嬤嬤非說孩子的鼻子像你，眼睛像我，我是真的丁點兒都沒看出來，醜兮兮、皺巴巴，跟小猴子似的。」

「看過了，都很乖，睡得很香，吃奶很有勁兒。」顧衍很客觀的評價了一下自己的兩個兒子，然後突然把姜錦魚攬進懷裡，低沈的聲音從胸腔悶悶的發出來。

「生一胎就夠了，以後再也不生了。」

姜錦魚愣了一下。

「我嚇壞了……」

他一回來，全府上下全是手忙腳亂的，剛進院子就聞到一股血腥味，說句實話，他當時手腳都發涼了，背上也全是冷汗。

等見到安然無恙在屋裡睡著的妻子之後，一顆心落了地，才有心思去看一眼兩個兒子。

得知女兒平平安安生產的消息，何氏第二日就來了顧府，在外間用爐子烘了烘衣服，避免帶入了外頭的寒氣，才進了裡間。

姜錦魚喜上眉梢，甜笑道：「娘，您來了？快坐。」

何氏也不跟女兒客氣，直接在榻邊上坐下，細細打量了一下閨女的臉色，雖然也有些蒼白，但氣色還算不錯，眉眼含笑，看得出來沒受什麼委屈。

本來還擔心府裡沒有個長輩，女兒會受委屈，但看到姜錦魚第一眼，何氏倒是把心給放下了一半。

「妳奶說得沒錯，妳啊，打小就有福氣，福大命大，這難關給妳度過去了，往後都會順順利利的。」何氏忍不住感慨，自家女兒還真是有些運道，有些婦人成婚三年都沒動靜，因著膝下無子受著婆家搓磨，自家閨女倒好，一回生兩個，還都是大胖兒子。

姜錦魚瞇著眼睛笑，然後恰好乳母把餵了奶的小寶寶從側間抱過來了。

不等姜錦魚招呼，何氏便湊上去，稀罕得不得了，嘖嘖道：「這兩個小寶貝生得一模一樣，哪個是哥哥，哪個是弟弟？」

姜錦魚把兄弟倆手腕上的金珠和玉珠給說了，何氏便把小的抱進懷裡，哥哥則被乳母送到了她身邊。

何氏細細打量了一眼外孫的眉眼，喜歡得不得了，正色道：「一看就像女婿，往後讀書肯定也隨爹。可取了名字了？」

姜錦魚含笑道：「哥哥叫顧瑾，弟弟叫顧瑞。」

何氏念了兩遍，含笑道：「這名兒取得好。」說著，從袖裡掏出兩只荷包來，往瑾哥兒和瑞哥兒身邊放，笑咪咪道：「這是外祖、外祖母給瑾哥兒和瑞哥兒的見面禮，你們要乖乖長大，健健康康的。」

姜錦魚推辭。「他們倆還小，娘您又給了什麼好東西？」

說著，把那荷包頂部的繫繩抽開，薄薄的幾張紙，展開一看，竟是銀票。

姜錦魚忙合上荷包。「娘，您這也……您還是收回去吧，兩個小的哪裡需要這麼些銀子呢？」

不是她非要和娘家人客氣，只是畢竟是出嫁女了，再收娘家的銀子，怎麼都說不過去。她自己這一關過不去不說，家裡嫂子知道，只怕也要心裡不舒服的。

何氏倒是大方，擺手道：「又不是給妳的，是給我外孫的。我跟妳爹做外祖母、外祖父的，給這麼點東西算什麼？再說了，妳出嫁我也沒補貼過妳什麼，反倒是女婿總是惦記著岳家，沒少送東西來，我焉能只進不出？」

姜錦魚拗不過娘，只好替兒子們收下，饒是如此，也是不安心。

何氏見女兒這樣子，忍不住道：「妳是怕妳嫂子心裡不舒坦，私底下有什麼想法是吧？」

姜錦魚被說穿心思，面上也有點紅，其實她明白銀子真算不得什麼，就像娘所說，家裡不缺銀子花，錢多錢少都是爹娘的一番心意，再者，大不了以後想著法子補貼回去便是。

她真正擔心的，是嫂子安寧縣主有意見。

說句不好聽的，她是外嫁女，那便是外人了，甭管她爹娘、兄長如何想的，在安寧縣主那裡，她絕對是個外人。

也不是她以惡意揣度嫂子，只是上回的事情還歷歷在目，這有了孩子之後替小家想得多些，這也是人之常情，姜錦魚也能夠理解。

何氏焉能看不出女兒的心思，推心置腹道：「妳擔心的，正是我也擔心的。妳嫂子本來瞧著挺好的，可自打生了敬哥兒後，小心思也多了。說句掏心窩子的話，妳哥哥、妳、妳弟弟，三個都是我的親骨肉，我哪一個都疼。這回這銀票啊，是妳爹發話要我拿來的，妳爹疼妳，妳也是曉得的，他總覺得虧欠了妳，讓妳嫁太早了，若是遲幾年，家裡底子再厚些，給妳準備的嫁妝也會殷實些……」

姜錦魚忙道：「娘，家裡沒短了我什麼，尤其是嫁妝，更是沒虧欠我什麼！爹再這樣想，下回我見到爹，要跟他生氣了！」

何氏被女兒焦急的語氣逗笑了，搖頭道：「妳別急啊，讓我把話說完。妳爹昨兒夜裡這麼說了，我也沒拒絕，這外祖給外孫見面禮，天經地義，就是給多了點，那也是我跟妳爹的銀子，又不礙著別人？說句不好聽的，我們自個兒樂意不是？再一個啊，妳嫂子私心越來越重，我也想著藉這次機會敲打她。妳弟弟往後還要娶妻，我得早些把她這私心給壓下來，免得敲打晚了，她就真覺得咱們姜家上下全是敬哥兒的。我雖也疼敬哥兒，可天底下沒有這樣的道理啊。」

姜錦魚也明白了，這是娘跟嫂子鬥法呢，也說不上誰對誰錯，只能說各有各的立場吧。嫂子是為了敬哥兒、娘是為了阿弟，兩人都是為了自己兒子，端看誰壓過誰了。

這便是後宅婦人之間的戰爭了，輕易不會鬧到男人面前，因為這事說小不小，可說大也不算大，無非便是東風壓過西風，真要鬧開了，那阿兄必然是站在娘這一邊，可這樣便壞了他和嫂子之間的夫妻情分。

所以，無論是娘還是嫂子，都只會在暗地裡較勁，不會把這事給放到檯面上。

姜錦魚知道自家娘的手段，也不大擔心什麼，替兒子們收下見面禮，又忍不住靠進自家娘懷裡撒嬌，哼哼唧唧。「娘，我想您了，也想爹爹。」

其實這想也不是見不到面的那種想，她嫁得近，一月回一趟家都行，可出嫁了的女兒回家，便和做女兒時在家裡住著不一樣。

以前她不必瞻前顧後，自己在自家住著，怎麼自在怎麼來，可現在回一趟娘家，既要想著縣主嫂嫂會不會有想法，又要為自家娘考慮，畢竟嫁了人，她總是希望娘跟嫂子能一直處好關係。

這麼一來，她也不太樂意回得太勤，寧可送東西時讓下人多跑幾趟。

何氏也難得笑得溫溫柔柔的，攬著閨女，輕輕拍著她的胳膊。「都做娘的人了，還跟沒長大似的。」

母女倆說了會兒話，何氏便起身回府去了。

姜錦魚失落了一會兒，扭頭看見瑞哥兒似乎是睡得迷糊了，莫名其妙蹬著腳丫子，看上去挺可樂的，便忍不住抿唇逗兒子去了。

坐月子的日子過得很快，姜錦魚還算走運，她生瑾哥兒和瑞哥兒的時候，已經入冬了，坐月子也恰好在冬天，屋裡暖爐燒得暖烘烘的，丁點兒風都吹不到，比在夏天坐月子可舒服多了。

連顧嬤嬤都說，她這懷孕的日子挑得好。

因為生了雙胞胎，為了她的身子考慮，穩婆和大夫都建議坐雙月子，攸關她身體康健的事情上，姜錦魚素來是沒有發言餘地的，都是相公一人拿了主意。

兩個月下來，姜錦魚身子恢復了個徹底，她本就年輕，生產前身子骨也很好，先前看著雖瘦了些，可一年到頭連個風寒都沒有，底子很好。再加上這兩個月的月子坐下來，整個人恢復得特別好。

身段基本恢復到生產前，雖然還是要豐盈一些，可腰身還是一樣的細，胸口倒是鼓了不少，襯得腰跟楊柳枝似的。

偶爾小桃幫著她換裡衣的時候，都小臉薄紅，羞得不行。

姜錦魚自己沒察覺出什麼，倒是出月子同床的第一個晚上，一向沈穩自持的相公，眼裡、身上跟帶了火似的，那夜他的舉動，實在是孟浪張狂。

想到這兒，姜錦魚面上發燙，隨手拿起遊記搧了搧，就聽到側間傳來瑞哥兒的哭聲了。

為什麼說是瑞哥兒呢？

兩個小寶貝越長越大，可性子上卻是看得出差別了。

哥哥瑾哥兒是個沈穩的性子，不愛哭，最常做的事情便是睜著一雙黑琉璃似的大眼睛張望，彷彿是在認人，尿了、餓了也就是哼哼。而且這孩子居然會認人，剛滿一個月就認得出爹娘了，惹得顧嬤嬤和福嬤嬤都樂壞了，直說像大少爺小時候。

而弟弟瑞哥兒是個小嬌氣包，稍微有點動靜就特愛哭。哥哥有奶喝，他沒有，哭；哥哥被娘抱了，他沒有，也哭。哭起來還哼哼唧唧的，跟小貓似的，光打雷不下雨。

不過瑞哥兒有一個特別乖的地方，那便是無論誰惹了他不高興，只要姜錦魚抱他就不生氣了，金豆子也不再掉，只軟乎乎在她胸口拱來拱去。

乳母一人抱了一個出來，姜錦魚也知道自家兒子的脾氣，也不為難乳母，在瑾哥兒面上親了一下，抱到床榻裡邊放著，然後才接過瑞哥兒，抱在懷裡哄。

等瑞哥兒不哭了，便跟他哥哥放到一塊兒去。

雖說弟弟愛哭嬌氣些，可姜錦魚還是堅持自己一視同仁的原則，哄歸哄，可厚此薄彼的事情卻是不能發生的，這一點，她也有意識的跟乳母、嬤嬤們說得明明白白。

瑾哥兒和瑞哥兒都是她的兒子，大的、小的她都疼，也絕對不允許別人在兩兄弟裡分什麼三六九等。

小寶寶們擠在一塊兒，小拳頭捏著，在榻上睡得香甜，姜錦魚看著兄弟倆擠在一起的樣子，心都要軟成一團了。

這時，小桃放輕腳步聲進來了，通報道：「夫人，堂小姐來了。」

小桃口中的堂小姐，便是顧湘，族中幾個姑娘，也就顧湘與她熱絡些，因此她來看自己，姜錦魚倒不算意外。

吩咐乳母照顧好孩子，姜錦魚便去了正院見客。

在正廳裡見到了顧湘，小姑娘臉上紅紅的，也不知是凍著了，還是怎麼了。

姜錦魚坐下，顧湘便喊她。「堂嫂。」

顧湘雖和顧瑤差不多大，但跟顧瑤荒唐的行為舉止不同，她顯然要知禮節許多，每每噓寒問暖，既不顯得太過親熱，也不會太生疏。

姜錦魚與她聊了幾句，才等來了顧湘的來意。

顧湘紅著臉，面上兩朵紅霞飄起，垂著眉眼按捺住羞澀道：「我有個不情之請。」

「下月是我的及笄禮，我想請堂嫂做我的贊者。正賓請的是族中的三姑婆，是娘親為我定下的。至於贊者，娘說讓我自個兒選，所以……我想請堂嫂做我的贊者。」

說罷，她又有點怕堂嫂不願意，趕忙又道：「若是不方便，堂嫂也不必放在心上……只是一個小小的及笄禮而已……」

她話說到一半，姜錦魚就點頭答應下來，欣然道：「怎麼會不方便？等定了日子，提前讓人府上說一句就是。」

姜錦魚其實知道顧湘請她去，無非就是小姑娘家想為自己爭取，藉著及笄禮的機會，讓眾人知道自己與她關係不錯，爭取到一門不錯的親事。這舉手之勞的事情，也算不上什麼算計，她並不是很介意。

且顧湘還曾幫過她，她更是一點兒也不在意。

顧湘聽了喜出望外，驚喜道：「湘兒謝過堂嫂！」

顧湘忐忑不安的來訪，走的時候滿臉笑盈盈的。

姜錦魚讓顧嬤嬤送她出府，自己回了正院的屋裡，喊來小桃替她準備給顧湘的及笄禮。

若只是去觀禮，自然不用如何準備。但顧湘既然請她來做贊者，那如何也不能讓人失了面子。

顧湘及笄禮那一日，姜錦魚早早起了身，梳洗後，穿了一襲雅紅印銀紋的裙衫，外頭裹了同色的披風，這一身顏色板正，若是年紀稍大些的穿，只怕會顯得俗氣、老氣。可她肌膚勝雪，青絲又黑又細軟，垂在背後，本就是嬌嫩小娘子的模樣，穿一身雅紅，非但不老氣，顯得端正沈靜之外，還多了幾分賞心悅目的嬌豔。

穿好衣衫，她帶著給顧湘的及笄禮出了門，到了顧湘家中後，便被人迎了進去。

顧湘的母親馮氏，對姜錦魚的到來，顯然很是驚喜，幾乎是帶著奉承的笑意，將人請進了顧湘的閨房。

馮氏面上帶笑道：「湘姐兒說要請妳，我當時還說她不懂事，妳剛出月子，怎好煩勞妳跑來跑去的。」

嘴上說著客氣話，可馮氏面上的笑卻是收都收不住，恨不得把姜錦魚拉到客人面前炫耀一二，好讓今天來的客人都知道，她家湘兒同堂嫂關係好得不得了，人家還願意做湘兒的贊者。

好在馮氏尚存理智，在家中幾個嫂嫂弟妹那裡炫耀了一頓後，便見好就收了。

及笄禮開始，行禮的地方在堂室。

來觀禮的人不少，顯然馮氏是費了好大的功夫準備，她的娘家、顧湘的堂姐妹、表姐妹們一個不少，族中的長輩也來了幾個，甚至於還有些府上的夫人也被請來觀禮了。

到了時辰，顧湘一襲長裙禮服出來，往日裡還有些天真嬌俏的小姑娘，彷彿一下子長大成人了，輕移蓮步，在眾人的視線中，走到了堂室正中間。

接下來便是正賓上前，正賓一般由年長的女性擔任，因此顧湘及笄禮的正賓便是族中名聲不錯的姑婆，正賓替顧湘梳髮，等梳好一頭長髮，便輪到姜錦魚出場了。

她手持簪子上前，口中簡單說一席祝福語，結束後，將簪子遞給正賓，正賓收下後，姜錦魚便退開幾步，到一旁繼續靜靜觀禮。

插好簪子，整個及笄禮便算是結束了。

顧湘家中不算顯赫，因此便是及笄禮，也操持得比較簡單，但即便如此，顧湘的母親馮氏仍是設了宴，留請來觀禮的客人吃頓飯。

姜錦魚作為贊者，自然是要坐主桌的，哪怕她的輩分不高、年紀不大，可贊者的身分畢竟不一樣，仍是被馮氏安排在了主桌。

她一落坐，聽著身旁人寒暄，不知不覺，眾人的話題居然集中到了她身上。

有個嬸嬸娘家姓王，按著輩分，姜錦魚要喊她一句六嬸。

這位王氏拉著她的手，殷殷切切問她。「姪媳婦，妳跟我說說，妳成親前後啊，可有去什麼廟裡拜過？」

姜錦魚一頭霧水。「嬸嬸這話把我問糊塗了。」

王氏急得嘖道：「那不然怎麼妳一胎便生了兩個，還都是大胖小子。妳要有什麼法子，可不能私下藏掖著。妳堂嫂進門都五年了，我這當婆婆的，心裡急啊！」

王氏這麼說，旁邊就有人插嘴了，笑著調侃她。「妳要是急著抱孫子，給路哥兒納幾個妾室不就成了？」

王氏聽了卻是啐那多嘴的人一口，嫌惡道：「我急著抱孫子，那是急著抱我嫡親的孫子。我兒媳婦好得很，我幹麼費那銀子給兒子納妾？我可不稀罕妾生的孫兒！」

本以為王氏是對自家兒媳諸多不滿，但聽她這麼一說，姜錦魚不由得對這個嬸嬸生出幾分好感。看來王氏雖想抱孫子，卻到底還是個腦子清醒的，也懂得己所不欲，勿施於人的道理。

這世間這樣的婆婆可不多。看來自己那位堂嫂，雖然子女緣差了些，可婆媳緣上還是有幾分運道的。

那邊王氏啐完那多嘴的人，接著便是跟姜錦魚念叨著兒媳有多好，末了又愁眉苦臉道：「這事兒啊，也不是我一個人急。我兒媳也急啊！私底下都不知道抹了多少眼淚了。大夫也不知找了多少個了，分明兩人都沒毛病，可就是懷不上！」

說著，又咬咬牙，豁出去似的道：「我想啊，真要生不出，乾脆過繼一個。」

——未完，待續，請看文創風869《好運綿綿》3（完）

2020年7月出版

小黃豆大發家

文創風 861～863

爺爺找人算過的，說她命裡帶福，還旺家，
這話確實不假，她自小聰慧，連私塾先生都是見一次誇一次，
如果不是身為女娃兒，她覺得他們黃家說不定都能出個狀元了，
不過她懶，志不在此，且眼前她可是有更重要的事要做——
有了一筆意外之財當本錢，她準備帶著一家人發家致富啦！

風煙綠水青山國　籬落紫茄黃豆家／雲也

她黃豆是個有大福氣的，就連跟著一群孩子去河灘上撿東西都能撿到寶，
一個比臉盆還大、臭得沒人肯靠近的死河蚌裡，被她挖出了五顆珍珠！
靠著賣珍珠的錢，她讓爺爺買地，率先試行插秧種植法，提高稻產量，
府衙命黃家不得出售，除留部分做為日後種糧外，餘均收購留作良種，
眼見機不可失，爺爺慷慨地把這能救活無數百姓的插秧法上呈官府推廣，
自此後，黃家再不是單純的泥腿子了，他們有錢有地有名聲，還有官護著，
也因此，她心中計劃已久的建碼頭一事終於能提上日程了！
日夜期盼下，建好的黃家碼頭真的來船隻了，且日益繁榮，聲勢漸起，
然而，她擔心的問題也來了——碼頭生意原是一手獨攬的錢家出手了！
有官府護著，錢家不至於來硬的，走的是說親一途，說的正是她黃豆，
可她不願意啊，因為她心中有人了，便是小時候救她一命的恩人趙大山！
那會兒她年紀小，當然沒啥以身相許的想法，只把他當哥哥看，
但他出海跑船經商五年歸來後，卻不把她當妹妹看了，還跟她告白，
於是她不淡定了，心頭小鹿撞得快內傷，連終身大事都私下跟他訂好，
豈料，她對錢家的拒婚，卻害得至親喪命，甚至她自己都因此而毀容……

2020年6月出版

菲來鴻福

文創風 852～853

不當廢柴的第一步，就是站、起、來！

看她小小庶女勇闖高門，把飛來橫禍變成天降鴻福！

灑糖日常 甜蜜無雙／夏言

從前世的噩夢醒來後，祁雲菲決定，今生不再任定國公府的人搓圓捏扁！
與其當個聽話的庶女，卻仍被父親賣到靜王府當姨娘，最後慘遭丈夫毒殺，
那不如先設法替欠下六千兩的父親還債，再伺機帶著銀子與親娘遠走高飛。
為了生財大計，她打算出門批貨做點小本買賣，卻撞上攔路劫色的惡霸，
幸好有人路見不平，這自稱姓岑的恩公大人，莫不是老天賜給她的福星吧？
遇到他之後，她的小生意似有神助，數月便湊齊銀兩，孰料禍起自家人——
掌家的伯父、伯母貪慕權勢，竟逼她入靜王府，和要嫁給睿王的堂姊同日出閣。
為保親娘性命，她咬牙嫁了，卻在掀蓋頭時當場傻住——
此處不是靜王府，眼前驚愕至極的岑大人變成了睿王爺，這到底怎麼回事?!
以庶代嫡可是死罪，且傳聞睿王是大齊最無情的冷面親王，她該如何是好啊……

文創風
868

好運綿綿 2

國家圖書館出版品預行編目資料

好運綿綿 / 采采著. --
初版. -- 臺北市 : 狗屋, 2020.07
冊 ; 公分. --（文創風）
ISBN 978-986-509-125-5（第2冊 : 平裝）. --

857.7　　109007943

著作者	采采
編輯	林俐君
校對	黃薇霓
發行所	狗屋出版社有限公司
地址	台北市104中山區龍江路71巷15號1樓
電話	02-2776-5889～0
發行字號	局版台業字845號
法律顧問	蕭雄淋律師
總經銷	知遠文化事業有限公司
電話	02-2664-8800
初版	2020年7月
國際書碼	ISBN-13　978-986-509-125-5

本著作物由北京晉江原創網絡科技有限公司授權出版

定價250元
狗屋劃撥帳號：19001626
網址：love.doghouse.com.tw　E-mail：love@doghouse.com.tw